SAS

PACTE AVEC
LE DIABLE

(Pages à découper ou à copier)

Je souhaite recevoir :

Le catalogue complet

Les volumes ci-dessous cochés au prix de 6 € l'unité, soit :

...... livres à 6 € = ...

+ frais de port   = ...
(1 vol. : 2,50 € ; 2 à 3 vol. : 3,70 € ; 4 vol. et plus : 4,70 €)

Total : ....

Nom : .... Prénom : ....

Adresse : ....

....

Code postal : .... Ville : ....

Tél. : ....

Paiement par chèque à l'ordre de :
ÉDITIONS GÉRARD DE VILLIERS
15, chemin des Courtilles
92600 Asnières

GÉRARD DE VILLIERS

PACTE AVEC LE DIABLE

Éditions Gérard de Villiers

© Éditions Gérard de Villiers, 2003
ISBN 2-84267-239-9

CHAPITRE PREMIER

— Arrête-toi là ! ordonna Momcilo Pantelic à sa copine Natalia, à qui il avait laissé le volant de son coupé Mercedes SLK.

Natalia Dragosavac écrasa le frein et la voiture cessa de cahoter dans les trous d'un chemin défoncé qui partait de la route de Novi Sad pour conduire à une usine abandonnée. Les phares éclairaient le grillage qui entourait celle-ci, ainsi qu'un terrain vague qui s'étendait jusqu'à la route. Ce chemin défoncé ne menait plus qu'à une grille cadenassée et n'était guère fréquenté. Toute la Serbie était ainsi semée de friches industrielles qui avaient peu de chances de reprendre vie. Natalia éteignit les phares et coupa le moteur. Elle adorait conduire la voiture de son amant et en prenait grand soin. Dans les premières lueurs de l'aube, le paysage était carrément sinistre. Face au terrain vague se dressait, de l'autre côté de la route, l'école vétérinaire de Zemun, dont le terrain descendait jusqu'au Danube.

— Qu'est-ce qu'on fait ici ? demanda Natalia en étouffant un bâillement.

Il était à peine cinq heures et demie du matin et Momcilo Pantelic ne lui avait pas donné de détails sur ce rendez-vous très matinal. D'ailleurs, il ne fournissait jamais d'explications sur ses nombreuses activités. Natalia

Dragosavac s'en moquait. Avant de le rencontrer, elle croupissait huit heures par jour derrière le guichet de l'agence de la Société générale de Zemun, pour un salaire misérable de 15 000 dinars[1], partageant avec sa mère un minuscule deux pièces dans une des grandes barres héritées de l'époque de Tito du bloc G3 de Bezamija, quartier dortoir de Novi Beograd. Désormais, elle habitait un grand appartement de l'avenue Pregerica, à Zemun, avec une vue imprenable sur le Danube, fréquentait les restaurants, s'achetait des fringues au Sava Center et conduisait ce coupé de luxe qu'elle n'avait jamais vu que sur des dépliants publicitaires. Son amant, peu séduisant avec ses traits taillés à la serpe et son menton en galoche, avait toujours des liasses de billets de cent dinars dans les poches.

– Je suis en avance, fit Momcilo Pantelic. Tout à l'heure, tu me laisseras ici et tu ramèneras la voiture à la maison.

– Comment tu vas revenir ?

– On me ramènera, fit Momcilo Pantelic d'un ton mystérieux.

Il s'étira, luttant contre une furieuse envie de se rendormir. C'est vrai, il était parti trop tôt, mais la tension nerveuse l'avait empêché de fermer l'œil. Ils étaient restés tard au café *Monza*, un dancing luxueux installé sur un ponton ancré au bord du Danube. Momcilo attrapa le Zippo accroché à sa ceinture, alluma une cigarette et souffla la fumée, essayant de dénouer ses nerfs, de dissoudre la boule qui lui bloquait l'estomac. Au bout de trente secondes, il jeta la cigarette. Natalia l'observait, intriguée.

– Tu as des problèmes ? demanda-t-elle.

– Non, grogna Momcilo.

Il tourna la tête vers elle et sentit soudain sa tension tomber. Même pas maquillée, vêtue d'un caraco beige

1. Environ 300 euros.

sans soutien-gorge et d'un pantalon de toile assorti, Natalia était sacrément bandante. Brusquement, il posa sa main gauche entre ses cuisses et fut balayé par une brutale pulsion sexuelle.

– Tu n'as pas mis de culotte.

– J'ai pas eu le temps.

Les doigts de Momcilo, plaqués sur elle, s'imprégnaient de sa moiteur et il commença à bander. Se soulevant un peu sur son siège, il descendit le Zip de son jean et fit jaillir de son caleçon à fleurs un sexe déjà raide.

– *Pusi me*[1] !

Docilement, Natalia se pencha par-dessus l'accoudoir central et obéit, enfonçant dans sa bouche le membre bandé, ce qui arracha un râle d'aise à Momcilo Pantelic. Les plaisirs les plus simples étaient les meilleurs. Il tendit la main gauche, remonta le caraco et se mit à malaxer les seins de Natalia, comme s'il voulait en faire jaillir du lait. Miracle : son angoisse disparaissait, comme fondant dans la bouche docile de Natalia. Il se baissa, se contentant de lui appuyer sur la nuque pour qu'elle se l'enfonce bien au fond du gosier jusqu'à ce que sa semence jaillisse. Complaisante, Natalia l'avala jusqu'à la dernière goutte.

Momcilo Pantelic rentra son sexe apaisé dans son caleçon et remonta son Zip.

– *Dobro*[2] ! Tu peux y aller, maintenant.

Il sortit de la Mercedes sans même l'embrasser et prit sa sacoche de cuir. L'air était encore frais, mais dans deux heures il ferait 40 °C. Il guida Natalia dans son demi-tour et regarda les feux arrière de la Mercedes s'éloigner vers la route de Novi Sad. Pris d'une brusque bouffée d'optimisme, il songea que dans quelques heures, il serait riche et pourrait quitter ce pays de merde sans problème. Il n'en pouvait plus de ses combines à la petite semaine sous les

1. Suce-moi !
2. Bien !

ordres de gens qui le méprisaient. Il allait emmener Natalia sur la Côte d'Azur pour s'éclater. Évidemment, avant
cette lune de miel, il avait une petite formalité à remplir :
livrer à la police serbe l'homme le plus recherché du pays,
Milorad «Legija» Lukovic, ex-commandant des Bérets
Rouges, la JSO [1], l'organisation paramilitaire qui avait
commis la plupart des atrocités du nettoyage ethnique.
Dont le dernier exploit était d'avoir organisé l'assassinat
du Premier ministre de la Serbie, Zoran Djinjic, le 12 mars
précédent. Deux balles, une dans la poitrine et l'autre dans
l'estomac, tirées par un *sniper* de l'équipe de «Legija»
équipé d'un H & K 7.62, au moment où Zoran Djinjic descendait de voiture, dans la cour en face de son bureau.

Même dans un pays accoutumé à la violence comme
l'ex-Yougoslavie, ce meurtre froidement prémédité avait
provoqué un choc profond. En plus, c'était la quatrième
tentative de meurtre contre le Premier ministre… Momcilo Pantelic avait participé à la précédente. Au volant
d'un camion autrichien, il s'était jeté sur la voiture qui
emmenait Djinjic à l'aéroport, le forçant à stopper sur l'autoroute de Zagreb, juste à la sortie de Belgrade. Zoran
Djinjic avait été blessé aux jambes dans la collision, mais
l'attentat avait échoué à cause d'un mauvais timing. Normalement, une fois stoppée, la voiture du Premier ministre
aurait dû être prise en sandwich entre deux 4×4 et arrosée
à l'arme automatique. Ce qu'on appelait chez les Bérets
Rouges, le *spanish collar* [2], Dieu sait pourquoi.

Momcilo Pantelic avait évidemment été arrêté, mais,
compréhensif, le juge Zivota Djincevic l'avait relâché
quarante-huit heures plus tard, considérant qu'il s'agissait d'un simple accident de la circulation. Cela en dépit
des liens établis de Momcilo Pantelic avec ce qu'on appelait à Belgrade « la bande de Zemun », clan réunissant les

---

1. Jedinica za Specialne Okracipa.
2. Collier espagnole.

anciens soldats perdus de Milosevic, les barbouzes épu-
rées de la SDB[1] et d'authentiques voyous. On ignorait
que le juge Djincevic était, lui aussi, payé par les gens de
Zemun… Momcilo Pantelic était paisiblement rentré
chez lui et aurait continué une vie sans histoire sans l'assassinat du Premier ministre. Son successeur, Zoran Zivkovic, avait aussitôt proclamé l'état d'urgence et lancé
dans le pays une opération de nettoyage sans précédent,
arrêtant près de deux mille personnes, voyous, policiers
et magistrats, et dissolvant les Bérets Rouges. Le juge
compréhensif qui avait permis à Momcilo Pantelic de
retrouver la liberté dormait désormais à la prison centrale
de Belgrade, en compagnie du procureur général de Belgrade, du président de la Cour suprême, du conseiller
pour la sécurité de l'ancien Premier ministre, Kostunica,
et d'un paquet d'affidés. Deux des chefs du clan de
Zemun avaient été abattus par la police, à la suite d'une
bataille rangée, et l'assassin de Zoran Djinjic arrêté. Des
chefs du complot, il ne restait en liberté que Milorad
« Legija » Lukovic, qu'on disait parti en Croatie ou au
Monténégro.

Prévenu à temps, Momcilo Pantelic s'était enfoncé dans
la clandestinité. Son avenir derrière lui. Il n'avait jamais
été qu'un second couteau. Du temps de Slobodan Milosevic, il était payé pour voler les voitures des citoyens yougoslaves coupables d'avoir critiqué le régime en public.
Les véhicules volés partaient immédiatement en Russie ou
au Moyen-Orient, ce qui permettait au clan de Zemun de
bénéficier de la protection de la SDB tout en gagnant
quelques dinars. La Mercedes SLK datait de cette époque.
Étant un des rares membres du clan de Zemun encore en
liberté, Momcilo avait accepté de se rendre utile en ser-
vant d'agent de liaison entre « Legija » et ce qui restait du

---

1. Sluzba Drzavne Bezbednosti : Services de renseignements
serbes.

clan. Il avait ainsi appris où se cachait le fugitif le plus
recherché de Serbie. Lorsqu'il avait révélé cette information à son avocat, Mᵉ Veselin Djakik, ce dernier lui avait
immédiatement donné un conseil de bon sens : dénoncer
«Legija» contre l'abandon des poursuites contre lui et
beaucoup d'argent. La conscience de Momcilo Pantelic
avait résisté quarante-huit heures. Le temps pour l'avocat
de négocier avec un des chefs de la BIA [1], l'organisme qui
avait remplacé la RDB, elle-même issue de la SDB, d'obtenir dix millions de dinars [2] et un beau passeport tout neuf
à un nom choisi par Momcilo Pantelic, avec un visa
Schengen.

Ce dernier n'en dormait plus depuis deux jours. Bien
entendu, Natalia n'était pas au courant. Il regarda sa
montre : dans moins d'une heure, son avocat, accompagné du patron de la BIA pour Belgrade, Goran Bacovic,
viendrait le chercher pour qu'il les conduise à la planque
de «Legija». Celui-ci arrêté ou tué, il toucherait ses
deniers de Judas, moins les 10 % de l'avocat, et filerait
vers le soleil.

Un bruit de voiture lui fit tourner la tête. Un véhicule
venait de s'engager dans le chemin, venant de la route de
Novi Sad. Une Audi grise.

Ils étaient en avance et cela évitait à Momcilo Pantelic
quelques minutes d'angoisse. Plus vite ce serait terminé,
mieux cela vaudrait.

Les quatre portières de l'Audi s'ouvrirent en même
temps, vomissant quatre jeunes gens en polo noir, jean et
baskets. En une fraction de seconde, le cœur de Momcilo
Pantelic se transforma en un bloc de glace.

Celui qui conduisait s'appelait Luka Simic, dit «le
Shiptar [3]», car il venait de Pec, au Kosovo. Un beau gosse
brun, déjà un peu empâté. Il était accompagné de Jovan

1. Bezbebnosti Informativ Agencije.
2. 250 000 euros.
3. L'Albanais.

Peraj, dit «Pacov[1]» à cause de son long nez pointu, de son menton fuyant et de ses petits yeux enfoncés, de Bozidar Danilovic, dit «l'idiot» et d'Uros Buma, dit «l'arnaqueur».

Quatre horribles voyous, petites hyènes qui gravitaient dans l'orbite du gang de Zemun, prêts à accomplir les tâches les plus abjectes. Ils avancèrent sans se presser vers Momcilo Pantelic, l'empêchant de fuir vers la grande route de Novi Sad.

Pendant quelques instants Momcilo Pantelic demeura cloué sur place. Il regarda autour de lui. Derrière, c'était le grillage de l'usine abandonnée, à droite, un mur clôturant le terrain vague, devant, les quatre voyous. Dans le lointain, il distinguait sur sa gauche plusieurs immeubles de Zemun Polie. S'il arrivait jusque-là, il était sauvé. Il bondit dans cette direction.

* *

Momcilo détalait comme un lièvre à travers les broussailles du terrain vague quand il entendit la voix railleuse de Luka Simic.

– Momcilo, *brate*[2], pourquoi tu te sauves ?

Il rentra la tête dans les épaules, courant de plus belle sans se retourner, se maudissant de ne pas avoir pris une arme. Trois détonations claquèrent, très rapprochées. Il éprouva une violente douleur dans le pied gauche, trébucha et s'étala.

Il essaya de se relever, mais sa jambe gauche se déroba sous lui et il retomba à terre. Les quatre jeunes gens le rejoignirent, le cernant comme des vautours souriants.

– Ce n'est pas nous que tu attendais, Momcilo, fit Luka Simic avec un sourire cruel.

1. Le rat.
2. Mon frère.

Momcilo Pantelic ne répondit pas. À quoi bon ? Les quatre jeunes gens l'empoignèrent chacun par un membre et il poussa un hurlement de douleur quand on toucha son pied gauche d'où le sang dégoulinait. Une balle lui avait sectionné le tendon d'Achille. Ils le transportèrent ainsi jusqu'en bordure du chemin et le laissèrent brutalement tomber. Il voulut se redresser pour examiner sa blessure mais un coup de genou en plein visage le rejeta en arrière.

– Ne bouge pas, intima Luka Simic. N'aie pas peur : on ne va pas te tuer.

Momcilo Pantelic ne le crut pas une seconde. C'est toujours ce qu'on disait. Jovan Peraj, « le rat », lui écrasa la gorge avec son pied, l'empêchant de se relever. Du coin de l'œil, Momcilo vit Bozidar Danilovic commencer à creuser un trou avec une petite pelle, juste à côté de l'endroit où il se trouvait. Sa gorge se noua : ils allaient l'enterrer vivant ! Ces barges étaient capables de tout ! Mais Bozidar Danilovic se redressa après avoir creusé un trou même pas suffisant pour enterrer un chat. Une quinzaine de centimètres de profondeur et autant de diamètre. Il s'éloigna vers l'Audi et revint avec un sac de toile d'où il sortit un objet ressemblant à un petit réchaud à butane d'une belle couleur verte. Avec un sourire ironique, il le brandit devant Momcilo Pantelic.

– Tu sais ce que c'est ?

Momcilo savait : c'était une mine antipersonnel « bondissante ». Un des engins les plus vicieux créés par l'homme. Il en avait posé des dizaines lorsqu'il était milicien dans les Tigres d'Arkan [1]. Il avala sa salive, comprenant ce qui l'attendait.

Avec précaution, Bozidar Danilovic disposa la mine dans le petit trou, puis retira la goupille de sécurité. Tout le corps de la mine était enterré et seules dépassaient du

---

1. Milice paramilitaire serbe.

niveau du sol ses antennes rigides déployées comme les doigts d'une main.

De nouveau, les quatre jeunes gens prirent Momcilo par les poignets et les chevilles et le placèrent juste au-dessus de la mine. Il ne sentait même plus la douleur de son pied… Avec précaution, ils abaissèrent son corps jusqu'à ce qu'il sente les antennes de la mine entrer en contact avec son dos, à la hauteur des reins. Elles s'enfoncèrent sous son poids sans lui causer la moindre douleur, puis il entendit un claquement presque imperceptible. Malgré lui, il retint son souffle : la mine venait de s'armer.

Cependant, il ne se passa rien. Les quatre jeunes gens l'avaient lâché et le regardaient en riant.

– On s'en va, dit Luka Simic, tes copains ne vont pas tarder. Allez, ciao.

En Serbie, on ne disait plus « do svidania ». Ciao, c'était plus moderne. Momcilo Pantelic les vit remonter dans l'Audi qui s'éloigna en marche arrière en zigzaguant un peu avant de disparaître sur la route de Novi Sad. Il ferma les yeux, essayant de ne pas penser. Les tiges d'acier s'enfonçaient dans son dos, insistantes. Il fut tenté de bouger puis se figea, terrifié. La mine bondissante avait une petite particularité : elle n'explosait que lorsqu'on relâchait la pression sur ses antennes. Tant qu'il ne bougeait pas, il ne risquait rien.

***

Cette fois, c'est une vieille Mercedes qui s'arrêta à quelques mètres de lui. Vingt minutes environ s'étaient écoulées depuis le départ de Luka Simic et de ses copains. L'avocat de Momcilo Pantelic jaillit de la place du passager et se précipita.

– Momcilo ! Qu'est-ce qui se passe ? Tu es blessé ?

Comme il se penchait sur lui, Momcilo Pantelic poussa un hurlement.

– Ne me touche pas ! Éloigne-toi !

Un deuxième homme venait de descendre de la Mercedes, un énorme porte-cartes d'officier accroché à l'épaule, un portable fixé à la ceinture. Presque chauve, trapu, moustachu, le visage lourd avec un gros nez busqué, mal habillé, c'était Goran Bacovic, le patron de la BIA pour Belgrade. L'homme qui avait conclu le *deal* avec son avocat. Deux policiers sortirent à leur tour de la voiture.

– Tu es blessé ? répéta l'avocat, voyant la tache sombre sur le bas du jean. Qu'est-ce qui est arrivé ?

Momcilo Pantelic le leur expliqua, en tournant à peine la tête de peur de faire bouger son dos. Il aurait voulu s'enfoncer dans le sol, se coller à cette mine, ne faire qu'un avec elle… Goran Bacovic hocha la tête et prit son portable.

– On va vous sortir de là, affirma-t-il, j'appelle le service de déminage.

Momcilo Pantelic écouta tandis que le chef de la BIA cherchait à joindre les gens compétents. Enfin, le policier referma son appareil et annonça avec un sourire rassurant :

– Ils seront là dans une heure, il y a beaucoup de circulation. En attendant, vous devriez nous dire *où* se planque Milorad Lukovic, s'il est encore temps d'intervenir.

– *Jeba Tebe*[1] ! lança Momcilo Pantelic. Je parlerai quand vous m'aurez débarrassé de cette saloperie. Donnez-moi une cigarette !

Son avocat la lui alluma avec son Zippo orné d'une pin-up et la lui glissa entre les lèvres. Momcilo Pantelic en tira une bouffée et apostropha le chef de la BIA :

– Qui a dit à ces enfoirés que j'avais rendez-vous avec vous ? Qui ? C'est à cause de vous que je suis dans cette merde !

– Je ne comprends pas, balbutia Goran Bacovic. Je n'en avais parlé à personne !

---

1. Allez vous faire enculer !

Le silence retomba. Le soleil se levait et il commençait à faire chaud. Les quatre hommes restèrent debout, entourant Momcilo Pantelic muré dans un silence hostile. Goran Bacovic, lui aussi, se posait des questions. Qui avait pu trahir ? De loin, la scène devait être surréaliste… Mais, depuis longtemps, toute la Yougoslavie était surréaliste.

*
* *

Un fourgon bleu de la Milicija vint s'arrêter derrière la Mercedes de Goran Bacovic, suivi d'une ambulance aux formes anguleuses et à la peinture écaillée. Plusieurs hommes descendirent du fourgon, entourant un homme portant une épaisse combinaison blanche, un casque de scaphandrier en verre blindé et des bottes en Kevlar. Il s'accroupit près de Momcilo Pantelic et commença à l'interroger. Le blessé lui jeta un regard mauvais.

– C'est une putain de mine bondissante ! lança-t-il. Elle est juste sous mes reins. Alors dépêche-toi de faire quelque chose !

Le démineur s'allongea sur le sol, perpendiculairement à Momcilo Pantelic, et commença à creuser une minitranchée avec son couteau pour arriver à glisser le bras sous le corps du blessé. Il engagea ensuite son bras avec d'infinies précautions. Momcilo Pantelic pouvait voir la sueur couler sur son visage et ce n'était pas à cause de la chaleur.

Après avoir exploré la cavité, le démineur retira son bras et annonça :

– Je l'ai touchée, elle est bien là où tu dis.

– Et alors ! explosa Momcilo, qu'est-ce que tu attends pour l'enlever ?

Le démineur se remit debout et bredouilla :

– Faut que j'aille chercher de l'équipement.

Il s'éloigna vers le fourgon, suivi par Goran Bacovic et l'avocat. Celui-ci demanda aussitôt :

– Il y en a pour longtemps ?

Le démineur ôta son casque et lui jeta un regard torve.

— C'est pas une question de temps. On ne peut pas désamorcer ce type de mine une fois qu'elle est armée.

Ses interlocuteurs mirent quelques secondes à réaliser. Goran Bacovic demanda alors avec insistance :

— Il y a bien quelque chose à faire ?

Le démineur essuya la sueur qui coulait sur son visage et laissa tomber :

— Non, *rien*. J'en ai vu des tas, des mines comme ça. Les «Turcs[1]» en avaient aussi. On ne sait jamais comment elles sont réglées. Ça peut péter si on soulève les antennes d'un demi-millimètre. Il faudrait arriver à glisser entre elles et le dos de ce type une plaque d'acier très fine. Ça a une chance sur cent de marcher, et moi je ne vais pas essayer, j'ai trois gosses. Vous ne trouverez pas de volontaire pour ce truc…

Goran Bacovic alluma une cigarette avec un magnifique Zippo bleu orné d'un dauphin.

— Comment faisiez-vous pendant la guerre ?

Le démineur le regarda avec un sourire triste.

— Ça dépendait. Si c'était un «Turc» ou un Croate, on lui attachait une corde au poignet, on se planquait et on tirait doucement. Jusqu'à ce qu'il retombe en morceaux. Quand c'était un copain, on lui tirait une balle dans la tête. Et la plupart du temps, c'était lui qui le demandait… *Dobro*, je vais repartir. Tout ce qu'on peut faire, c'est mettre une tente au-dessus de lui, à cause du soleil.

*
* *

Le soleil était déjà haut dans le ciel. Le fourgon était reparti depuis longtemps, laissant l'ambulance. Goran Bacovic vint s'accroupir à côté de Momcilo Pantelic et lui dit d'une voix rassurante :

1. Les musulmans.

– Écoutez, ça va prendre un peu plus de temps que prévu. Il est parti chercher du renfort. En attendant, il faudrait nous dire où…

Momcilo Pantelic tourna lentement la tête vers lui, vrillant son regard dans le sien, et dit d'une voix blanche :

– Écoute bien, connard ! Si tu continues à me raconter des salades, je me lève et tu pètes avec moi !

Il esquissa un mouvement et Goran Bacovic pâlit.

– Ne faites pas de bêtises ! On va vous sortir de là.

– *Dobro*, laissa tomber Momcilo Pantelic, tu as un flingue ?

– Oui, pourquoi ? répondit le policier après une légère hésitation.

– Donne-le-moi.

Goran Bacovic n'hésita pas longtemps. Ce type n'avait plus rien à perdre et il voyait la folie luire dans ses yeux. Il prit son Glock 28 dans son étui et le tendit à Momcilo Pantelic qui referma les doigts autour de la crosse avec une sorte de soupir de soulagement.

– Maintenant, tu peux te tirer, fit-il.

– Mais, vous, qu'est-ce que…

Momcilo Pantelic lui jeta un regard mauvais.

– Tu sais très bien ce qui va arriver. Dégage !

Lentement, Goran Bacovic se releva, impuissant. La situation le dépassait. Il échangea un long regard avec Momcilo Pantelic.

– Vous ne voulez pas que je prévienne quelqu'un ?

Momcilo faillit lui dire d'aller chercher Natalia, mais à quoi bon ? Il n'avait même plus envie de baiser.

– *Ne, hvala*[1], fit-il. Ciao.

Comme le patron de la BIA de Belgrade commençait à s'éloigner, Momcilo Pantelic se ravisa et lança :

– « Legija » était chez Tanja Petrovic, mais il a sûrement

---

1. Non, merci.

filé. Si tu le trouves, tu lui vides un chargeur dans les couilles de ma part.

– *Epo karacho*[1], murmura Goran Bacovic.

Cette fois, il s'éloigna pour de bon et appela un de ses hommes.

– Établissez un périmètre de sécurité autour de lui, dit-il. Que personne ne puisse approcher à moins de cinquante mètres. Donnez-lui à boire et à manger s'il le demande.

– Il ne risque pas de filer ? demanda un jeune flic.

Goran Bacovic lui jeta un regard peu amène.

– Si, dit-il, il va sûrement filer. Vers le ciel. Ou l'enfer. Et si tu ne veux pas partir avec lui, ne t'approche pas.

1. C'est bon.

CHAPITRE II

Après avoir garé son Opel Corsa de location sur le trottoir de la rue Miloso Pocerco, Malko descendit jusqu'à la rue Sarayewska et remonta Vojvodina Milenka, escarpée comme un sentier de chèvres, où se trouvait l'entrée du personnel de l'ambassade américaine de Belgrade, plus discrète que l'entrée principale sur l'avenue Kneza Miloza. La chancellerie, le consulat et les services annexes occupaient un ensemble de vieux bâtiments entre les rues Sarayewska et Kneza Miloza. D'énormes blocs de ciment alignés sur le trottoir les protégeaient d'éventuels attentats, qui ne s'étaient jamais produits.

Pourtant, en Serbie, les Américains étaient à peu près aussi populaires qu'en Irak, même si le nouveau gouvernement les embrassait officiellement sur la bouche. Mais il n'y avait jamais eu aucun attentat antiaméricain depuis la réouverture de l'ambassade fin 1999. D'ailleurs, les Serbes, avec un passé sulfureux, un présent glauque et un avenir douteux, avaient d'autres chats à fouetter. Écartelés entre leurs vieux démons nationalistes et leur soif d'une vie enfin normale, ils voyaient le pays s'enfoncer inexorablement dans une crise sans fin et sans issue… Malko remonta Vojvodina Milenka sur cent mètres, écrasé par la chaleur infernale. Le goudron fondait sous ses pieds.

En quatre ans, Belgrade n'avait guère changé. Les immeubles détruits par les bombes de l'OTAN, vestiges d'une époque révolue, n'avaient été ni réparés ni rasés, énormes tas de gravats semés un peu partout. Rien que sur Kneza Miloza, il y en avait trois. Au sud de la ville, les deux ponts enjambant la Sava avaient toujours une partie de leur tablier dans la rivière. Les Serbes, en dépit de leur appétit de vie, ressemblaient à des zombies, le regard lointain, noyés dans leurs problèmes. Les prix augmentaient sans cesse, le pays ne produisait plus rien. Le gouvernement n'avait aucun pouvoir et, sans la diaspora, la Serbie aurait ressemblé à un pays d'Afrique. Pourtant, les terrasses des innombrables cafés étaient pleines. C'est là que tout se passait, dans une ambiance irréelle de bonne humeur. Les clients restaient des heures devant une bière ou un café, à regarder les femmes, toutes plus sexy les unes que les autres, légèrement vêtues sous le soleil, ou à discuter politique. Un des seuls plaisirs de cette ville laide, chaude, usée et noirâtre.

Un petit gitan jaillit de derrière une voiture et harcela Malko jusqu'à ce qu'il lui donne une pièce de dix dinars. Il avait déjà l'expression dure et rusée d'un adulte. Les vieux trams de l'époque communiste continuaient à se traîner à leur allure d'escargot, mêlés aux bus verts essoufflés, remplacés parfois par de somptueux bus jaune et bleu offerts par le Japon et portant sur leurs flancs les drapeaux entrecroisés de la Serbie et du Japon. Pourquoi le Japon ? Mystère des Nations unies.

Sa chemise de voile collée à son torse par la transpiration, Malko arriva enfin au numéro huit. Un garde en uniforme entrouvrit la porte et le héla.

— L'entrée principale est sur Kneza Miloza, *sir*, annonça-t-il.

— Je sais, dit Malko, mais on m'attend. M. Mark Simpson.

Le garde consulta une feuille et le laissa entrer. À l'intérieur, il faisait délicieusement frais, comme à l'hôtel *Hyatt* que Malko avait retrouvé inchangé depuis son dernier séjour [1], quand les missiles Tomahawk s'abattaient sur Belgrade. En face de l'hôtel, le building qui avait abrité la télévision de Mme Milosevic n'était plus qu'une carcasse vide ouverte à tous les vents.

— Suivez-moi, *sir*, annonça un jeune homme aux cheveux courts qui venait de surgir d'un long couloir. M. Simpson vous attend.

L'ambassade US s'étageait sur plusieurs niveaux à cause de la pente de Vojvodina Milenka, plusieurs immeubles réunis tant bien que mal la composaient. Beaucoup de pièces étaient condamnées car elle tournait au ralenti. Malko déboucha dans un couloir poussiéreux, éclairé au néon comme dans le Tiers Monde. Un homme mince, les cheveux noirs rejetés en arrière, costume clair et cravate discrète, vint à sa rencontre et lui serra chaleureusement la main.

— *Welcome back in Belgrad!* lança-t-il. Je suis Mark Simpson.

Il le fit entrer dans un bureau qui donnait sur une cour intérieure plutôt sinistre. Peu de dossiers, une grande carte de la Serbie et du Monténégro au mur, à côté du portrait de George W. Bush. Par la porte entrouverte, Malko aperçut dans le bureau voisin une secrétaire boudinée dans une robe à fleurs. Mark Simpson la héla.

— Mary ! Pouvez-vous nous apporter du thé glacé ?

Au même moment, on frappa à la porte du bureau de Mark Simpson qui cria d'entrer. Le battant s'ouvrit sur un Noir aux traits réguliers, tiré à quatre épingles comme une gravure de mode, qui s'excusa d'un sourire.

— Désolé de vous déranger, je voulais seulement vous avertir que je déjeune avec le ministre des Affaires étrangères.

---

1. Voir SAS n° 136, *Bombes sur Belgrade*.

– Malko, dit Mark Simpson, je vous présente Richard Stanton, l'envoyé spécial du State Department, qui cherche à convaincre le gouvernement de Belgrade de lui livrer le général Ratko Mladic. Le prince Malko Linge est l'un de nos meilleurs chefs de mission.

Richard Stanton et Malko échangèrent une poignée de main et Malko demanda :

– Vos démarches sont couronnées de succès ?

Le Noir leva les yeux aux ciel.

– Non. Ils prétendent qu'ils ne savent pas où se trouve Mladic. Alors que nous savons *exactement* où il se cache. C'est la Serbie. O.K., je vous laisse.

– Bonne chance, lança le chef de station.

Mary débaula avec un Thermos. Malko eut une pensée pour la sculpturale Priscilla Clearwater, secrétaire d'un autre chef de station à Belgrade, en 1996. Avec celle-là, il ne risquait pas d'être tenté par le péché de chair. L'Américain alluma une cigarette avec un Zippo au sigle de la CIA et sourit à Malko.

– Je suis sûr que vous pouvez m'apprendre des tas de choses sur Belgrade. Je ne suis là que depuis trois mois.

– Vous êtes arrivé au bon moment, si j'ose dire, remarqua Malko.

Effectivement, le Premier ministre, Zoran Djinjic, avait été assassiné un peu plus haut sur Kneza Miloza, le 12 mars, moins de trois mois plus tôt. Déclenchant la crise la plus grave en Serbie depuis la fin de l'ère Milosevic.

– Je crois que vous êtes un vieux routier de la Yougoslavie, continua le chef de station, donc je n'ai pas grand-chose à vous apprendre.

– J'y ai un peu traîné, admit Malko. Ce n'est pas un pays facile. Mais j'ai peu d'éléments sur l'assassinat de Zoran Djinjic. On m'avait dit que vos relations n'étaient pas au beau fixe depuis quelque temps.

Mark Simpson sourit jaune.

– Je vois que vous êtes bien informé. C'est exact. Il avait un peu dérapé depuis le début de l'année.

– Ah bon ? s'étonna Malko. Comment ?

L'Américain secoua la tête.

– Je ne sais pas ce qui lui a pris ! Il a commencé à nous harceler pour que les choses bougent sur le Kosovo.

– C'est-à-dire ?

– Il insistait pour que la diplomatie américaine prenne les choses en main et décide du statut définitif du Kosovo. Ce qui est une vraie bombe à retardement puisque nous nous sommes engagés auprès des Kosovars d'origine albanaise à leur donner l'indépendance et, aux Nations unies, à ce que le Kosovo reste une province serbe…

Un ange passa, volant en zigzag… Malko n'ignorait pas que le Kosovo, où les Kosovars albanais avaient pratiqué l'épuration ethnique envers les Serbes, n'en laissant que 80 000 sur 300 000, était une vraie « patate brûlante ».

– Nous avons fait passer des tas de messages à Djinjic, continua le chef de station, mais il n'en tenait pas compte. Et puis…

Il laissa sa phrase en suspens et Malko se fit un malin plaisir d'enchaîner :

– Ce n'est quand même pas vous qui…

Mark Simpson eut un sourire un peu crispé.

– On m'avait prévenu que vous aimiez l'humour noir. Non, ce n'est pas nous, mais l'aboutissement d'une longue histoire qui remonte à l'an 2000. À cette époque, Zoran Djinjic a fait un pacte avec le diable.

Malko eut un sourire entendu.

– Il y a un proverbe allemand qui dit que pour dîner avec le diable, il faut une cuiller avec un très long manche…

– Le manche de la sienne n'était pas assez long, soupira Mark Simpson. En septembre 2000, le régime Milosevic était mal en point. Une grande manifestation contre lui était prévue pour le 9 octobre. Seulement, Djinjic savait que cette manifestation pouvait être brisée par la JSO, les Bérets Rouges, une force qui disposait de blindés, d'artillerie et d'hélicoptères. Et surtout, de combattants aguerris, sans scrupules, qui avaient mené l'épuration ethnique en Croatie, en Bosnie et au Kosovo pour le compte de Milosevic. Même l'armée ne voulait pas les affronter. Alors, Zoran Djinjic a fait une proposition au colonel commandant les Bérets Rouges, un certain Milorad Lukovic, dit «Legija» à cause de son passé dans la Légion étrangère française. Les Bérets Rouges ne brisaient pas la manifestation anti-Milosevic, moyennant quoi, on les laissait tranquilles. À l'époque, ils étaient déjà associés avec les voyous du clan de Zemun.

— Pourquoi ont-ils accepté ?

— Ils sentaient bien que l'ère Milosevic touchait à sa fin et qu'ils seraient emportés avec lui s'ils ne choisissaient pas le bon camp. Le reste, c'est de l'Histoire. Le 9 octobre, la foule belgradoise s'est emparée des bâtiments publics et Slobodan Milosevic a été assigné à résidence dans sa villa de Dedinje. Les Bérets Rouges étaient restés dans leur caserne. En apparence, Zoran Djinjic avait gagné : l'Europe et les États-Unis ont applaudi sa détermination et, en 2001, le président George W. Bush l'a invité officiellement à Washington en tant que champion de la nouvelle démocratie serbe. Seulement, le ver était dans le fruit. Cela a commencé insidieusement. D'abord, en juillet 2001, lorsque Slobodan Milosevic a été transféré à La Haye pour y être jugé, une partie de ceux qui s'étaient ralliés au nouveau régime se sont senti bernés. Ils avaient espéré que le problème Milosevic se réglerait en famille, à Belgrade. Milosevic, cela aurait passé, à la rigueur, mais quand Djinjic a voulu envoyer au Tribunal pénal international de La Haye des responsables militaires, les Bérets Rouges sont sortis de leur caserne avec leurs blindés et ont bloqué pendant plusieurs heures les ponts de Belgrade. Et là, Djinjic a réalisé qu'il n'avait aucune force à leur opposer. Qu'il avait laissé se développer un État dans l'État. Alors, au lieu de prendre des sanctions, il a prétendu que le blocage des ponts était dû à des embouteillages… Personne n'a été dupe et les nostalgiques de l'ancien régime se sont senti pousser des ailes. D'autant qu'à la suite de l'éviction de Milosevic, beaucoup de membres de la RDB ou des forces spéciales de la police avaient été chassés de leur poste. Immédiatement, ils ont rejoint le clan de Zemun et l'ont renforcé grâce à leurs connexions innombrables dans les services de sécurité… Tout à continué à pourrir durant l'année 2002. Le clan de Zemun était devenu plus puissant que le gouvernement. Zoran Djinjic, un vrai démocrate qui avait des couilles, a décidé de frapper un grand coup et d'arrêter *tous* les dirigeants du clan de Zemun, y compris les membres des Bérets Rouges. Seulement, il n'a pas réalisé qu'il était bien seul. En réalité, il s'était développé une idéologie «néo-Milosevic» parmi tous ces gens. Comparaître devant le tribunal de La Haye les révulsait. Alors, ils ont préparé un véritable coup d'État, persuadés que le peuple se soulèverait si on supprimait Djinjic et ses amis.

— Ils étaient coupés de la réalité, observa Malko.

L'Américain approuva vigoureusement.

— Tout à fait ! Comme l'OAS, en France, en 1962. Un groupe d'officiers attachés à l'Algérie française a tenté de prendre le pouvoir, mais le peuple français n'a pas suivi. Ici, en Serbie, Milorad Lukovic et ses amis avaient prévu, en plus de Djinjic, d'assassiner trois ministres : Slivanovic, Jevanovic et Popovic. L'opération s'appelait «Stop à La Haye». Des affiches devaient tapisser les murs de Belgrade, des milliers de tracts auraient été distribués et l'armée s'était engagée à ne pas bouger. L'idée des conjurés était de remettre, à la place de Djinjic, Kostunica, l'ancien Premier ministre, considéré comme beaucoup plus nationaliste. Il faut dire que le patron de l'Army Intelligence, le général Momir Stojanovic, est un criminel de guerre et

le protecteur numéro un du général Ratko Mladic, le bour-
reau de la Bosnie… Et puis, un grain de sable a fait
dérailler le coup d'État. Zoran Djinjic a demandé au procureur d'établir quarante-deux mandats d'arrêt aux noms
des principaux membres du gang de Zemun. Seulement,
le procureur était, *lui aussi*, comme des centaines de
magistrats et de policiers, payé par le gang de Zemun.

– Et il les a prévenus ! conclut Malko.

– Exact. Deux jours plus tard, Djinjic était assassiné. Il
avait toujours refusé de porter le gilet pare-balles que je
lui avais offert et son service de sécurité était complètement pourri… Après sa mort, le nouveau Premier ministre,
Zoran Zivkovic, a mis les bouchées doubles. D'abord, on
a arrêté l'assassin, celui qui avait appuyé sur la détente du
fusil d'assaut H&K, le numéro deux des Bérets Rouges,
puis on a dissous ceux-ci, arrêté deux mille personnes,
magistrats et policiers, et institué l'état de siège. La gendarmerie a liquidé quelques-uns des membres du clan de
Zemun, mais personne, presque trois mois après le
meurtre, n'a pu mettre la main sur l'organisateur du complot, Milorad Lukovic, dit «Legija».

– Djinjic a commis une grave erreur de jugement,
conclut Malko.

– Oui. Il n'avait pas bien mesuré le rapport de forces.
Le clan de Zemun surveillait tous ses faits et gestes et
écoutait même son bureau. Quand ils ont compris qu'il se
préparait à rompre le pacte conclu avec eux, ils ont réagi.
Sur l'autoroute de Zagreb, un camion a percuté sa voiture
et l'a immobilisée. Normalement, ce qui suit, c'est un arro-
sage à l'arme automatique. Là, il n'y a rien eu. Les voyous
de Zemun voulaient lui donner un dernier avertissement.
D'ailleurs, lorsqu'il a été tué, il utilisait encore les
béquilles dont il avait besoin depuis cet «accident».

– Est-ce que maintenant la situation est assainie ?
demanda Malko.

Mark Simpson marqua une petite hésitation avant de laisser tomber une réponse lapidaire.

– Non. Il y a quelques jours, on a failli coincer Milorad Lukovic. Un de ses complices, Momcilo Pantelic, impliqué dans le faux accident de l'autoroute de Zagreb, mais relâché, avait décidé de changer de camp. Par l'intermédiaire de son avocat, il a contacté la BIA avec qui il a fait un *deal*. Seulement, quelqu'un a parlé, et lorsque le patron de la BIA de Belgrade est arrivé au rendez-vous, les complices de Milorad Lukovic étaient déjà passés…

Il raconta à Malko l'incident de la mine bondissante, concluant :

– Si ça se trouve, c'est Goran Bacovic qui a prévenu les autres. Tout est pourri au royaume de Serbie.

– Qu'est-ce qui est arrivé à ce Momcilo Pantelic ? interrogea Malko.

– Il s'est tiré une balle dans la tête, quatre heures plus tard, après avoir fumé un paquet de cigarettes et vidé une bouteille de Defender 5 ans d'âge. Ensuite, on a été obligé de faire sauter son cadavre. Il en restait juste assez pour remplir une boîte à chaussures. Depuis, aucune nouvelle de Milorad Lukovic

– Vous pensez qu'il est à Belgrade ?

– C'est ici qu'il est le plus en sécurité, remarqua l'Américain. Il connaît tout le monde, a un réseau de planques, de l'argent et des gens prêts à se faire tuer pour lui. Pourquoi voulez-vous qu'il aille se perdre en Croatie ou au Monténégro ?

Malko commençait à prendre la mesure exacte de la situation.

– Qu'attendez-vous de moi exactement ? demanda-t-il.

Mark Simpson lui adressa un sourire plein d'innocence.

– Que vous retrouviez Milorad Lukovic. C'est devenu une des priorités de la Maison-Blanche. Le Président a vécu le meurtre de Djinjic comme une offense personnelle.

– Pourquoi ? demanda Malko après avoir trempé ses lèvres dans un thé trop sucré et pas assez glacé.

– Il a été le *premier* chef d'État yougoslave a être reçu à la Maison-Blanche, expliqua Mark Simpson. Par George W. Bush qui lui avait prédit un grand avenir. C'était *notre* homme dans les Balkans.

La gorge séchée par la clim', Malko but la moitié de son thé et sourit.

– Vaste programme. Si les services serbes n'y arrivent pas, comment voulez-vous que j'y parvienne ? Même si je connais un peu le pays.

– Parce que vous avez des atouts que les Serbes n'ont pas, dit simplement le chef de station. D'abord, eux ne veulent pas *vraiment* l'attraper. Certains, bien sûr, aimeraient bien le voir mort, pour dormir tranquilles, car il sait beaucoup de choses. Mais surtout, nous avons une arme secrète.

Il lui tendit une feuille de papier : un article de la lettre confidentielle *VIP News* annonçant que Carla Del Ponti, la procureure du Tribunal international de La Haye, avait été contactée par Milorad Lukovic qui avait offert de révéler où se cachaient les deux criminels de guerre les plus recherchés de Serbie, Radovan Karadzic et Ratko Mladic, en échange de l'impunité pour lui.

– C'est vrai ? demanda Malko en lui rendant la feuille.

– Non. C'est un piège que nous tendons à Milorad Lukovic. Avec deux objectifs. D'abord dresser contre lui les amis de Karadzic et de Mladic. S'ils savent où il se planque, ils pourraient le balancer. Ensuite, ça va le rendre fou furieux et si vous venez le titiller, il peut réagir et faire une connerie. Ce qui permettra peut-être de l'approcher et ensuite de le liquider.

Un ange voleta lourdement à travers la pièce. Ce que lui proposait la CIA, c'était pire qu'un pacte avec le diable. Une manip' peut-être encore plus dangereuse que le pacte conclu par Zoran Djinjic. Car Milorad Lukovic n'était pas tombé de la dernière pluie.

– Vous oubliez un menu détail, remarqua Malko. Pour le moment, Milorad Lukovic est en cavale et *personne* ne sait où il se trouve.

L'Américain but un peu de thé et sourit.

– Je ne vous ai pas donné la suite de l'histoire de Momcilo Pantelic. Avant de mourir, il a balancé le nom de la personne qui hébergeait Milorad Lukovic. Une certaine Tanja Petrovic, chanteuse extrêmement connue, liée à feu Arkan et folle amoureuse de son « légionnaire ». Elle le cachait dans une pièce secrète, dans le sous-sol de sa maison, qui avait déjà été perquisitionnée. Évidemment, après les révélations de Momcilo Pantelic, elle a été arrêtée et envoyée à la prison centrale de Belgrade. Pour complicité. Elle aurait dû y rester encore plusieurs mois, seulement je me suis débrouillé avec le juge qui traite son cas.

– C'est-à-dire ?

– Ici, avec de l'argent, on achète tout. Pour 5 000 dollars, il la remet en liberté provisoire. Tanja Petrovic est la seule personne qui puisse nous mener à Milorad Lukovic. Elle sort de prison après-demain. J'espère que vous ne la raterez pas.

Si la CIA se mettait à acheter les magistrats, il y avait de l'espoir. Sous son air convenable, Mark Simpson était un « bon ».

CHAPITRE III

Malko mit quelques secondes à digérer l'information qui soulevait beaucoup de questions.

— Qui est au courant de sa libération ? demanda-t-il.

— À part son avocat, personne. Le juge lui a fait jurer la plus grande discrétion. Au moment où le gouvernement met l'accent sur la lutte contre la corruption, sa remise en liberté fait désordre…

— C'est pour la bonne cause, fit Malko, pince-sans-rire. À votre avis, comment va-t-elle m'accueillir ?

— Si vous lui faites miroiter une possibilité intéressante pour son amant, bien. Mais ne mentionnez pas trop Carla Del Ponti, elle est un peu plus mal vue que le diable dans ce pays.

— Problème, souligna Malko, je parle russe, mais ce n'est pas tout à fait le serbe…

— Problème résolu. Je vous ai prévu une interprète. Une fille sûre et qui n'a pas froid aux yeux. Vous allez la rencontrer tout à l'heure. Elle a déjà travaillé pour l'Agence.

— Bien, fit Malko. Admettons que cette Tanja Petrovic ne m'arrache pas les yeux dans les dix premières secondes, qu'est-ce que j'en fais ?

— Il faudrait la convaincre de ne pas retourner chez elle, la mettre au vert. Pour cela, j'ai eu une idée. Au sein de la BIA, j'ai de longue date un contact qui m'a apporté pas mal d'informations : Goran Bacovic, qui dirige maintenant la section chargée de Belgrade. Lorsqu'il était dans la zone frontière avec la Bosnie, il a été très efficace. Il a à sa disposition d'anciens locaux de rencontre de la RDB et peut en prêter un.

Malko sursauta.

— Goran Bacovic, c'est l'homme que vous soupçonnez d'avoir trahi Momcilo Pantelic !

— Je ne le soupçonne pas, corrigea aussitôt l'Américain, mais ce n'est pas totalement impossible qu'il l'ait fait… Disons qu'il est fiable à 90 %.

— C'est comme si vous me disiez qu'une femme est « un peu » enceinte, répliqua Malko. J'essaierai de me passer de son aide.

— Il vaut mieux quand même le rencontrer, insista Mark Simpson. Il a travaillé trente ans dans les Services et connaît beaucoup de choses. C'est un type intelligent : il sait où est son intérêt. Il est prévu que vous déjeuniez aujourd'hui avec lui à la campagne, en compagnie de votre interprète, Tatiana Jokic.

Malko renonça à polémiquer. Cet univers était un nid de cobras. Il avait déjà donné quelques années plus tôt [1] et connaissait les pièges de la Serbie. On ne savait *jamais* qui travaillait pour qui. Ou alors trop tard.

— Parlez-moi de Tanja Petrovic.

— C'est une femme superbe, affirma l'Américain. Elle adore les hommes d'action et a eu une longue liaison avec Arkan. Mais vous verrez vous-même après-demain.

Il jeta un coup d'œil à sa nouvelle Breitling, une Navitimer chronomatic en or jaune fabriquée seulement à 1 000 exemplaires.

— Tatiana doit être arrivée. À partir de maintenant, elle ne vous quittera plus. Elle connaît beaucoup de gens pour avoir été journaliste à *VIP News*.

---

1. Voir SAS n° 124, *Tu tueras ton prochain*.

Il appuya sur l'interphone et dit à sa secrétaire :

– Faites entrer miss Jokic.

Une fille brune pénétra dans la pièce d'une démarche assurée et l'air sembla soudain plus épais. Tatiana Jokic avait des cheveux très noirs mi-longs, un visage plein de sensualité et portait une robe rouge pompier avec des escarpins assortis à talons aiguilles dorés. Son décolleté carré découvrait la moitié de ses seins. Une vraie bombe sexuelle. Elle s'arrêta en face de Malko et fixa sur lui un regard assuré, direct. Puis, elle lui tendit la main et dit d'une voix mélodieuse :

– *Good afternoon. My name is Tatiana. Good afternoon, mister Simpson.*

Sa poignée de main était ferme et enveloppante. Quand elle s'assit, sa robe remonta, révélant des cuisses fuselées. Elle semblait dotée d'un culot d'enfer.

– Tatiana va vous emmener à ce déjeuner, annonça le chef de station de la CIA. Vous pouvez avoir une confiance totale en elle.

Malko ne voyait pas comment il aurait pu faire autrement, étant donné que la jeune femme allait être son interprète. Il baissa les yeux sur sa Breitling Navitimer.

– Nous ne sommes pas en retard pour déjeuner ? Il est trois heures et demie.

Tatiana Jokic eut un sourire indulgent.

– Pas du tout, nous avons rendez-vous à quatre heures.

Mark Simpson se leva, un sourire un peu forcé aux lèvres.

– Moi, j'ai rendez-vous avec l'ambassadeur Montgomery pour un brunch. *Take care.* Si vous mentionnez au téléphone ce «Legija», désignez-le comme «l'objet n°1».

Il les accompagna à l'ascenseur et ils ressortirent par la porte de la rue Vojvodina Milenka. La chaleur sembla encore plus écrasante à Malko et les talons aiguilles de Tatiana Jokic s'enfonçaient dans le goudron. Elle eut un regard dégoûté sur son Opel de location.

– Elle est toute petite…

– Vous aimez les grosses voitures ? demanda Malko en lui ouvrant la portière.

– J'ai eu un copain qui avait une Audi A8, précisa-t-elle fièrement. Décapotable.

– Un jeune homme riche, remarqua Malko. Moi, je ne suis pas riche.

Tatiana Jokic le détrompa en se glissant dans la petite Opel. Elle secoua ses cheveux noirs.

– Oh non, fit-elle. Il l'avait achetée seulement 10 000 deutsche Mark[1]. Elle était volée. Ici, toutes les belles voitures sont volées, sinon elles sont trop chères.

– Et où est votre ami ?

– En prison, dit-elle avec simplicité. Mais il va bientôt ressortir. Il trafiquait des cigarettes.

La CIA choisissait ses collaborateurs selon des critères élastiques. Malko se tourna vers Tatiana dont la robe découvrait les cuisses presque jusqu'à l'aine.

– Où allons-nous ?

– Vous descendez Kneza Miloza et, en bas, vous prenez l'*autoput*[2] de Nis. Ensuite, je vous dirai. Ce n'est pas très loin.

Il suivit ses indications, passant devant les anciens sièges du MUP[3] et de la RDB réduits à des tas de gravats par les bombes américaines. Comme ils étaient arrêtés à un feu rouge, Tatiana plongea la main dans son sac et en sortit un objet brillant.

– À propos, mister Simpson m'a donné ceci pour vous, dit-elle.

C'était un pistolet automatique Zastava, copie exacte d'un Colt 45, mais nickelé. Malko le prit et le posa par terre, un peu étonné.

---

1. Environ 5 000 euros.
2. L'autoroute.
3. Ministère de l'Intérieur.

– Apparemment, dit-il, nous allons faire quelque chose de dangereux. Vous n'avez pas peur ?

Tatiana Jokic éclata de rire.

– Je veux m'acheter un scooter et ensuite aller en vacances au Monténégro ! M. Simpson m'a promis une grosse prime si je vous accompagnais partout. Ici, en Serbie, nous avons vu tellement de choses ! Moi j'habitais près de Pristina. Les *Shiptari* ont brûlé ma maison et égorgé mon père. J'aurais bien voulu avoir un pistolet à ce moment-là.

Tatiana sortit un paquet de cigarettes et il eut tout juste le temps de lui en allumer une avec son Zippo armorié.

– Si un jour Dieu fait que je me retrouve devant ces *Shiptari*, continua Tatania, je les tuerai. J'ai été en pèlerinage à Ostrok l'année dernière et l'*iguman* [1] m'a dit que j'avais raison. Attention, c'est la prochaine sortie.

Malko sortit de l'autoroute et aperçut une pancarte en cyrillique indiquant Bocec. Un petit village banal, à une dizaine de kilomètres du centre de Belgrade. Tatiana Jokic le fit s'arrêter devant ce qui ressemblait à un chalet montagnard. Une vieille Mercedes grise était garée devant.

– Goran Bacovic est déjà là, fit-elle. J'espère qu'il n'a pas amené sa femme, elle est horrible.

**

Goran Bacovic dévorait des oignons crus comme un lapin grignote des carottes : à la chaîne. Et il avait amené sa femme, carrée, laide, boudinée dans une robe sans forme, avec des traits durs et un regard vicieux. Une vieille apparatchik qui dévorait Malko des yeux. À part des salades de tomates et de concombre, on ne leur avait encore rien servi de consistant. Les murs étaient recouverts de boiseries comme dans un chalet et on se serait cru

1. Le responsable du monastère.

très loin de Belgrade. Malko observait le chef de la BIA pour la capitale. Il avait posé un énorme porte-cartes noir sur la chaise voisine, avait un portable accroché à la ceinture, un polo fatigué et le visage empâté. Un peu chauve, son gros nez busqué lui mangeait tout le visage, descendant jusqu'à la moustache fournie. Une bouteille entamée de Defender était posée devant lui. Ses yeux bougeaient sans arrêt, revenant souvent au décolleté de Tatiana Jokic.

Celle-ci se tourna vers Malko.

– Qu'est-ce que vous voulez savoir ?

Il n'eut pas à répondre, le dos meurtri par le Zastava glissé sous sa veste. Le garçon venait d'apporter de l'agneau rôti entouré de pommes de terre. Tout le monde se jeta sur la nourriture. Goran Bacovic mastiquait comme une machine, arrosant sa viande de vin blanc coupé d'eau gazeuse.

Enfin repu, il repoussa son assiette et jeta une phrase brève à Tatiana Jokic.

– Il vous souhaite la bienvenue à Belgrade et va essayer de vous aider.

– Merci, dit Malko. Il est au courant de la remise en liberté de Tanja Petrovic ?

– Bien sûr. Mister Simpson l'a mis au courant, traduisit Tatiana. Il peut la suivre si cela nous arrange, sans que personne le sache.

– Elle habite où d'habitude ? demanda Malko.

– En face du stade Cervena Svesda[1], une très belle maison.

Le Serbe continua et Tatiana attendit qu'il eut terminé.

– Goran Bacovic vous recommande de ne parler à personne de sa collaboration avec vous. Il est à trois ans de la retraite. C'est son dernier poste. Il a beaucoup de respect pour M. Simpson, mais il ne veut pas prendre de risques en nous aidant trop ouvertement. Milorad Lukovic

1. Étoile rouge.

a encore beaucoup d'amis en ville. Et il ne sait toujours pas qui a vendu la mèche dans l'affaire Momcilo Pantelic. Peut-être quelqu'un de très proche de lui. Il faut se méfier de tout le monde et essayer de ne nuire à personne.

Une conception originale du métier de policier.

– Pense-t-il que Milorad Lukovic est toujours à Belgrade ? demanda quand même Malko.

– Oui, il en est sûr, traduisit Tatiana.

– Pourquoi ?

– Il ne peut pas le dire. Ce serait trop risqué pour lui. Mais si *vous* le trouvez, il vous aidera.

– À l'arrêter ?

– Non, à le tuer, traduisit Tatiana. Il est trop dangereux pour qu'on l'arrête. Et trop puissant. Il serait relâché et ferait tuer ceux qui l'ont dénoncé.

C'était le monde à l'envers. Malko commençait à comprendre pourquoi on l'avait envoyé au casse-pipe : il ne devait pas y avoir beaucoup de volontaires.

La femme de Bacovic mangeait sans arrêt et sans dire un mot, dévorant l'agneau comme un loup affamé. On leur apporta ensuite des cafés infects et le patron de la BIA pour Belgrade se leva.

– Il a du travail, continua Tatiana. J'ai son portable si on a besoin de lui.

Visiblement, le policier serbe ne tenait pas à être vu avec Malko.

*
* *

C'était la première fois que Malko voyait une prison avec une clôture de moins d'un mètre de haut ! Un enfant aurait pu l'escalader. La prison centrale de Belgrade, en plein cœur d'un quartier populaire, était un énorme bâtiment de six étages, construit en contrebas des rues qui l'entouraient, en si mauvais état qu'il semblait abandonné. À part le grand portail de la rue Krajina Ostroje, les murs

ne dépassaient pas un mètre. Des policiers casqués, en
tenue de combat, le visage dissimulé sous un filet camou-
flé qui leur donnait l'air de martiens, patrouillaient tout
autour de l'étrange bâtiment, transpirant sous la chaleur
tropicale, Kalachnikov à l'épaule, pistolet au côté.

Tatiana Jokic désigna à Malko un bistrot en haut de la
rue, le *Coral*, et conseilla :

— On va attendre là.

Il était à peine onze heures et demie. Elle avait troqué
sa robe rouge pour un pantalon moulant presque plus sexy
et un polo ajusté. Ils gagnèrent le café d'où ils pouvaient
observer la rue en pente où se trouvait l'entrée de la prison. Il n'y avait qu'un seul client au bar du *Coral*. Un
géant de presque deux mètres, au crâne rasé, avec un nez
pointu très « serbe », des épaules de débardeur et des yeux
enfoncés, bizarrement habillé d'un costume gris sombre
aux trois boutons boutonnés, avec une chemise noire et
une cravate gris et noir retenue par une barrette. Un vrai
croque-mort. Tatiana et Malko s'assirent à une table et la
Serbe souffla à l'oreille de Malko :

— C'est bizarre. Le type, au bar, c'est Vladimir Budala,
un membre du gang de Zemun. On l'appelle « le fou ».

— Pourquoi ?

— Il fait des choses folles. Un jour où il avait bu beaucoup de Slibovisz, il a jeté dans le Danube tous les passagers d'un bateau.

— Il n'a pas été arrêté ?

— Non. Ils n'avaient rien de précis contre lui, mais
pourtant, c'est quelqu'un de très dangereux. Un tueur.

— Qu'est-ce qu'il fait ici ?

— Je ne sais pas, avoua-t-elle. Il vient peut-être chercher un copain qui sort de prison.

— Ou Tanja Petrovic...

— Peut-être, fit Tatiana, sans s'émouvoir. Il connaît
bien « Legija ».

– Je croyais que *personne* n'était au courant de sa remise en liberté, souligna Malko.

Tatiana eut un geste évasif.

– En Serbie, c'est difficile de garder un secret.

Ça commençait bien.

Vladimir Budala se retournait de temps en temps vers la porte pour inspecter la rue. Malko croisa son regard. Froid et vide comme celui d'un serpent. Un vieux 4×4 blanc passa lentement devant le café, avec quatre hommes à l'intérieur. Salué par un sourire ironique de Tatiana Jokic.

– C'est le MUP ! Apparemment, eux aussi sont au courant.

Malko baissa les yeux sur sa Breitling Navitimer : les deux aiguilles s'étaient presque rejointes, il était midi.

– Il vaudrait mieux y aller, conseilla-t-il.

Au moment où ils sortaient du bistrot, Vladimir Budala passa devant eux et gagna son Audi grise garée un peu plus haut. Malko remonta dans l'Opel et descendit la rue Krajina Ostroje. Ils étaient à vingt mètres de la prison, suivis par l'Audi, quand une longue Mercedes noire les doubla silencieusement. Aux reflets verdâtres des glaces, Malko comprit qu'elle était blindée. Elle s'arrêta pile en face du portail de la prison, mais personne n'en descendit... Dans le rétroviseur, Malko aperçut le 4×4 du MUP qui revenait à petite vitesse pour se garer devant le ridicule mur d'enceinte. Derrière eux, Malko étouffait de fureur. Pour une sortie discrète, c'était parfait ! Il ne manquait qu'un *troubacic* [1], comme à la sortie des mariages ! Malko s'immobilisa derrière la Mercedes. Tatiana Jokic ne semblait pas troublée par ce déploiement de forces.

– Avec tous ces gens, Tanja ne risque rien, remarqua-t-elle. Personne ne va la flinguer. Certains la soupçonnent d'avoir balancé «Legija». D'autres ne voudraient pas qu'elle le fasse.

_____
1. Orchestre de cuivres.

Tout à coup, elle tourna la tête vers le portail et lança, tout excitée :

– La voilà !

Malko aperçut une silhouette blanche qui venait de sortir de la prison et remontait sans se presser l'allée menant à la grille. Une blonde élancée, à la chevelure abondante, vêtue d'un pull collant d'un blanc immaculé moulant une énorme poitrine et d'une mini assortie, s'arrêtant au premier tiers de ses longues cuisses. Juchée sur des escarpins d'un blanc éblouissant, elle faisait plus de cent quatre-vingts centimètres...

Altière, le regard fixé droit devant elle, elle se dirigeait vers la grille comme une star montant les marches du Festival de Cannes. Milorad Lukovic avait bon goût.

Bouche bée, les sentinelles la regardèrent passer et c'est tout juste si elles ne présentèrent pas les armes. Un soldat s'avança, un bout de papier à la main. Malko crut d'abord qu'il s'agissait d'une levée d'écrou. Ce n'était qu'un autographe...

Tanja était arrivée à la grille. Les portières de la Mercedes 600 s'ouvrirent au même moment sur un homme aux cheveux blancs, massif comme un bûcheron monténégrin, arborant une Breitling *Bentley Le Mans* au poignet, un vrai bracelet de pharaon, et deux paires de lunettes accrochées au cou par d'énormes chaînes en or. Vêtu d'un tee-shirt et d'un pantalon tire-bouchonné, chaussé de sandales, il ne semblait pas vraiment porté à l'élégance.

Il se précipita vers Tanja Petrovic et l'étreignit. Son menton se perdait entre ses seins. Deux armoires à glace étaient sorties à leur tour de la Mercedes. Elles encadrèrent Tanja Petrovic et, dès que l'homme aux cheveux blancs l'eut lâchée, la poussèrent à l'arrière de la Mercedes qui démarra trente secondes plus tard.

Cela ressemblait furieusement à un kidnapping.

Malko démarra à son tour, talonnant la grosse voiture. Il se tourna vers Tatiana Jokic :

– Vous le connaissez ?

– Qui ne le connaît pas ? répondit la Serbe. C'est Zatko Tarzik, un des hommes les plus riches de Belgrade. Il a fait fortune dans le café, pendant l'embargo, grâce à son *kum* [1], le général Mladic. C'est un Bosniaque lui aussi.

– Quel est son lien avec Tanja Petrovic ?

– Il était très lié aux Bérets Rouges.

L'Audi grise conduite par Vladimir Budala les doubla. Apparemment, il en avait assez vu. Le 4×4 du MUP suivit un temps, puis décrocha à son tour.

Au moment où ils s'engageaient dans l'avenue Gospodara-Vucica, Malko aperçut dans son rétroviseur une Mercedes claire décapotable, avec quatre jeunes gens en polos sombres. Des visages durs, des cheveux très courts, des lunettes de soleil... Leur voiture resta derrière l'Opel de Malko, sans chercher à doubler.

– Vous les connaissez ? demanda Malko.

Tatiana se retourna. Cette fois, elle dit d'une voix mal assurée :

– On dirait les types qui ont piégé Momcilo Pantelic. Des jeunes voyous de Zemun. Je les vois parfois au café *Monza*.

– Ils n'ont pas été arrêtés ?

– Ils sont recherchés...

Maintenant, en tout cas, ils ne semblaient pas se cacher.

– Qu'est-ce qu'ils viennent faire ici ?

– Je ne sais pas, avoua-t-elle. Je crois que la police les laisse en liberté pour les surveiller, dans l'espoir qu'ils la conduisent à « Legija ».

La Mercedes 600 où se trouvait Tanja Petrovic remontait maintenant l'ex-boulevard de la Révolution, devenu

---

1. Témoin de mariage.

Krajna-Aleksandra. Un kilomètre plus loin, elle tourna à droite, dans une petite rue escaladant une colline. Bientôt, ils aperçurent le Danube.

– En tout cas, Zatko ne la ramène pas chez elle, remarqua Tatiana.

La Mercedes avec les quatre voyous était toujours derrière eux. Apparemment, ses occupants étaient, eux aussi, curieux de savoir où allait la maîtresse de Milorad Lukovic. Elle tourna enfin dans une petite rue ombragée, en pente, s'arrêtant devant le portail d'une villa cossue. Celui-ci s'ouvrit électriquement et la voiture disparut à l'intérieur d'un garage.

– C'est une des maisons de Zatko Tarzic, annonça Tatiana. Il en a plusieurs dans le quartier.

Malko revit les deux armoires à glace qui avaient encadré Tanja Petrovic à sa sortie de prison. Cela ressemblait de plus en plus à un enlèvement. Comme si elle avait lu dans ses pensées, Tatiana remarqua :

– Il a sûrement lu dans les journaux que « Legija » voulait les balancer au tribunal de La Haye et a peut-être envie d'en savoir plus. Ou alors il a envie de la sauter…

Dépité, Malko ne répondit pas. Le beau plan de Mark Simpson venait de s'effondrer. Non seulement ils n'avaient pas été les seuls à connaître la mise en liberté de Tanja Petrovic, mais elle avait été pratiquement kidnappée sous ses yeux. Il ne se voyait pas donner l'assaut à la villa de Zatko Tarzic pour la récupérer.

– Où allons-nous ? demanda Tatiana.

Malko jeta un œil sur sa Navitimer et comprit pourquoi il mourait de faim : il était une heure et demie.

– Si on allait déjeuner ? suggéra-t-il. À cette heure-ci, Mark Simpson ne doit pas être à son bureau. Vous connaissez un endroit sympa ?

– Le *Vuk*, conseilla Tatiana, près de Kneza Mihaila. Il y a une terrasse et on y mange bien.

Elle se retourna et remarqua soudain :

– Ces enfoirés de Zemun sont toujours derrière nous. Je me demande bien ce qu'ils veulent. Vous avez le truc que M. Simpson vous a donné ?

Le Zastava automatique que Malko avait glissé dans sa ceinture.

– Oui, dit-il. Pourquoi ?

– On ne sait jamais. Ces types sont dangereux.

– Ici, en pleine ville, en plein jour ?

– Et Djinjic ? répliqua Tatiana. Il a été assassiné en pleine nuit et en rase campagne ?... Vous ne les connaissez pas.

Décidément, la Yougoslavie n'avait pas changé. C'était toujours la peur à tous les étages. Il décida de faire comme si de rien n'était et un quart d'heure plus tard, ils étaient dans le centre, tout près de Kneza Mihaila, la grande artère piétonne de Stari Beograd, le vieux Belgrade. Malko se laissa guider par Tatiana dans le dédale des rues étroites et ombragées zigzaguant autour de Kneza Mihaila. Se garer relevait du cauchemar, chaque espace du trottoir était protégé par des triangles métalliques rabattables, verrouillés par des cadenas. En plus, les voitures-grues du MUP guettaient les véhicules en infraction pour les escamoter et ne les rendre que contre 5 000 dinars. La seule industrie qui fonctionne vraiment bien dans la ville.

Enfin, il trouva une place dans une petite rue mal pavée qui se terminait en impasse. Malko s'y glissa. Au moment où il émergeait de la voiture, son pouls s'accéléra. La Mercedes décapotable s'était arrêtée un peu plus haut et ses occupants l'observaient, impassibles derrière leurs lunettes noires. Soudain, le poids du Zastava à sa ceinture lui parut rassurant. Tatiana Jokic les avait vus aussi et dit à voix basse :

– Faites comme si de rien n'était.

Comme ils passaient à quelques mètres des quatre voyous, l'un d'eux lança à Tatiana quelque chose en serbe.

Elle s'arrêta et un des occupants de la Mercedes lui fit signe de les rejoindre.

— Attendez ! lança Tatiana à Malko. Allez au restaurant, c'est en haut de la rue, à gauche. En terrasse.

Il ouvrit la bouche pour la questionner, puis décida de laisser faire.

*
* *

Malko était installé depuis dix minutes à la terrasse ombragée du *Vuk* lorsque Tatiana le rejoignit. Elle héla le garçon et commanda un Defender « Success » qu'elle but d'un trait avant de plonger son regard dans celui de Malko. Visiblement déstabilisée.

— Je crois que je ne vais pas pouvoir travailler avec vous, lâcha-t-elle.

— Pourquoi ? demanda Malko, stupéfait.

Elle sortit un paquet de cigarettes de son sac et Malko lui en alluma une avec son Zippo armorié en argent massif.

— Ces voyous vous ont menacée ? demanda-t-il.

Tatiana Jokic souffla la fumée de sa cigarette, le regard dans le vague.

— On peut dire ça ainsi. D'abord, ils m'ont demandé qui j'étais. Je ne leur ai pas dit que je travaillais pour l'ambassade américaine, mais que j'étais interprète, que vous m'aviez engagée par le *Hyatt*. Alors, ils m'ont demandé qui vous étiez. En ajoutant que vous étiez un minable pour avoir une voiture comme ça.

C'était un comble…

— Ils ne vous ont pas demandé ce que je faisais ?

— Si. Ils voulaient savoir pourquoi vous étiez à la sortie de la prison. J'ai prétendu que vous étiez journaliste, que vous prépariez un reportage sur les « criminels de guerre ». Alors, ils m'ont insultée, m'ont dit que « Legija » était un héros de la Serbie, Tanja aussi, et qu'il fallait les laisser tranquilles. Sinon, ils me violeraient et me jetteraient dans le Danube. J'ai envie d'un scooter, mais pas à ce point-là.

– C'est une bonne idée d'avoir dit que j'étais journaliste. Je me suis parfois fait passer pour un reporter du *Kurier* de Vienne et je suis autrichien.

Tatiana lui jeta un regard noir.

– Non. Parce que vous n'êtes *pas* journaliste. Vous travaillez pour la CIA et vous êtes ici pour retrouver «Legija», pour le livrer aux Américains, parce qu'à Belgrade, personne n'osera l'arrêter. Ces types vont très vite découvrir ce que vous faites *vraiment*. Et je ne veux pas être avec vous à ce moment-là.

Au moins, c'était franc.

– Je ne peux pas vous retenir, soupira Malko, résigné. C'est dommage, vous n'aurez pas votre scooter. Et je commençais à bien m'entendre avec vous.

Tatiana Jokic planta son regard dans le sien.

– Vous voulez dire que vous aimeriez coucher avec moi ? Toujours la brutalité des pays de l'Est !

– Je n'ai pas encore eu le temps d'y penser, répliquat-il en souriant, même si vous êtes extrêmement sexy.

Elle but ce qui restait du Defender avec les glaçons fondus et reprit :

– Je ne veux pas mourir ou être violée. Ils m'ont demandé mon numéro de portable et je n'ai pas osé leur refuser. Avec ça, ils peuvent me retrouver.

C'était un comble : dans une Yougoslavie sans Milosevic, les voyous faisaient encore la loi. Malko comprenait mieux comment Zoran Djinjic avait pu être aussi facilement assassiné.

– *Too bad*[1], conclut-il. Je demanderai une autre interprète à l'ambassade. On va quand même déjeuner.

Il avait commencé à consulter la carte quand Tatiana posa la main sur son poignet.

_____
1. Dommage.

– Attendez ! Il y a peut-être un moyen de s'entendre.

– Lequel ?

– J'estime qu'un scooter, ce n'est pas assez payé pour les risques que je prends en restant avec vous, expliqua Tatiana. Je vous fais une proposition : vous me payez une Mercedes et je travaille avec vous. Même si c'est dangereux. Au moins, si je me fais tuer ou violer, je n'aurai pas l'impression d'être une conne…

Malko posa la carte, retenant une sérieuse envie de rire.

– Tatiana, dit-il, en supposant que j'accepte votre proposition, vous savez combien coûte une Mercedes ? Jamais la CIA n'acceptera.

– Vous pouvez aller jusqu'à combien ?

Comme il ne répondait pas, pris de court, Tatiana se pencha vers lui et chuchota :

– Dix mille euros, ça pourrait aller ? demanda-t-elle anxieusement.

Malko la fixa, abasourdi.

– Dix mille euros pour une Mercedes, mais ça vaut dix fois plus ! Même en Allemagne.

– Pas ici, corrigea sèchement Tatiana. J'en connais une que je peux avoir pour ce prix-là. Un coupé SLK.

Le haut de gamme.

– Elle est volée, à ce prix-là !

– Évidemment, fit-elle, agacée, comme toutes les belles voitures qui roulent ici. Mais ce n'est pas vous qui la conduirez et elle sera à mon nom. Alors ?

Malko lui jeta un regard amusé.

– Vous n'allez pas me demander un avion privé, après ?

Tatiana Jokic le foudroya du regard.

– Je ne suis pas une pute. Je veux seulement être rétribuée pour les risques que je prends. Vous pouvez trouver l'argent ?

– Oui, je pense, dit Malko.

Il avait dans le coffre, à son hôtel, 50 000 dollars en liquide. Pour les imprévus.

– Où ?

Tatiana était agrippée à lui comme un chacal. Il ne put s'empêcher de sourire.

– À l'hôtel.

– Allons-y. On déjeunera après.

Il eut tout juste le temps de laisser quelques billets sur la table. En montant dans l'Opel, Tatiana Jokic eut à nouveau une grimace dégoûtée.

– Vous allez pouvoir jeter ce tas de boue.

Tatiana trépignait comme une enfant qu'on emmène dans un magasin de jouets, le sac en papier kraft sur ses genoux contenant 10 000 dollars. Ils longeaient le Danube depuis une demi-heure en direction de Novi Sad.

– À gauche, ordonna soudain la jeune femme.

Ils s'enfoncèrent dans un chemin non asphalté, débouchant au pied d'une barre décrépite d'une centaine d'appartements. Le regard de Malko tomba sur un coupé Mercedes SLK gris, couvert de poussière. Tatiana semblait fascinée.

– Elle est belle, non ? lança-t-elle.

La voiture avait des plaques allemandes. Tatiana sautait déjà dehors.

– Vous m'attendez ? Si vous montez avec moi, le prix va doubler.

– À qui est cette voiture ?

– Elle était à Momcilo Pantelic. Sa copine m'a dit qu'elle voulait la vendre pour avoir un peu d'argent. Vingt mille euros. Mais quand elle verra l'argent, elle ne pourra pas résister.

– Vous êtes sûre qu'elle est là ?

– Bien sûr. Je lui ai téléphoné.

Elle avait déjà disparu dans l'immeuble. Malko prit son mal en patience. Tatiana réapparut une demi-heure plus tard. À son air triomphant, Malko n'eut pas à poser de questions. Elle se pencha vers lui, exhibant un trousseau de clefs, et lança :

— Vous me suivez, on va rendre votre Opel au *Hyatt* et ensuite on ira boire un verre au café *Monza*.

Tatiana Jokic démarra comme aux Vingt-quatre heures du Mans et Malko eut du mal à la suivre. Après avoir grillé une demi-douzaine de feux et manqué d'écraser autant de piétons, elle s'arrêta enfin devant le *Hyatt*, laissant Malko rendre l'Opel Corsa. Fière comme Artaban, elle lui adressa un sourire éblouissant, quand il se glissa dans la Mercedes.

— Je n'ai jamais été aussi excitée de ma vie ! soupira-t-elle. Comme si je m'étais fait draguer par George Clooney !

· Elle dévala la rampe du *Hyatt*, terminant par un virage en épingle à cheveux où elle dut laisser la moitié de ses pneus. Direction Zemun. Après une course éperdue, ils stoppèrent en face d'un café établi sur un house-boat ancré au bord du Danube. Une terrasse avec de grands parasols verts portant l'inscription « Monza Racing Café ».

Tatiana Jokic s'engagea sur la passerelle d'un pas impérial et gagna une table. En s'installant, Malko eut un petit choc désagréable. Les quatre voyous qui les avaient suivis depuis la prison occupaient une table voisine. Était-ce une coïncidence ? Ou un acte délibéré de la part de Tatiana ? Celle-ci, à peine assise, se pencha vers lui :

— Est-ce que je peux commander du champagne ?

Malko n'eut pas le courage de ternir son bonheur tout neuf. On baptisait bien les navires au champagne, pourquoi pas la Mercedes ? Il commanda une bouteille de Taittinger Comtes de Champagne Blanc de Blancs millésimé 1995. Tatiana ruisselait de bonheur. Quand ils choquèrent leurs flûtes, elle se pencha à son oreille et dit :

— Je vais vous aider à retrouver « Legija ». Mais d'abord, ce soir, on va faire la fête chez les « Panthères noires ». Ensuite, vous verrez comment baise une Serbe quand elle est bien dans sa peau.

CHAPITRE IV

Zatko Tarzic se resservit goulûment de moussaka, sorte de hachis parmentier à la turque. Il mangeait à l'aveugle car ses petits yeux porcins n'arrivaient pas à se détacher de la poitrine de Tanja Petrovic. Tout Belgrade savait que ses seins magnifiques ne devaient rien au silicone. Ce qui le faisait fantasmer encore plus. En plus, Tanja était un symbole de réussite : vedette de la chanson, compagne d'Arkan, grand voyou révéré comme un dieu par les nationalistes de la Grande Serbie et dont l'enterrement avait attiré dix mille personnes, et maintenant, maîtresse de l'homme qui avait fait assassiner le Premier ministre.

Ils déjeunaient en tête à tête sur une élégante table en verre qui, comme les autres meubles de la villa, sortant des ateliers parisiens de Claude Dalle. Zatko Tarzic avait été flatté que le décorateur en personne se soit déplacé à Belgrade.

— C'est meilleur que là-bas, hein ? remarqua-t-il.

Pourtant, Tanja Petrovic n'avait guère entamé sa moussaka.

— *Da*, fit-elle froidement.

Elle avait beau être accoutumée aux regards insistants des hommes, celui-là était vraiment trop bestial.

— À propos, continua-t-elle, pourquoi étais-tu si pressé

de me voir ? Tu veux me rendre mes cinq millions de dollars ?

Zatko Tarzic grimaça un sourire, gêné. Depuis des mois, Tanja lui réclamait cette somme qu'il aurait « étouffée » au cours de transactions compliquées. Seulement, dans leur univers, les choses ne se réglaient pas par avocat. Zatko eut un geste rassurant.

— J'étais inquiet de te savoir seule. Ces salauds de la BIA auraient pu t'emmerder. Ici, tu es tranquille, personne ne viendra te chercher.

— C'est gentil de ta part, fit Tanja, n'en croyant pas un mot.

Comme tout le monde, Zatko Tarzic était au courant de la rumeur selon laquelle Milorad Lukovic serait prêt à échanger sa liberté contre celle de Karadzic et Mladic. Or, ce dernier était son *kum* et son associé. Tarzic avait sûrement envie de savoir ce qu'il y avait de vrai là-dedans. Tanja savait qu'il ne fallait pas le prendre de front. Dans cette maison, elle était à sa merci. Mais elle grillait de retrouver sa liberté afin de pouvoir contacter son amant. Il fallait donc ruser.

— Je n'ai pas très faim, fit-elle. Je crois que je vais prendre une douche et faire la sieste.

— Super ! approuva Zatko Tarzic. Je mets le sauna en route. Ça te détendra. Mais avant, je voudrais qu'on bavarde un peu.

Il se leva, alluma la télé et mit à tue-tête un feuilleton mexicain doublé en serbe. Une bonne méthode pour déjouer d'éventuelles écoutes. Penché vers Tanja, il demanda, la voix couverte par le son monté à fond :

— Tu vas essayer de retrouver « Legija », hein ? C'est ton homme. Et un type bien.

Tanja ne broncha pas, esquissant à peine un sourire.

— Je ne sais pas où il est, prétendit-elle. Je ne pensais pas être arrêtée. Il devait me contacter chez moi. Il doit être déjà loin.

Zatko Tarzic eut un hochement de tête compréhensif et posa une main grassouillette sur la cuisse fuselée de Tanja.

— Même si tu ne sais pas où il est, je peux t'aider, avec mes amis, à le retrouver et à le protéger. Tu sais que je m'occupe depuis longtemps de mon *kum* et de son copain, le « poète ».

Le « poète », c'était Radovan Karadzic.

— Je sais, mais pour l'instant, je vais me reposer de la prison.

Il comprit qu'elle ne parlerait pas. D'ailleurs, la proximité de cette magnifique femelle l'empêchait de réfléchir. Il serait toujours temps de revenir à la charge. Ils se levèrent en même temps. Spontanément, il passa un bras musculeux autour de la taille de Tanja Petrovic, la collant contre lui. C'était trop tentant. D'un coup de reins déterminé, la jeune femme se dégagea avec un sourire froid.

— Je vais me reposer.

Zatko Tarzic n'insista pas et quitta la pièce en lançant :

— Je vais allumer le sauna.

Tanja Petrovic se rassit, regardant distraitement la télé. Désormais, elle savait pourquoi Zatko Tarzic était venu la chercher à la prison. Il voulait s'assurer des intentions de Milorad Lukovic. Depuis des années, les anciens de la bande Milosevic n'arrêtaient pas de se trahir. Donc, cela ne devait pas l'étonner que « Legija » propose à Carla Del Ponti d'échanger sa propre liberté contre les deux criminels de guerre les plus recherchés de Serbie.

En réalité, Tarzic l'avait bel et bien kidnappée. Pour qu'elle le mène à son amant. Ensuite, les choses pouvaient évoluer de différentes façons. Si Zatko Tarzic estimait que son *kum*, Mladic, était en danger, il ferait liquider « Legija », comme on avait fait abattre Arkan trois ans plus tôt parce que ce dernier s'apprêtait à témoigner à La Haye. Malgré son bel ensemble blanc, elle se sentait sale et poisseuse. Bien sûr, à la prison centrale, elle avait été traitée avec tous les égards dus à son rang, mais une prison reste

une prison… Elle gagna la chambre que Zatko Tarzic lui
avait attribuée, se déshabilla et se jeta sous la douche.

Le portable de Tatiana Jokic sonna, l'arrachant à la
contemplation de la SLK. La terrasse du *Monza* était
pleine désormais. La conversation fut brève et Tatiana se
tourna vers Malko.

– C'était Luka Simic. Un des quatre là-bas. Il prétend
avoir quelque chose à me dire. Je peux y aller ?

– Pourquoi pas, dit Malko.

Tatiana gagna la table des quatre voyous d'une
démarche volontairement déhanchée, les clefs de la Mercedes à la main. Malko la vit s'asseoir et engager une discussion avec un garçon brun au visage prématurément
empâté, mais séduisant. Elle revint dix minutes plus tard.

– Il voulait me proposer une affaire, annonça-t-elle. Ils
ont mordu à l'histoire du journaliste. Ils veulent vous proposer de rencontrer Milorad Lukovic contre pas mal d'argent. Je suis chargée de vous convaincre et ils doivent
partager ensuite avec moi.

– Ils le connaissent ?

– Bien sûr, ils gravitent dans l'orbite de la bande de
Zemun. Mais ils ignorent où il se cache. Et s'ils le
savaient, ils ne le diraient sûrement pas.

– Qu'avez-vous dit ?

– Qu'il fallait faire une proposition précise… mais ils
ne vont pas nous lâcher. Ils sentent l'odeur de l'argent.

– Pour le moment, conclut Malko, il faut remettre la
main sur Tanja Petrovic. Vous avez une idée ?

– Je vais essayer de trouver son numéro de portable.
Elle en a sûrement un.

***

Zatko Tarzic, assis sur le banc de bois du sauna, face à la porte ouverte, un gros Zastava 9 mm dissimulé sous une serviette à côté de lui, réfléchissait. Cela serait difficile de faire parler Tanja : c'était une dure. Et puis, il avait quand même peur de son amant, «Legija». Un assassin professionnel qui avait massacré des centaines de gens en Bosnie, en Croatie et au Kosovo. Il tuait sans état d'âme, comme il respirait, froid comme un zombie. C'est peut-être la raison pour laquelle Tanja Petrovic était aussi amoureuse de lui… Il se demanda comment l'apprivoiser. Il sursauta soudain et sa main droite fila vers la serviette sous laquelle était dissimulé le Zastava. Son pouls descendit très vite : ce n'était que Tanja, une serviette enroulée autour du corps, pieds nus. Euphorique, il proposa aussitôt :

– Viens, je vais te faire une place !

La jeune femme secoua la tête négativement.

– Non, je voulais te dire que je vais faire la sieste. On se verra tout à l'heure.

Elle lui sourit et se pencha, effleurant de ses longs doigts l'imposant sexe flasque qui pendait entre les cuisses de Zatko Tarzic.

– Je comprends pourquoi les bonnes femmes t'appellent *saroc* [1], fit-elle simplement avant de tourner les talons.

Zatko Tarzic frôla l'infarctus. Le seul contact des doigts de Tanja lui avait donné un début d'érection. Il se mit à fantasmer comme un fou. Si cette petite salope était venue, c'était sûrement pour vérifier *de visu* ce que disait la rumeur publique : malgré sa graisse, Zatko était un coup superbe. Cela augurait bien de leurs relations à venir.

*
* *

Tanja Petrovic fonça jusqu'à sa chambre, remit sa culotte, son ensemble blanc et ses escarpins. Elle sortit de

1. Cheval.

sa chambre et s'arrêta. Les deux gorilles de Zatko Tarzic étaient au sous-sol. À pas de loup, elle gagna la porte d'entrée, ôta la chaîne et se glissa à l'extérieur, remontant à gauche vers la rue Sijulova.

Dans ce quartier résidentiel, elle n'était pas sûre de trouver un taxi tout de suite. Or, Zatko Tarzic se lancerait à sa poursuite dès qu'il s'apercevrait de sa disparition.

Elle continua en direction du centre, se retournant sans cesse. Miracle, elle vit enfin un taxi vide arriver derrière elle. Il avait dû déposer des gens à une des guinguettes du parc Zvosdara, un peu plus haut... Il s'arrêta et, au regard du chauffeur, Tanja comprit qu'il la prenait pour une pute. Sans hésiter, elle prit place à l'arrière :

– Au début de Dogdana Ulitza, dit-elle. En face du stade Cervena Svesda.

Elle se rencogna au fond de la banquette, l'estomac contracté. Bien sûr, elle n'était pas recherchée par la police, mais beaucoup de gens s'intéressaient à elle. Plus dangereux que la BIA ou le MUP. Elle disposait de peu de temps. Zatko Tarzic allait foncer chez elle : il fallait qu'elle soit partie avant son arrivée.

La course lui parut horriblement longue. Enfin, la vieille Lada rougeâtre s'arrêta presque en bas de chez elle. Dieu merci, elle avait ses clefs. Elle jeta cent dinars au chauffeur et courut vers sa porte. Il y avait encore des scellés, qu'elle arracha, puis elle se glissa à l'intérieur, fonçant vers sa chambre, au deuxième étage. Elle prit un sac de voyage dans un placard et commença à le bourrer de lingerie, de fringues et de chaussures. Ensuite, elle troqua son ensemble blanc pour un jean brodé et un polo opaque noir. Avec les cheveux noués et des lunettes de soleil, elle passerait inaperçue. Essoufflée, elle s'assit quelques secondes sur le lit. Pas question de téléphoner, la ligne était sûrement sur écoute. Elle résista à l'envie de prendre sa veste en panthère jetée sur le canapé en lézard rouge de

Romeo que Milorad lui avait offert pour son anniversaire. Trop voyante.

À la sortie de la prison, elle avait repéré Vladimir Budala. Un proche de Milorad Lukovic. Sa présence était un message : « Legija » l'avait dépêché là. Tanja savait que « Legija » appréciait le sang-froid de ce tueur qu'il avait souvent utilisé. Peu de gens savaient qu'il était un des « exécuteurs » de la bande de Zemun. Propriétaire d'une agence de voyages, il ne faisait pas parler de lui. Tanja devait coûte que coûte prendre contact avec lui. Son domicile était sûrement surveillé par la BIA, mais elle connaissait les endroits où il traînait : cafés, boîtes de nuit, restaurants. Son sac plein, elle écarta les vêtements du dressing, découvrant un petit coffre à ouverture électronique encastré dans le mur. Elle l'ouvrit et aperçut avec soulagement des piles de billets de mille dinars, de cent dollars et de cent euros. Elle les fourra dans son sac, sans compter, et découvrit un gros pistolet automatique noir. Il y en avait partout dans la maison. Le MUP en avait saisi onze… Elle prit l'arme, entrouvrit la culasse, vérifiant qu'il y avait une cartouche dans la chambre, la referma et rafla les trois chargeurs qui se trouvaient avec.

Le coup de sonnette à la porte de la rue lui envoya une décharge d'adrénaline qui faillit lui faire exploser les artères. Elle se précipita à la fenêtre et aperçut deux hommes devant sa porte. Les gorilles de Zatko Tarzic. Il n'avait pas perdu de temps. Le pouls à 150, elle réfléchit rapidement. Ils ne s'attendaient sûrement pas à ce qu'elle soit armée. Bien sûr, elle pouvait sortir et les abattre sur le trottoir. Seulement, il était quatre heures de l'après-midi et il y avait pas mal de passants. Elle trouva la solution en un éclair. Ouvrant la fenêtre, elle se pencha à l'extérieur et cria :

— Entrez, c'est ouvert ! Je suis venue chercher des affaires.

*

Tanja Petrovic, du palier du premier étage, regarda les deux gorilles monter vers elle, un sourire figé plaqué sur ses lèvres. Deux voyous athlétiques aux épaules de dockers. Un peu macs, un peu trafiquants, ex-paramilitaires. Elle attendit qu'ils soient au milieu de l'escalier pour poser son sac. Puis, les deux bras tendus, tenant le pistolet à deux mains, elle ouvrit le feu comme «Legija» le lui avait appris. Rabaissant chaque fois le canon du pistolet. Les deux envoyés de Zatko Tarzic, pris par surprise, boulèrent sur les marches, mais Tanja ne s'arrêta de tirer qu'une fois le chargeur vide, la culasse ouverte. Ces sales bêtes-là, ça avait la vie dure. Mécaniquement, elle libéra le chargeur vide et en remit un neuf, faisant monter une cartouche dans le canon.

Elle tendit l'oreille : les détonations n'avaient pas dû être entendues à l'extérieur car les murs étaient épais et il y avait beaucoup de circulation dans la rue. Son pistolet glissé dans sa ceinture, dissimulé par sa veste, elle enjamba les deux cadavres et gagna le rez-de-chaussée. Elle sortit, remit les scellés en place et tomba en arrêt devant la BMW des deux voyous. Saint Vassilije veillait sur elle : les deux imbéciles avaient laissé la clef sur le contact. Trente secondes plus tard, elle fonçait vers la place Slavija où elle disposait d'une planque sûre. Elle se dit que «Legija» serait fière d'elle. Pourvu qu'elle le retrouve vite : cela faisait plus de deux mois qu'elle n'avait pas fait l'amour.

***

— *Djelem ! Djelem !*

Les chanteurs du groupe gitan les Black Panthers hurlaient à tue-tête la vieille chanson tsigane, entourant la table de Tatiana et de Malko. La jeune femme arborait sa robe rouge et ses escarpins assortis. Radieuse, irradiant la sensualité, ses yeux brillant comme des étoiles. Depuis sept heures du soir, ils buvaient. D'abord, une bouteille de Taittinger au *Hyatt*, pour se mettre en forme, ensuite, pendant le dîner, du Vranac, rouge et épais comme du sang et enfin le raki, alterné avec du vin blanc coupé d'eau minérale ! Ils avaient atterri chez les tsiganes dont le house-boat était relié à la terre ferme de l'île Cigulija par une passerelle brinquebalante, terreur des ivrognes.

Chez les Black Panthers, il y avait du monde jusqu'à l'aube. Ce n'était pas luxueux : une cabane en bois, des sièges rustiques, des boissons populaires, mais une ambiance d'enfer. Tatiana, déchaînée, reprit à pleine gorge le refrain de la chanson, puis escalada la banquette et monta sur la table, déclenchant des hurlements de joie dans tout l'établissement. En cinq minutes, tous les clients dansaient sur les tables ! Tatiana tendit la main à Malko pour qu'il la rejoigne, se collant aussitôt contre lui.

– Tu vas bien me baiser ! souffla-t-elle dans une haleine d'alambic. Je t'aime ! Sans toi, je n'aurais jamais eu une Mercedes. Elle est belle, non ?

– Superbe ! affirma Malko, tandis que Tatiana continuait sa danse du ventre, rythmée par *Les Yeux noirs.*

Elle faisait pratiquement l'amour sur la table, se frottant à Malko comme une diablesse. Quand la musique s'arrêta, elle redescendit et le prit par la main.

– *Davai*[1] !

Il eut juste le temps de poser une grosse liasse de dinars sur la table. Tatiana franchit de justesse la passerelle et escalada ensuite le talus, pratiquement à quatre pattes, riant et chantant encore. La Mercedes SLK était un peu plus loin, sous les arbres. Tatiana l'atteignit la première. Au lieu de se mettre au volant, elle s'appuya au capot, regardant les étoiles. Il avait fait très chaud et la température était encore merveilleusement douce.

Soudain, Malko la vit glisser la main sous sa robe rouge. Tranquillement, Tatiana ôta sa culotte qu'elle jeta

1. Allons-y !

dans l'herbe avant de nouer les bras autour du cou de Malko.

— Tu vas me baiser *ici*, sur la voiture, ordonna-t-elle d'une voix rauque, cassée par l'alcool.

D'une façon beaucoup plus sensuelle que dans la boîte, elle commença à se frotter contre lui, déchirant sa chemise pour atteindre sa poitrine et l'exciter. En dépit de tout l'alcool qu'il avait ingurgité, Malko se sentit revivre. D'elle-même, Tatiana s'allongea sur le long capot, les jambes relevées. Malko n'eut qu'à se défaire pour poser son sexe contre le sien et plonger au fond de son ventre. Les bras noués autour de son cou, Tatiana se mit à onduler diaboliquement sous lui, comme pour le visser à elle. Il lui releva les jambes à la verticale, emprisonna ses cuisses pour une meilleure prise et se mit à la baiser lentement.

Très vite, Tatiana hurla à faire fuir tous les oiseaux de nuit. Ses cris devaient s'entendre du Danube. Elle se démenait sur la tôle du capot, tant et si bien qu'elle en glissa. Aussitôt debout, elle se retourna, penchée en avant, le torse écrasé sur le capot de la SLK.

Malko s'enfonça encore plus facilement en elle dans cette position et les pieds de Tatiana quittèrent le sol, battant l'air. Ses ongles griffaient la tôle. Elle ne mit pas très longtemps à jouir, avec un cri sauvage. À peine se fut-il éteint qu'une musique assourdissante éclata autour d'eux : l'orchestre des Black Panthers les avait suivis… et les musiciens entouraient la voiture. Tatiana, Malko encore fiché en elle, semblait ravie. Elle se retourna et cria pour dominer le bruit de la musique :

— J'ai rêvé de ça toute la journée !

Ça, c'était plus la voiture que lui… Ils se séparèrent, la robe rouge retomba, Tatiana se baissa, ramassa sa culotte et la jeta aux musiciens.

— Donne-leur des dinars ! lança-t-elle à Malko. Ils ont

bien joué. C'est moi qui leur avais dit de nous suivre. Je
voulais que ce soit parfait.

* * *

– Tu veux que je conduise ? proposa Malko.
– Jamais ! répliqua Tatiana en s'installant au volant.

Ils ratèrent de très peu plusieurs arbres, se perdirent
dans les sentiers de l'île pour émerger enfin en ville.
Tatiana conduisait au radar, pas trop vite heureusement,
mais Malko ne respira, soulagé, qu'en arrivant au *Hyatt*.
Tatiana passa, raide comme la justice, devant quelques
centaines d'étudiants fêtant la fin de leur année scolaire et
arriva à l'ascenseur. Dans la cabine, elle s'écroula contre
Malko, lui glissa une langue chaude et fatiguée dans
l'oreille et murmura :

– J'ai une idée pour retrouver « Legija ».

Elle ne dit pas laquelle, elle dormait déjà et Malko sou-
haita de tout son cœur que ce ne soit pas une promesse
d'ivrogne.

CHAPITRE V

Malko avait l'impression que si on approchait une allumette de lui, il allait s'enflammer spontanément… Il en était à se demander comment il avait pu rendre hommage à Tatiana la veille au soir, après cette orgie d'alcool. La jeune Serbe revint du buffet du *Hyatt* avec un monceau de bacon et d'œufs brouillés. Elle aussi avait les traits plutôt fripés, mais une lueur radieuse brillait dans ses yeux sombres.

– On a passé une soirée formidable, soupira-t-elle. Et ici, je n'ai pas rêvé qu'on me volait ma voiture !

À peine rentrés, ils s'étaient écroulés comme des morts. Lorsque Tatiana était allée prendre sa douche une heure plus tôt, Malko avait pu admirer pour la première fois le corps de son interprète. Des seins accrochés haut, ronds, si fermes qu'ils ne bougeaient même pas quand elle marchait. À vingt-trois ans, la vie était encore un miracle. Sa chute de reins était à l'unisson. Des fesses hautes, rondes, cambrées sous des reins creusés.

Ses œufs au bacon avalés, elle bâilla :

– On va dormir encore un peu, non ?

Malko jeta un regard discret sur sa Breitling : 11 h 10. Comme la veille, il faisait un soleil de plomb et le

thermomètre allait monter vers les 40 °C. Or, il n'était pas
à Belgrade seulement pour faire la fête.

– Tatiana, dit-il, hier soir, vous m'avez dit que vous
aviez une idée pour retrouver «Legija». C'est vrai ?

– Oui, répondit-elle après avoir avalé un grand verre de
jus d'orange. Mais pour le moment, je me repose.

Leur breakfast terminé, ils remontèrent dans la chambre
et elle se laissa tomber sur le lit, allongée sur le ventre,
après s'être débarrassée de son peignoir éponge.

– Vous voulez me gratter un peu le dos ? demanda-
t-elle, ça m'aide à réfléchir.

Résigné à passer par ses caprices, Malko s'exécuta.
Tatiana soupira d'aise tandis que les doigts de Malko cou-
raient sur ses reins, se soulevant parfois comme pour aller
à sa rencontre. Soudain, elle allongea une main languis-
sante qui se posa sur son sexe. D'abord, ses doigts restèrent immobiles, puis, pendant quelques minutes, ils
continuèrent à se dispenser mutuellement ces petits plaisirs. Tatiana inclina ensuite la tête et, comme un serpent
gobe un insecte, enfonça le membre dressé dans sa
bouche. Presque sans bouger la tête, elle lui administra une
fellation d'une délicatesse rare. Très vite, il eut envie
d'autre chose. S'arrachant à Tatiana, il passa derrière elle
et lui souleva les reins. Spontanément, elle s'agenouilla et
il s'enfonça d'un trait dans le fourreau tiède et souple.
Bien agrippé à ses hanches, il se mit à la prendre de plus
en plus vite, lui arrachant des gémissements ravis qui se
muèrent en un soupir rauque. Ses mains griffèrent le drap
et elle explosa en même temps que Malko. Elle fila ensuite
comme un zombie dans la salle de bains.

Quand elle en ressortit, son orgasme avait dû réactiver
ses cellules grises car, aussitôt, elle prit son portable et se
lança dans une longue conversation dans sa langue. Après
avoir raccroché, elle annonça triomphalement :

– J'ai donné rendez-vous à quelqu'un qui va nous
aider.

– Qui ?

– Natalia Dragosavac, la fille qui m'a vendu la Mercedes. Elle doit me donner les nouveaux papiers de la voiture à mon nom contre le reste d'argent que je lui dois encore. Et je vais essayer de la faire parler. On la retrouve à midi au *Café Monza*.

– En quoi peut-elle nous aider ?

– Elle était avec Momcilo Pantelic depuis plusieurs mois. Il faisait partie de la bande de Zemun et savait même où se cachait « Legija ». Donc, elle a pu entendre des choses.

– Vous croyez qu'elle sait où il se cache maintenant ?

– Sûrement pas, mais elle est en contact avec des gens qui le savent probablement. Comme Vladimir Budala, le type de l'Audi, hier, lors de la sortie de Tanja Petrovic. *Lui* est un intime de « Legija » et je pense qu'il n'est pas venu par hasard à la prison. Il avait une raison.

– Laquelle ?

– Je pense qu'il venait chercher Tanja pour l'emmener retrouver « Legija ». Seulement, il n'avait pas prévu qu'elle partirait avec Zatko Tarzic. Et Vladimir Budala connaissait bien Momcilo, l'amant de Natalia. Elle pourra peut-être me dire des choses intéressantes sur lui. Il n'a pas été inquiété par la police parce qu'il est malin, mais c'est un des principaux membres de la bande de Zemun. Et je me demande si ce n'est pas lui qui a fait exécuter Momcilo.

– Bon, reconnut Malko, ça vaut effectivement la peine de tenter de la faire parler. Mais je ne comprends pas une chose. Puisque la police sait *qui* a tué ce Momcilo Pantelic, pourquoi n'arrête-t-on pas les assassins ? Les quatre voyous qui nous ont suivis.

Tatiana sourit.

– Tout le monde se fout de la mort de Momcilo, mais la police pense qu'en les laissant en liberté, ils commettront une imprudence et les mèneront à « Legija ». Ils ne veulent pas prendre de risques, car il est beaucoup plus dangereux que Mladic et Karadzic. C'est un homme de terrain, un combattant.

— Et Tanja Petrovic ?

— Je vous l'ai dit : je vais essayer de trouver son portable. D'ailleurs, Natalia m'aidera peut-être.

Le tout était d'arriver à entrer en contact avec le fugitif. Comme Malko avait théoriquement quelque chose à lui proposer, il y avait une petite chance qu'il accepte une rencontre. Ce grouillement de voyous en liberté avait cependant quelque chose d'irréel. Malko réalisa soudain quelque chose.

— Le *Monza*, ce n'est pas très discret, remarqua-t-il. Hier, on y a vu les assassins présumés de Momcilo Pantelic.

Tatiana eut un geste plein de désinvolture.

— Tout Belgrade *sait* maintenant que vous êtes journaliste et que vous enquêtez sur la bande de Zemun. D'un côté, ça les flatte. Et ils se disent qu'ils peuvent vous soutirer de l'argent. En plus, votre présence risque de revenir aux oreilles de « Legija ». Et c'est lui qui se manifestera. D'une façon ou d'une autre.

Un petit U.L.M. équipé de flotteurs décolla du Danube, passant au raz de la terrasse du *Café Monza*. Presque toutes les tables étaient occupées, c'était devenu l'endroit « in » de Zemun, où tous les voyous venaient bavarder. Tatiana donna un coup de coude à Malko.

— Voilà Natalia.

Une fille en mini bleue et débardeur descendait la passerelle. Mignonne, le nez retroussé, très maquillée, sexy et plutôt provocante. Tatiana fit les présentations. Limitées, forcément, puisque Natalia ne parlait que le serbe et paraissait légèrement idiote. Les deux femmes commencèrent à papoter et Tatiana récupéra les papiers de la Mercedes SLK, glissant ensuite directement une enveloppe sous la table. Natalia, prudente, fila immédiatement aux toilettes compter les billets.

Lorsqu'elle revint, Tatiana l'attaqua sur le sujet qui l'intéressait. Au départ visiblement réticente, Natalia commença à se dégeler lorsque Tatiana lui eut fait servir un Defender « 5 ans d'âge » bien tassé, et devint plus volubile. Tatania se tourna vers Malko.

— Elle m'a confirmé que Momcilo Pantelic et Vladimir Budala se connaissaient très bien.

La conversation reprit, avec, à nouveau, des réticences de la part de Natalia, de longs silences pendant lesquels elle regardait le Danube ou les tables voisines. Mais Tatiana ne lâchait pas prise. En dépit du scotch, Natalia semblait ne pas vouloir en dire plus. Tatiana se tourna vers Malko.

— Je peux lui proposer un peu d'argent ? Je pense qu'elle ne nous dit pas tout.

— Combien ?

— Mille euros.

— D'accord.

La proposition, apparemment, fit son effet. À voix basse, la vendeuse de la Mercedes SLK lâcha quelques mots, en regardant autour d'elle comme si on pouvait lire sur ses lèvres. Tatiana la houspilla encore un peu, puis dit simplement à Malko :

— Donnez-lui l'argent.

Il compta les billets sous la table et Natalia s'en empara avidement, cette fois sans même les compter. Elle adressa un sourire crispé à Malko, se leva et fila vers la passerelle. Au moment où elle atteignait la terre ferme, deux grosses motos s'arrêtèrent pile en face d'elle.

— Tiens, ce sont nos copains, fit ironiquement Tatiana. Jovan et Bozidar.

Autrement dit, « le rat » et « l'idiot », membres du gang

de Zemun. Descendus de leur machine, ils avaient engagé
la conversation avec Natalia qui minaudait. Malko n'en
croyait pas ses yeux.

— Elle sait que ce sont eux qui ont assassiné son amant ?
demanda-t-il à Tatiana.

— Je pense, oui, fit la Serbe, mais elle s'en foutait, de
Momcilo. Cette fille-là vit chez sa mère, est au chômage
et s'accroche à tout ce qui peut améliorer sa vie. Alors, si
elle peut draguer un de ces types qui ont de l'argent, des
voitures et lui feront des cadeaux, peu importe que ce
soient des voyous.

Les deux hommes venaient de remonter sur leurs engins
et Natalia était en train de s'installer sur le tan-sad de la
moto de Bozidar Danilovic, dit « l'idiot ». Sa mini était si
courte qu'elle exposait sa culotte blanche. Accrochée à la
taille du conducteur, elle semblait ravie.

— Quelle conne ! fit sombrement Tatiana. J'espère
qu'ils veulent simplement la sauter et qu'ils ne l'ont pas
vue avec nous.

Les deux motos filaient maintenant dans l'avenue Pugi-
rica, le long du Danube, et disparurent très vite.

— Qu'est-ce qu'elle vous a appris ? demanda Malko.

— Que Momcilo voyait souvent Vladimir Budala et
qu'un des Q.G. de la bande est un petit garage de Zemun,
dans la rue Banoteko, juste avant d'arriver à Zemun Polié.
C'est là aussi qu'on maquille les voitures volées et que les
contrebandiers viennent les chercher pour les convoyer
vers la Russie. Là aussi que l'Audi de Vladimir est entretenue. Comme la Mercedes SLK. Si ça se trouve,
« Legija » est planqué là-bas.

— On va s'y intéresser, suggéra Malko.

— Bien sûr, approuva Tatiana, mais il faut y aller sur la
pointe des pieds. Je vais leur dire que la Mercedes a besoin
de regonfler sa clim'.

Pendant qu'ils remontaient vers la terre ferme, Tatiana
dit soudain :

– Vous risquez de laisser votre vie dans cette histoire. Et peut-être la mienne. Le clan de Zemun représente le vrai pouvoir dans ce pays. Les politiques sont déconsidérés. Zoran Djinjic est mort, Kostunica en retraite, Sesej et Milosevic sont à La Haye. Les services de sécurité, MUP, BIA, gendarmerie ont été épurés, mais il y a encore des sympathisants de l'ancien régime à tous les échelons. Même ceux qui font des risettes aux Américains en leur promettant de livrer les «criminels de guerre» le font pour avoir des dollars. Il n'y a plus un sou dans le pays. Même les ponts n'ont pas été reconstruits. La destruction de celui qui enjambait la Sava, au sud de Belgrade, oblige les trains à faire un détour de cent cinquante kilomètres, mais en quatre ans, le gouvernement n'a pas pu trouver l'argent pour le reconstruire. Comme nous n'avons pas de pétrole, personne ne s'occupe de nous et nos seuls amis, les Russes ou les Grecs, sont pauvres eux aussi.

– Pourtant, objecta Malko, le gouvernement a arrêté des centaines de personnes après le meurtre de Djinjic.

Tatiana haussa les épaules en se glissant au volant de la Mercedes.

– Il fallait marquer le coup. Mais le groupe de Zemun n'est pas détruit, il est seulement passé dans la clandestinité. Seuls les plus cons, ceux qui sont restés chez eux à attendre les gendarmes, ont été tués ou capturés. Surtout tués : il ne fallait pas qu'ils puissent donner des noms, ceux des magistrats et des policiers qui les protègent. Même le procureur de la République était payé par les gens de Zemun. Alors, en essayant d'attraper «Legija», vous vous heurtez au pays tout entier. Ceux qui devraient le faire en sont incapables ou ont trop peur. Ce type a assassiné pour le compte de Milosevic pendant dix ans. Il sait beaucoup de choses. Personne ne veut le voir vivant.

Ils étaient arrivés au péage du parking. Un petit gitan surgit, pas plus de dix ans, mais déjà le regard assuré et

vif, les traits mobiles comme un adulte. Il apostropha
Tatiana qui éclata de rire.

— Il veut que je lui paie le parking ! dit-elle. Parce que
j'ai une belle voiture.

— Le parking est *déjà* payant, objecta Malko.

Tatiana prit dans son sac un billet de vingt dinars et le
donna au gamin qui le regarda d'un air dégoûté. Elle se
lança alors dans un grand discours et, peu à peu, le gosse
retrouva sa sérénité. Quand elle redémarra, il souriait.

— Je leur donne toujours un peu, dit-elle. D'abord,
parce que c'est la tradition, ensuite parce que je ne veux
pas retrouver mes pneus crevés.

— Où allons-nous ?

— La route de Novi Sad, Glavna Ulitza, après, c'est
facile à trouver.

Ils arrivaient au carrefour en face de l'hôtel *Yougoslavia*. Un policier appuyé à une vieille Lada surmontée d'un
gyrophare leva soudain son disque jaune bordé de rouge,
lui faisant signe de stopper.

— *Jebija*[1] ! fit Tatiana. Ce con veut sûrement du fric.

Elle obtempéra et le policier arriva à leur hauteur, enve-
loppant la Mercedes et sa propriétaire d'un regard égale-
ment concupiscent. Malko ne put suivre que partiellement
le dialogue plutôt tendu. Grâce à sa connaissance du russe,
il devinait que le policier reprochait à Tatiana d'être pas-
sée au rouge. Il lui réclama ses papiers. Furieuse, elle
attendit, les lèvres serrées. Et tout à coup, le visage de
l'homme s'éclaira.

— Mais on se connaît ! s'exclama-t-il. Tu n'étais pas au
Kosovo quand on se battait contre les *Shiptari* ? À Pec ?

— Oui, répondit Tatiana, visiblement surprise, je travaillais pour *Vrem*[2].

— Eh bien, moi aussi j'y étais ! fit le policier. Tu es

---

1. Putain !
2. Journal serbe.

même venue dans mon unité ! J'étais avec les PJP[1]. On a fait du bon boulot.

Les Forces spéciales avaient pas mal massacré dans le coin. Tatiana Jokic lui rendit son sourire et récupéra ses papiers.

— Qu'est-ce que tu fais là, à Belgrade ? demanda-t-elle.

Le policier esquissa un sourire plein d'amertume.

— Maintenant qu'on a fait le sale boulot, ils ont honte de nous. Ils ont dissous notre unité et on a été affectés à la circulation et au maintien de l'ordre. Pendant l'état d'urgence, on filtrait les gens pour retrouver «Legija». Je peux te dire, ajouta-t-il avec un grand rire, qu'on n'arrêtait que ceux qui ne lui ressemblaient pas ! Pour ne pas risquer de gaffes. Lui, c'est un combattant, un bon Serbe, un homme courageux. Que Dieu le protège ! Allez, à une autre fois.

Après avoir repris sa route, Tatiana traduisit la conversation à Malko. Édifiant. Voilà pourquoi le général Ratko Mladic était toujours en liberté, comme Radovan Karadzic. Malko se demanda soudain pourquoi la communauté internationale s'acharnait sur les acteurs de cette guerre tribale européenne, si semblable à celles d'Afrique. Le communisme avait forcé à vivre ensemble des gens qui se détestaient, mais dès que le couvercle de la marmite avait sauté, ils s'étaient entr'égorgés. Les exactions croates à l'égard des musulmans de Bosnie n'avaient rien à envier à celles des Serbes envers les Croates ou les musulmans. Quant au Kosovo, «libéré» par les Alliés, il était devenu le fief des mafias et les *Shiptari* s'étaient livrés envers les Serbes à une épuration ethnique tout aussi féroce que celle des Serbes en Bosnie. Sur les 300 000 Serbes vivant là-bas, il n'en restait plus que 80 000. Et l'épuration continuait, sur le mode artisanal. La semaine précédente, une famille serbe entière, au sud de Pristina, avait été massacrée à la hache sous les vivats de la population kosovare.

1. Posdene Jedinica Policija.

Les Serbes n'avaient finalement été ni plus cruels ni plus racistes que leurs adversaires.

— On se rapproche, annonça Tatiana.

Ils remontèrent Glavna Ulitza, longue artère sans grâce qui traversait Zemun pour se jeter ensuite dans la route de Novi Sad. Des trams, des bus, des HLM, de jolies maisons anciennes décrépites. Et des terrains vagues, des friches industrielles. Le paysage, en dépit du soleil éclatant, dégageait une tristesse diffuse, celle d'un pays à l'abandon.

Tatiana ralentit et, en face d'un grand terrain vague, tourna à gauche.

— C'est le garage à gauche, annonça-t-elle. On va s'arrêter et je leur demanderai pour la climatisation.

Elle stoppa sur un petit terre-plein en face de l'atelier du garage. Deux voitures étaient sur des ponts hydrauliques et un mécanicien soudait quelque chose. Laissant Malko dans la Mercedes, elle entra dans l'atelier.

— Sasa est là ? demanda-t-elle.

C'était le nom du patron, fourni par Natalia.

— Non, il est à Athènes, répondit le soudeur. Pourquoi ?

— Je voulais lui demander s'il pouvait me remettre du fréon dans la clim' de ma voiture, expliqua Tatiana. Je l'ai rachetée à Natalia Dragosavac qui m'a dit que c'est vous qui l'entreteniez.

Le mécanicien lui jeta un long regard plein de méfiance et fit sèchement :

— Moi, je ne connais pas cette voiture. Faut aller demander ailleurs.

Pour mettre fin à la conversation, il rabattit son casque et se remit au travail. Sans insister, Tatiana regagna la Mercedes, suivie des yeux par les deux ouvriers de l'atelier. Au-dessus, il y avait un appartement. Peut-être la planque de « Legija ».

— Ils se méfient, laissa-t-elle tomber. Je sais que Natalia m'a dit la vérité : il y a une facture au nom de ce garage dans la boîte à gants.

Malko, déçu, ne put s'empêcher de remarquer :

– Ça se présente mal. Cet endroit est impossible à surveiller sans se faire remarquer.

Tatiana eut un sourire entendu.

– Peut-être pas. On va le savoir très vite.

*
* *

Malko ne comprenait plus : ils étaient revenus sur l'autre rive de la Sava et, après le pont Savski Most, avaient emprunté une avenue traversant le parc situé le long de la Sava, entre le pont Gazela et le confluent du Danube. Tatania gara la Mercedes SLK dans une allée et ils gagnèrent à pied la promenade longeant la rivière, avec une vue imprenable sur le vieux Belgrade, de l'autre côté de la Sava. De nombreuses péniches-restaurants étaient amarrées le long du quai, dans un piteux état, et l'eau croupie de la rivière donnait envie de vomir. Ils continuèrent jusqu'à la pointe du parc, d'où on apercevait le Danube.

– Où allons-nous ? demanda Malko, intrigué par cette étrange balade.

– Ici, fit Tatiana, s'arrêtant et s'asseyant sur un banc.

Ils n'étaient pas là depuis trois minutes qu'ils virent surgir un gamin : le petit gitan qui mendiait au parking du *Café Monza*. Il s'approcha, les mains dans les poches, le regard à l'affût, et se planta en face de Tatiana.

La conversation s'engagea, presque incompréhensible pour Malko tant ils parlaient vite. Finalement, Tatiana se tourna vers lui.

– Vous avez deux mille dinars ?

Il les lui donna sans discuter, le gosse les empocha et s'éloigna aussitôt.

– Vous pouvez m'expliquer ce qui se passe ? demanda Malko, un peu agacé.

Tatiana sourit.

– Bien sûr. Tout à l'heure, je lui ai demandé s'il voulait

gagner plus d'argent qu'en mendiant. Et je lui ai donné
rendez-vous ici, par discrétion. Je viens de lui proposer de
surveiller le garage où nous sommes allés. Tous les jours,
vers six heures, on le retrouvera ici et il nous fera son rapport. Il s'appelle Farid. Il ne sait pas écrire, mais sait lire
les chiffres. Je lui ai dit de relever tous les numéros des
voitures qui vont là-bas et de me décrire les conducteurs.

— Mais comment va-t-il faire ?

— Ce n'est pas lui qui effectuera la surveillance. Lui,
c'est le chef de bande. Il emploie une vingtaine de gosses
à mendier, voler, espionner. Ils sont très malins.

— Il ne risque pas de trahir ?

— Pas pour deux mille dinars par jour. C'est une grosse
somme pour eux. Les gitans sont un monde à part. Ils
méprisent tous les « gadges [1] » et n'ont avec eux que des
rapports d'argent.

— Et s'il se fait prendre ?

— Il sera battu, il le sait, mais rien de plus. Personne à
Belgrade ne va s'attaquer aux gitans. Ils sont forts, nombreux et féroces. Même le clan de Zemun les respecte.

Ils regagnèrent la voiture. Malko n'était qu'à demi
satisfait.

— Que peut-on faire pour retrouver Tanja Petrovic ?
insista-t-il.

Tatiana lui adressa un sourire ironique.

— Sonner chez Zatko... Mais en essayant de trouver son
numéro de portable, j'ai découvert qu'une amie intime à
elle, qui habite l'étranger, se trouve en ce moment à Belgrade. Jadranka Rackov. Une très belle femme. Il paraît
qu'elle va presque tous les soirs au *Reka*. Nous n'avons
qu'à y dîner ce soir.

— Comment la reconnaîtrez-vous ?

— Je la connais de vue, mais elle ne sera sûrement pas
seule.

1. Non-gitans.

Ils étaient presque arrivés au *Hyatt* lorsque Tatiana répondit à un appel sur son portable. Après une brève conversation, elle se tourna vers Malko.

– C'est Luka Simic, vous savez, le chef des voyous qui ont probablement liquidé Momcilo Pantelic. Il veut vous voir.

– Me voir, moi ? Pourquoi ?

– Il paraît qu'il a un *deal* à vous proposer concernant « Legija ». Qu'est-ce que je lui dis ?

– C'est comme au poker, dit Malko, il faut aller voir Sans trop d'illusions.

CHAPITRE VI

Tanja Petrovic, allongée sur son lit, en slip, promenait un ventilateur sur son corps en nage. Il faisait près de 38 °C à Belgrade et l'appartement où elle s'était installée n'avait pas de climatisation, mais possédait d'autres avantages. Situé rue Knejinje Zorke, derrière la place Slavija, en plein cœur de la ville, dans un immeuble des années cinquante, il était totalement anonyme, loué au nom d'une amie serbe de Tanja habitant la France. Personne dans l'entourage de Tanja ne connaissait son existence. Sauf, bien sûr, son amant, Milorad.

En y arrivant, Tanja Petrovic avait le cœur battant, s'attendant presque à y trouver le fugitif. Mais il n'y avait que de la poussière… Le corps musclé et couvert de tatouages de « Legija » lui manquait. Elle avait hâte de lui offrir tous les orifices de son corps et de l'aider dans sa cavale. Elle était une des rares à qui il avait expliqué *pourquoi* il avait décidé de faire assassiner Zoran Djinjic. Milorad Lukovic avait passé avec elle la dernière nuit de liberté de Tanja. Ils n'avaient pas beaucoup dormi et après avoir fait l'amour, il lui avait expliqué toute la genèse de l'affaire. Le pacte passé avec Zoran Djinjic en octobre 2000, les raisons pour lesquelles il avait accepté de lâcher Milosevic.

Politique, ce dernier n'avait jamais risqué sa vie dans les expéditions sanglantes de Bosnie ou du Kosovo.

Par contre, Milorad Lukovic n'admettait pas que l'on envoie au tribunal de La Haye des gens qui n'avaient fait qu'obéir aux ordres, comme Ratko Mladic et tous les soldats perdus, les Bérets Rouges. C'est la raison pour laquelle il avait décidé de se débarrasser de ce gouvernement qui ne respectait pas sa parole.

Lorsqu'il avait quitté Tanja, à l'aube, il lui avait dit « à ce soir », confiant dans ses plans, bien qu'il ait été obligé de les avancer à cause de la menace d'accusation, communiquée par le procureur de Belgrade, qui pesait sur lui. Si tout se passait bien, au crépuscule, il serait le maître du pays, à la tête de ses Bérets Rouges, et les Serbes se seraient soulevés. Peut-être ensuite offrirait-il le pouvoir politique à Kostunica. Seulement, rien n'avait marché comme prévu. Si Milorad Lukovic disposait de nombreuses complicités au sein de la BIA et du MUP, les partisans de Zoran Djinjic, effrayés par son assassinat, avaient pris le parti du nouveau Premier ministre, Zoran Zivkovic. Celui-ci avait déclenché une vague d'arrestations, dissous les Bérets Rouges et empêché un soulèvement populaire qui n'aurait peut-être pas eu lieu, de toute façon.

Tanja posa son ventilateur et alluma une cigarette avec un Zippo de l'US Air Force récupéré dans les débris d'un appareil de l'OTAN, quatre ans plus tôt. Elle pouvait tenir longtemps dans cet appartement, avec de l'argent et une arme. Mais le but de sa fuite était de retrouver son amant. C'est peut-être ce qui l'avait galvanisée lorsqu'elle avait échappé à Zatko Tarzic. Pour elle, « Legija » était toujours à Belgrade.

Elle regarda longuement son portable. Elle avait trois numéros pour « Legija », inscrits dans sa mémoire. Certes, elle pouvait les essayer, mais elle ne se faisait aucune illusion : même si elle avait été relâchée, la BIA avait mis son téléphone sur écoute. Elle risquait donc, si « Legija » répondait, de le faire repérer. Et même s'il ne répondait pas, les Américains avaient les moyens techniques de le localiser, son mobile fermé. Or, les Américains voulaient envoyer « Legija » à La Haye. De son côté, ce dernier ne prendrait pas le risque de l'appeler. Trop dangereux. Mais son instinct de femme amoureuse lui disait que la présence de Vladimir Budala à sa sortie de prison n'était pas une coïncidence. C'est sûrement Milorad qui l'avait envoyé.

Même si Zatko Tarzic ne l'avait pas kidnappée, Vladimir Budala ne l'aurait probablement pas contactée directement. La BIA savait qu'il était un intime de Milorad Lukovic et le surveillait certainement. Tanja devait donc trouver un moyen sûr de lui faire passer un message pour lui dire où elle se trouvait. Car Vladimir Budala savait sûrement où était « Legija ». Ou du moins était en contact avec lui.

Elle se leva brusquement. *Elle* pouvait circuler librement, en tout cas pour le moment. Parce que le jour où la police découvrirait les deux cadavres chez elle, cela changerait tout. Elle passa un jean et un polo, mit des lunettes noires et un foulard pour cacher ses cheveux blonds. Il y avait une chose qu'elle pouvait faire sans risques. Vladimir et ses copains de Zemun fréquentaient un certain nombre de cafés à Belgrade et à Zemun. En s'y montrant, elle croiserait peut-être celui qu'elle cherchait. Et en même temps, elle irait rendre visite à son avocat, pour le tenir au courant des derniers événements. Elle risquait d'avoir besoin de lui pour les deux hommes qu'elle avait abattus. Heureusement, elle avait trouvé dans la planque de la rue Knejinje Zorke un Glock 28 qui, lui, était « clean ». L'arme qui avait tué les deux gorilles de Zatko Tarzic était depuis longtemps au fond de la Sava. Elle glissa le Glock dans sa ceinture, une balle dans le canon, et rabattit dessus son polo. L'arme ne se voyait pas. Le jour où Zatko Tarzic découvrirait le meurtre de ses collaborateurs, cela risquait de compliquer encore plus les

choses. Le *kum* de Mladic disposait de dizaines de tueurs
à gages qui seraient prêts à liquider Tanja pour cinq mille
dollars.

***

– Il nous propose de le retrouver dans un café de
Zemun, dit Tatiana. Près du restaurant *Siran*. Dans une
demi-heure. Il y a une terrasse juste au bord du fleuve.

– Allons-y, accepta Malko.

Au point où il en était, il fallait explorer toutes les
pistes. Ils passèrent devant le grand paquebot blanc de
l'hôtel *Yougoslavia*, continuant ensuite le long du Danube
jusqu'à un café installé moitié au bord du chemin et moitié sur l'esplanade dominant le fleuve. De grands parasols
annonçaient le meilleur espresso de Serbie.

Luka Simic, le brun au visage empâté, attendait devant
une bière. Tatiana sembla soudain soucieuse.

– Ces types sont des voyous et des voleurs, avertit-elle.
Le petit personnel du cartel de Zemun. Ils ne feront *jamais*
rien contre «Legija», qui est leur dieu.

– Alors pourquoi ce Luka Simic veut-il nous voir ?

– Pour nous voler, fit-elle simplement. Ils ont dû
prendre conseil auprès de leurs aînés.

– On va l'écouter, conclut Malko. Ça ne coûte rien.

Il s'était frotté au cours de son existence à des voyous
de toutes les espèces et il savait que le seul moyen d'en
venir à bout était de les affronter en face. Un jeune homme
se précipita pour écarter des chaises et faire une place à la
Mercedes le long du trottoir. Tatiana en émergea, toute
fière. L'acquisition de cette voiture avait changé sa vie.
Malko suivit, le Zastava dans sa pochette de cuir. C'était
plus pratique qu'à la ceinture. Luka Simic serra chaleureusement la main de Malko. De près, il paraissait vieux
et son regard dérapait sans cesse. Ils commandèrent des
cafés. Autant profiter d'un bon espresso. Simic entra tout

de suite dans le vif du sujet, parlant à voix basse à Tatiana. Celle-ci se retourna ensuite vers Malko :

– Il dit qu'il peut nous conduire à « Legija » si on lui donne cinquante millions de dinars [1].

– Demandez-lui si « Legija » nous recevra.

Nouveau dialogue. Traduction.

– Il dit qu'il veut parler, expliquer sa position.

– Et il n'a pas peur que nous menions la police jusqu'à lui ? Après tout, ils ne me connaissent pas.

Nouvel échange verbal dont Tatiana tira la conclusion :

– Vous, non, mais moi, je vis à Belgrade. Ils ont mon adresse et celle de ma famille. Ils nous tueraient tous si on allait au MUP. Qu'est-ce que je lui réponds ?

– C'est beaucoup d'argent.

Tatiana traduisit. Luka Simic se pencha en avant, posa la main sur la pochette de cuir avec un sourire gourmand et lança quelques mots.

– Il dit qu'il y a sûrement beaucoup d'argent là-dedans.

– Dites-lui qu'en Afghanistan, répliqua Malko, des gens venaient tous les jours au consulat américain de Peshawar et disaient au consul : « Si vous me donnez cinq millions de dollars, je vous amène Ben Laden. » Le consul leur faisait toujours la même réponse : « Amenez-moi Ben Laden, mort ou vif, et vous pourrez compter les billets. » Ici, c'est un peu la même chose. Qu'il m'amène Milorad Lukovic et il aura ses cinquante millions de dinars.

Tatiana traduisit et le visage du jeune voyou se ferma. Il jeta une phrase brève.

– Il demande si vous le prenez pour un voleur.

– La réponse est « oui », dit Malko. Mais s'il a vraiment quelque chose à vendre, mon journal est preneur : Milorad Lukovic, Ratko Mladic ou Radovan Karadzic. Ou les trois.

Tatiana traduisit fidèlement et Malko vit le jeune voyou

1. Environ 900 000 euros.

blêmir. Pris de court, il vida sa bière d'un coup, sauta sur ses pieds et s'éloigna en marmonnant des injures. Ils le virent enfourcher une grosse moto et disparaître dans les petites rues mal pavées de Zemun.

– Je crois qu'on ne va plus entendre parler d'eux, conclut Malko. Alors, qu'est-ce qu'il nous reste ?

– Farid qui fait surveiller le garage, énuméra Tatiana, et peut-être ce soir la copine de Tanja, si elle vient au *Reka*. Je vais vous déposer au *Hyatt* et aller me changer. Et puis, ma mère n'a pas encore vu la voiture…

Milorad Lukovic, celui qu'on appelait « Legija », allongé sur un matelas posé à même le sol de ciment nu, souffrait le martyr. Il posa ses deux mains sur son tibia gauche et pressa un peu la peau rouge, gonflée et enflammée. Une sorte d'ulcère s'était développé en quelques jours sur son tibia, à la suite d'une chute qu'il avait faite dans l'escalier de la maison où il avait trouvé refuge. Au début, il n'y avait pas prêté attention : ce n'était qu'une égratignure. Mais progressivement, l'infection s'était répandue, tout autour de la plaie, sa jambe devenant de plus en plus douloureuse.

Il s'était fait acheter du désinfectant, des antibiotiques, mais cela ne suffisait pas. Il aurait fallu voir un médecin. Pour avoir côtoyé beaucoup de blessés, il savait que ce genre de blessure peut dégénérer en ulcère et devenir très grave. Seulement, aller consulter en ville représentait un risque qu'il ne voulait pas courir. Bien sûr, il avait beaucoup d'amis, mais il suffisait d'un seul traître. Les Américains mettaient trop de pression sur le gouvernement de Belgrade. La douleur ajoutée à la chaleur caniculaire lui coupait l'appétit. En plus, les nouvelles étaient mauvaises. Grâce aux journaux qu'on lui apportait, il savait qui, parmi ses amis, avait été tué ou arrêté par la police. Dieu merci, il en restait encore qui seraient prêts à l'aider.

Il n'avait pas de nouvelles de son ami Vladimir, ce qui signifiait que ce dernier n'avait pas encore joint Tanja. Il savait qu'elle était sortie de prison, mais depuis, elle s'était volatilisée. Or, il ne voulait pas quitter Belgrade sans elle. Désormais, il savait que ses projets de coup d'État étaient à l'eau. Il allait devoir vivre comme un fugitif. Le meurtre d'un Premier ministre, c'était une première, même en Yougoslavie. Mais il avait de l'argent et des amis. À l'autre bout du monde, on le laisserait en paix.

Pour oublier la douleur à sa jambe, il but au goulot une grande rasade de Defender « Success » et la chaleur de l'alcool le détendit un peu. Il en avait cinq bouteilles en prévision d'une longue planque. Il reprit la collection de journaux qu'on lui avait amenés, tout ce qui était paru depuis son départ. Un article accrocha son regard : l'entrefilet annonçant qu'il avait proposé à Carla Del Ponti d'échanger sa liberté contre Karadzic et Mladic… Lui qui haïssait la procureure du Tribunal de La Haye. S'il l'avait eue en face de lui, il lui aurait vidé les deux canons de son riot-gun dans le ventre, pour la regarder se vider de son sang. Cette hystérique était le diable. Mais ce qui le mettait en rage, c'est qu'interrogée, Carla Del Ponti avait déclaré ne pas avoir de commentaires à faire. Donc elle ne démentait pas. De quoi mettre aux trousses de « Legija » tous les amis et les soutiens des deux Serbes criminels de guerre. C'était ce qu'elle cherchait, certainement.

– *Dabogda crko*[1] *!* murmura-t-il entre ses dents.

Pendant quelques instants il se demanda s'il n'allait pas expédier à La Haye un commando pour l'abattre. Quelle belle revanche sur cette hyène acharnée à la destruction du peuple serbe…

Un élancement dans sa jambe lui arracha un râle de

1. Dieu fasse que tu crèves !

douleur et il décida de faire un peu d'exercice avant de dormir. Il gagna le balcon du second étage et se glissa à l'extérieur. Là, il faisait presque frais. La vue sur la Sava était magnifique. Un long navire apparut dans son champ de vision, en train de manœuvrer. Il l'avait déjà vu souvent : c'était un bateau de croisière, le *Moldavia*, qui reliait trois fois par semaine par le Danube Belgrade à la Roumanie. Il regarda les lumières du *Moldavia* s'éloigner et se perdre dans la brume de chaleur du Danube. Avec, soudain, une petite idée en tête… Pour l'instant, il y avait plusieurs problèmes à résoudre. D'abord guérir sa jambe. En même temps, prendre contact avec Tanja par l'intermédiaire de Vladimir Budala. En prenant des précautions extrêmes. Il ne se faisait aucune illusion. Contrairement à Radovan Karadzic ou à Ratko Mladic, il ne disposait pas d'un réseau de protection en dehors d'une poignée de tueurs dévoués. Karadzic était un politique, idole de la Bosnie serbe. Mladic jouissait de la protection de la JNA [1]. Ce qui simplifiait considérablement leur cavale.

Son cas était bien différent. Il était hors de question de demeurer en Serbie ou même dans la région. Dans le gros attaché-case qu'il avait emporté dans sa fuite, il y avait de quoi envoyer en prison ou à La Haye une centaine de personnages éminents qui avaient encore des postes et des situations de premier plan. À la seconde où on l'aurait retrouvé, il était condamné à mort. Comme ses deux complices de la bande de Zemun qui avaient été abattus chez eux par les JSC alors qu'ils ne se défendaient nullement.

Il devait partir. Loin. Depuis toujours, il était attiré par le Mexique. Les *mariachis* ressemblaient beaucoup aux orchestres de cuivres yougoslaves qui jouaient à tous les mariages. Et là-bas, c'était grand, il y avait du soleil et la

1. Armée yougoslave.

mer. Seulement, pour une cavale agréable, il fallait beaucoup d'argent.

Il regarda le *Moldavia* qui s'éloignait vers le Danube et
fut envahi d'une tristesse poignante. Il s'était trompé sur
le peuple serbe. C'était des veaux. Il avait sincèrement
pensé que le meurtre de Zoran Djinjic déclencherait un
soulèvement populaire pour se débarrasser de ce gouvernement qui ne pensait qu'à expédier ses citoyens à La
Haye. Mais les Serbes n'en pouvaient plus. Tout ce qu'ils
souhaitaient, c'était survivre et sortir de leur marasme. Du
coup, il s'était trouvé seul avec ses affiches et ses projets
de coup d'État. Sans protection, ni politique ni militaire,
il n'était qu'un chien de guerre pris d'une obsession
lyrique.

Il savait aussi que beaucoup de gens ne le dénonceraient
pas, mais qu'en face, il y avait des gens comme lui, des
mercenaires qui le traqueraient pour le compte de ses
ennemis. Il retourna s'allonger sur son matelas et disposa
soigneusement ses armes à côté de lui. Un RPG7, la
roquette engagée au cas où on défoncerait la porte. Le
riot-gun à deux canons qui était très dissuasif et un Sig à
quinze coups, son arme favorite. Il serra fugitivement la
croix pendue à son cou, qui avait jadis été bénie au monastère d'Ostrok, et ferma les yeux.

Malgré la douleur, il aurait donné cher pour avoir un
corps de femme contre le sien. Il pria pour que Tanja
Petrovic le retrouve vite.

* * *

Luka Simic ralentit à peine en s'engageant dans le sentier qui s'enfonçait dans un bois épais, tout près de Novi
Pazaova, à une vingtaine de kilomètres de Zemun. Deux
kilomètres plus loin, il franchit en trombe le portail d'une
ferme qui semblait abandonnée, avec ses volets fermés et
son jardin en friches. Une des planques de la bande de

Zemun, là où ils cachaient les voitures volées et leurs otages.

Deux autres motos étaient garées devant et une Audi noire occupait un garage attenant. Le jeune homme sauta à terre et pénétra en courant dans la maison, rabattant la porte à la volée.

À gauche, il y avait une pièce commune en désordre, à droite, une chambre qui puait le haschich, le sperme et l'alcool. Trois corps étaient emmêlés sur un grand lit en désordre. Ses deux copains, Bozidar et Uros, ainsi que Natalia Dragosavac. Tous les trois étaient nus comme des vers. Natalia semblait dormir, la tête enfoncée dans un coussin. Bozidar ouvrit un œil en voyant son copain et grimaça un sourire salace.

– On a un joli petit poisson[1]... Tu veux y goûter ?

Luka Simic lui jeta un regard noir.

– *Jebo tebe*[2]! Cette petite pute travaille avec les Américains.

Bozidar se redressa sur un coude :

– *Sto*[3] ?

– J'avais rendez-vous avec le journaliste qu'on a vu ensemble à la sortie de la prison. Ce n'est pas un journaliste.

– Comment tu le sais ?

– J'ai posé la main sur le truc en cuir qu'il portait : il y avait un flingue à l'intérieur. Les journalistes n'ont pas de flingue...

Cette fois, Bozidar était complètement réveillé.

– *Jebiga!* grommela-t-il. Quand on l'a draguée, elle était justement avec ce type.

– Eh bien, il va falloir qu'elle nous dise ce qu'elle lui a raconté, conclut Luka Simic.

1. En serbe, « poisson » signifie « chatte ».
2. Va te faire foutre !
3. Quoi ?

Bozidar, pour ne pas être en reste, donna un violent coup de poing dans le flanc de Natalia qui se réveilla en sursaut avec un hurlement. En voyant l'expression des deux garçons, elle se liquéfia. Luka Simic l'attrapa par les cheveux et lui cogna le visage sur son genou.

L'interrogatoire commençait.

CHAPITRE VII

La musique s'entendait jusqu'à l'autre berge du Danube, plongée dans l'obscurité. Comme tous les soirs, le *Reka* était bourré, à l'exception d'une longue table demeurée vide, sur la terrasse. Tatiana et Malko s'étaient retrouvés coincés entre la salle et l'extérieur, à une petite table ronde rajoutée en hâte. L'ambiance s'échauffait et les gens commençaient à danser sur place, entre les tables, forçant les serveuses à des détours acrobatiques. Deux chanteuses se relayaient sur l'estrade du fond, dans un joyeux pot-pourri de jazz, de folklore gitan serbe ou même français. La nourriture était toujours aussi mauvaise : poulet ou poisson pané avec des hors-d'œuvre variés d'une qualité douteuse.

Tatiana se resservit de Vranac et dit avec philosophie :

— Si elle ne vient pas, on aura toujours passé une soirée agréable.

— Je préférerais qu'elle vienne, avoua Malko.

Jusqu'ici, ses recherches n'avaient pas apporté grand-chose, à part une Mercedes SLK décapotable offerte à la *stringer* de la CIA. Il y eut soudain un remue-ménage du côté de l'escalier débouchant sur le sentier qui longeait le Danube. Un groupe apparut, une dizaine de personnes menées par un barbu qui ressemblait à Marek Halter, avec

de grosses lunettes, une tête de pâtre grec, une énorme serviette noire à la main. Habillé comme l'as de pique.
Tatiana se pencha vers Malko :

– C'est Nenad Sarevic, le patron de la BIA pour tout le pays !

Le Serbe s'assit au milieu de la table, les autres se répartirent autour de lui. La dernière à arriver fut une blonde spectaculaire : une forte poitrine moulée par un débardeur noir, une jupe fendue très haut et un vrai regard de salope.

Tatiana cria à l'oreille de Malko, pour couvrir le bruit de l'orchestre :

– C'est elle ! C'est Jadranka Rackov.

– Vous êtes sûre ?

– Évidemment, je la connais depuis toujours.

– Qu'est-ce qu'elle fait avec le chef de la BIA ?

– Oh, il y a son frère aussi, qui est banquier, celui qui est à côté de Jadranka. Et Nenad Sarevic lui-même a des intérêts dans un golf. En Serbie, tout est mélangé.

C'était une litote. C'était la première fois que Malko voyait le responsable d'un service secret investir dans un golf, sauf en Afrique noire. Mais l'Afrique, ce n'était déjà plus tout à fait la planète... Les nouveaux arrivants s'étaient jetés sur les bouteilles et buvaient comme des trous. Un énorme cigare aux lèvres, Nenad Sarevic paraissait ravi, malaxant compulsivement la cuisse de sa voisine, une très jeune femme aux cheveux courts.

Rien ne se passa pendant une heure. Malko et Tatiana faisaient traîner leur dessert et la bouteille de Vranac diminuait. Tout à coup, l'orchestre se mit à jouer un air très entraînant, le banquier empoigna Jadranka par la taille et ils se mirent à tournoyer dans l'étroit espace en riant aux éclats. Elle se renversait en arrière, allongeant sa jambe à l'horizontale comme dans un tango argentin, et Malko découvrit ainsi qu'elle portait une culotte blanche. Leur danse était si endiablée qu'elle lui donna involontairement un coup de pied et se confondit aussitôt en excuses.

– *I am sorry,* fit-elle avec un sourire carnassier et gourmand. Je ne vous ai pas fait mal ?

– Si, très, affirma Malko. Pour vous racheter, vous allez danser la prochaine avec moi.

Aussitôt, le banquier s'écarta et Jadranka tendit les bras à Malko, les refermant sur lui. Ils se mirent à osciller sur place. Jadranka avait sûrement à cœur de ne pas prendre trop de place, car elle s'était littéralement collée à Malko. On n'aurait pas glissé un timbre entre eux.

– Comment vous appelez-vous ? demanda-t-il.

– Jadranka Rackov.

– Vous vivez à Belgrade ?

– Hélas, non, à Londres, dit-elle, soudain très volubile. J'ai des instituts de beauté là-bas. Je viens ici de temps en temps pour retrouver la civilisation. Les Anglais sont des porcs. Ils nous ont bombardés. C'était horrible ! Que Dieu les punisse. Vous n'êtes pas anglais ?

– Non, autrichien.

– *Dobro !* fit Jadranka. L'Autriche, c'est tout près d'ici. Et vous vivez ici ?

– Non, je suis de passage, journaliste.

Elle fronça les sourcils.

– Vous n'allez pas encore écrire des horreurs sur les Serbes ?

– Surement pas, jura Malko.

– *Dobro !* nous voulons vivre, oublier la guerre. Comme disent les gitans : la vie est courte, il faut des femmes et du vin à satiété.

– J'ai la femme, dit Malko en riant, mais je peux vous offrir du vin !

Jadranka Rackov éclata de rire.

– Votre table est trop petite pour accueillir tous nos amis, mais venez, vous, à la nôtre. Si votre amie n'est pas jalouse.

– Ce n'est pas mon amie, précisa Malko, mais mon interprète. Inutile avec vous : votre anglais est parfait.

Le compliment parut ravir Jadranka. Bien que la musique soit arrêtée et qu'ils ne dansent plus, elle était toujours collée à lui.

– Nous venons prendre un café, promit Malko avant de regagner sa table.

Tatiana l'accueillit avec un sourire complice.

– Vous avez vite fait connaissance. J'ai l'impression que Jadranka a envie de chair fraîche. Elle est toujours comme ça quand elle vient à Belgrade. Elle fait une cure de mâles. Vous avez remarqué, il y a écrit sur son front en lettres rouges : «baise-moi».

Effectivement, de retour à sa table, Jadranka lui expédia une œillade à allumer un glacier.

Les deux tables s'étaient mélangées. Malko, pour marquer le coup, avait voulu offrir une bouteille de Taittinger à sa nouvelle table mais le *Reka* n'en avait pas. Malko était assis entre Jadranka, qui avait déjà roulé sa jambe contre la sienne, et une jeune femme qui ne parlait que serbe. Tatiana se faisait draguer par le banquier, tandis que Nenad Sarevic enchaînait les cigares et les verres de vin blanc coupé d'eau gazeuse, le regard flou derrière ses lunettes. Jadranka avait fait les présentations dans le vacarme mais tout le monde semblait s'en moquer. Ils buvaient sec, dansaient devant leur chaise et parlaient à tue-tête.

Soudain, Nenad Sarevic se mit à parler plus fort que les autres et Jadranka traduisit pour Malko :

– Il propose qu'on aille faire un tour sur son bateau.

Malko regarda discrètement sa Navitimer : une heure et demie.

– À cette heure-ci ?

– Il est complètement pété, fit simplement Jadranka. D'ailleurs, il ne dessaoule jamais, cela lui coûte trop cher

de recommencer à zéro. Il garde toujours un bon niveau.
Vous voulez venir avec nous ?

– Il ne m'a pas invité.

– Il a dit « tous ceux qui sont à cette table ». Allez !

Son regard en disait encore plus, comme ses seins pal-
pitant sous le nez de Malko.

– *Davai !* lança le chef de la BIA en se levant.

Il marchait encore droit. En groupe compact, ils regagnèrent la petite rue pavée où les voitures étaient garées.
Jadranka ne quittait pas Malko. Comme celui-ci se dirigeait vers la Mercedes, elle le tira de l'autre côté.

– Venez avec nous, on vous ramènera.

Tatiana, elle, s'était fait happer par le banquier, qui la
poussa presque dans sa BMW.

Ils retraversèrent tout Zemun et ensuite Novi Beograd
pour déboucher dans une sorte de zone industrielle au bord
de l'avenue Gagaribe. Ils durent traverser un chantier
désert, puis un ponton pour arriver à une grosse barge. Le
bateau du chef de la BIA était amarré le long de celle-ci,
dans un bras de la Sava se terminant en cul-de-sac. Un
petit cabin-cruiser de quarante pieds, assez rustique, tout
en bois, avec à l'arrière une table et des banquettes et un
petit pont supérieur d'où on pouvait piloter. D'après son
bruit, le moteur paraissait modeste. Tout le monde s'était
jeté sur l'alcool et les bouteilles circulaient, Slibovisz et
Défender surtout. Discrète, Tatiana descendit dans le
salon.

– Venez à l'avant ! suggéra Jadranka à Malko.

Ils se faufilèrent le long de l'étroit passage entre la
cabine et le bastingage. Ils étaient encore en équilibre
instable quand le bateau commença à bouger et Jadranka
fut projetée contre Malko. Leur bouche s'effleurèrent
immédiatement et elle lui vrilla une langue impérieuse au
fond des amygdales, sans souci des autres passagers.

Ils reprenaient à peine leur souffle quand des cris

éclatèrent à l'avant. Le bateau fonçait droit sur une énorme barge amarrée au milieu de la rivière !

— Nenad ! Nenad ! *Stam*[1] ! hurlèrent plusieurs voix.

Perdu dans sa torpeur alcoolique, Nenad Sarevic ne s'arrêta qu'à la dernière extrémité. Si brutalement que Jadranka fut jetée contre Malko. L'occasion était trop belle. Illico, elle se frotta à lui, comme une chatte en rut. Le cabin-cruiser repartit en arrière et mit le cap sur le Danube, longeant Belgrade. C'était féerique. Appuyée à la cabine, Jadranka reprenait son souffle. Les passagers s'étaient répartis un peu partout, surtout à l'arrière. Malko sentait dans l'ombre la pression du ventre de la Serbe. Personne ne s'occupait d'eux. Ils venaient de passer sous le pont Bratsvo et approchaient du Danube. Les gens qui se trouvaient encore à l'intérieur remontèrent sur le pont, rejoignant Nenad Sarevic qui, une bouteille de Slibovisz dans la main gauche, la barre dans la droite, semblait au comble de la félicité. Jadranka colla sa bouche contre l'oreille de Malko :

— Venez, je vais vous faire visiter le bateau.

Ils descendirent quelques marches, débouchant dans le *lounge* central. Jadranka descendit encore vers l'avant et ouvrit une porte.

— Voilà la cabine de Nenad, annonça-t-elle. C'est là qu'il baise ses copines.

Ils se retrouvèrent face à face dans l'étroite entrée et, de nouveau, elle l'embrassa ardemment. Puis, d'un coup de pied, elle referma la porte, plaça le loquet et bascula sur le lit.

— Vite ! fit-elle, on n'a pas beaucoup de temps.

En quatre secondes, elle avait retiré sa culotte. Les jambes ouvertes, écrasée sous Malko, elle se frottait à lui. Elle l'aida à libérer son sexe et vint à sa rencontre lorsqu'il

---

1. Stop !

se ficha en elle d'un seul trait. Son regard se révulsa et elle l'embrassa encore plus fort.

– *Dobro! Dobro!* gémit-elle, *fuck me hard!*

La jupe sur les hanches, grande ouverte, elle donnait de violents coups de reins, accélérant ainsi l'orgasme de Malko. Elle était si inondée qu'il ne sut même pas si elle avait joui. Quand il se vida en elle, Jadranka s'arrêta de bouger.

– J'ai fait exprès de vous donner un coup de pied, au restaurant! avoua-t-elle en riant. J'avais envie de baiser avec vous.

– Il y a pourtant beaucoup d'hommes à Belgrade, remarqua Malko en se rajustant.

– Vos yeux, j'ai aimé vos yeux, soupira Jadranka en ramassant sa culotte. C'est bon de se faire baiser par un homme dont on a envie. Comme ça, tout de suite.

Ils regagnèrent le salon, puis l'arrière. Le bateau était en train de faire demi-tour sur le Danube majestueux et sombre.

– Vous voulez déjeuner avec moi demain? proposa Malko.

– Bien sûr, où?

– Le *Vuk*.

Elle fit la moue.

– Trop mondain. Je connais un endroit charmant, le *Nova Tina Noc*. Il y a une terrasse. Comme c'est un peu difficile à trouver, retrouvons-nous quelque part. En face de l'ambassade de France, vous savez où c'est? À trois heures. J'aurai ma voiture, vous pouvez ranger votre Mercedes. Moi, je n'ai qu'une petite Lancia.

– Parfait, affirma Malko. Laissez-moi quand même votre portable, on ne sait jamais.

– Bien sûr : 06 37 65 48 76.

Ils se mêlèrent aux gens assis à l'arrière. L'atmosphère était féerique. Une demi-heure plus tard, tout le monde se séparait. Nenad Sarevic semblait ravi de la promenade

mais avait visiblement oublié qui était Malko. Celui-ci vit
Jadranka monter dans la BMW du banquier. Elle n'avait
pas fini sa journée. Tatiana l'accueillit avec un sourire en
coin.

— Vous avez baisé vite, remarqua-t-elle placidement.
C'est un bon coup ?

Malko ne répondit pas. Ils furent reconduits à leur voiture par un type taciturne qui les laissa sur la petite place
maintenant déserte. Au moment où Tatiana allait monter
dans la Mercedes, une silhouette jaillit de la pénombre :
Farid, le petit gitan du parking. Il échangea quelques mots
à voix basse avec Tatiana qui se retourna vers Malko,
bouleversée :

— Il y a du nouveau.

— Quoi ?

— Au garage.

— Mais comment nous a-t-il retrouvés ?

— Il a vu ma voiture, juste après qu'on lui a donné des
nouvelles. Tout à l'heure, il n'a pas osé nous parler, parce
qu'il y avait la police avec nous.

Le gosse, debout dans l'ombre, sérieux comme un pape,
attendait sa récompense.

— Qu'est-ce qu'il a appris ?

— Ce soir, des hommes ont amené une fille au garage.
Elle se trouvait dans le coffre d'une Audi, elle était atta-
chée. D'après la description, cela peut être Natalia. Ce qui
veut dire qu'ils l'ont vue avec nous.

— Elle est toujours dans le garage ?

Tatiana posa la question au gosse qui répondit affirmativement, avec une longue explication.

— Il a un de ses « hommes » là-bas, avec un portable.
Il le tient au courant de tout. Quelqu'un d'autre est arrivé
depuis que le garage est fermé. Un homme dans une
Audi 8. Il est entré et il y est toujours.

Le sang de Malko se figea. Si on avait amené Natalia à
cette heure là-bas, ce n'était pas pour son bien.

– Il faut faire quelque chose, dit-il. Si Natalia a des problèmes, c'est à cause de nous.

– Non, trancha sèchement Tatiana, à cause de sa connerie. Elle n'aurait jamais dû partir avec ces types. En plein jour, devant le *Monza*, ils ne l'auraient pas kidnappée.

– Peu importe, coupa Malko. Dieu sait ce qu'ils lui font. Il faut la sortir de là.

Tatiana lui jeta un regard sombre.

– Dans ce cas, fit-elle, il faut rattraper Nenad Sarevic et lui demander de venir avec ses hommes.

Farid les regardait, essayant en vain de comprendre ce qu'ils disaient.

– Bon, conclut Malko, allons voir sur place. Il peut venir avec nous ?

Elle posa la question et Farid répondit oui avant de monter fièrement à l'arrière de la Mercedes. Glavna Ulitza était déserte et ils y furent en dix minutes. Le gosse leur fit signe de stopper dans une station-service fermée et disparut dans l'obscurité. Il réapparut quelques minutes plus tard avec un autre petit gitan, l'air éveillé, qui fit son « rapport ».

– Rien n'a bougé, annonça Farid. L'Audi est toujours là.

– Il a le numéro ?

– Non, il n'avait pas de quoi écrire.

Malko lui tendit un stylo Cross et son bloc.

– Qu'il aille le relever, on l'attend ici.

Le gosse se fondit dans l'obscurité. Malko n'arrêtait pas de penser à ce qui pouvait se passer à l'intérieur du garage. Il avait en face de lui des criminels endurcis et féroces. Mais pourquoi s'être attaqué à Natalia ?

Le petit gitan revint, silencieux comme un chat, et tendit sans un mot à Malko son stylo et son bloc. Celui-ci lut le numéro inscrit d'une écriture maladroite : BG 654876. Le numéro de l'Audi qui était venue rôder autour de la prison... Donc celle de Vladimir Budala, « le fou ». S'il se trouvait ce soir-là au garage, en même temps que Natalia, ce n'était pas une coïncidence. Malko ne pouvait pas rester inerte alors que Natalia se faisait peut-être torturer. Et en même temps, il ne fallait pas lâcher Vladimir Budala. Mais impossible de le suivre avec la Mercedes.

– Demandez à Farid s'il peut se procurer une voiture discrète.

– Ce soir ?

– Maintenant.

Tatiana posa la question et le gosse répondit sans hésiter. Un de ses cousins avait une Japonaise. Il pouvait aller le chercher. Mais il fallait l'y conduire. C'était au bord de la Sava, à quelques kilomètres.

– Très bien, conclut Malko. Que Farid parte avec vous chercher la voiture. Moi, j'attends ici.

Tatiana transmit les instructions. Le second petit gitan repartit en courant dans l'obscurité et Farid monta à côté de Tatiana. Il posa une question et celle-ci éclata de rire.

– Il pense que nous sommes des trafiquants de drogue rivaux et que nous voulons nous emparer d'un stock de produits. Dans ce cas, il voudrait pouvoir en écouler une partie, avec sa bande.

– Dites-lui que si on en trouve, c'est d'accord, répondit Malko.

Ce n'était pas le moment de se priver d'un allié aussi précieux. Il regarda les feux de la Mercedes SLK s'éloigner en direction de Zemun et sortit son portable. Le chef de station de la CIA devait dormir à poings fermés car il mit très longtemps à répondre.

– *My God !* fit-il, visiblement inquiet, il est trois heures du matin ! Il vous est arrivé quelque chose ?

– À moi, non, précisa aussitôt Malko, mais j'ai besoin de vous.

Il lui expliqua la situation et ce qui pouvait arriver à Natalia. L'Américain l'écouta sans l'interrompre mais conclut ensuite, d'un ton prudent :

– À cette heure-ci, je ne peux joindre que des sous-fifres de la BIA. Pour les faire bouger, ça va être la croix et la bannière, surtout s'il n'y a pas d'étranger en jeu. Ce serait vous, la situation serait différente… En plus, il y a un fort risque de fuites. Je serai obligé de donner des précisions.

– Autrement dit, on ne peut rien faire ! conclut amèrement Malko.

– Pas grand-chose, dut reconnaître Mark Simpson. Je peux venir vous rejoindre, mais nous n'avons pas qualité pour intervenir. Les Serbes sont très chatouilleux…

– Restez dans votre lit, conclut Malko. Je vous tiens au courant.

Il fit monter une balle dans le canon du Zastava et traversa l'avenue, parvenant au coin de la rue du garage, peu éclairée et complètement déserte. Il arriva devant le bâtiment et distingua dans la pénombre l'Audi décapotable. Il regarda autour de lui : le petit gitan était invisible, probablement tapi de l'autre côté de la rue, dans le terrain vague. Il avait au moins une demi-heure à attendre.

Aucun bruit ne filtrait du garage. Une voiture passa sur la route. À cette heure, les habitants de Zemun Polié dormaient à poings fermés. Glissant le long du bâtiment, son pistolet à la main, il parvint à la double porte de bois fermant l'atelier. Un rai de lumière filtrait dessous. Le pouls à 200, il colla son oreille à la porte, là où les deux battants se rejoignaient. Pendant quelques secondes, il n'entendit que les battements de son cœur. Puis, un cri aigu, étouffé, sauvage frappa son tympan, lui expédiant une tonne d'adrénaline dans les artères.

Il recula d'un mètre et se prépara à enfoncer la porte.

CHAPITRE VIII

Vladimir Budala, les mains dans les poches de sa veste aux trois boutons fermés, très droit, examinait Natalia Dragosavac comme un entomologiste le ferait d'un insecte. Son costume gris sombre, sa chemise noire, sa cravate rayée retenue par une barrette lui donnaient un peu l'air d'un notaire, mais un notaire sinistre, avec ses cheveux très courts, son regard froid et vide, ses traits sculptés dans le granit. Toute sa cruauté se réfugiait dans ses mains, qu'il cachait au fond de ses poches. Sa tenue de ville détonnait dans l'atelier de mécanique encombré de carcasses de voitures, de piles de pneus, de moteurs démontés et étalés sur le sol éclairé par deux gros projecteurs suspendus au plafond. Ce n'était pas seulement par coquetterie qu'il s'habillait ainsi : il avait toujours sur lui deux CZ 99 9mm dissimulés par la veste trop ample, plus une ceinture garnie de chargeurs. Il avait choisi le CZ car c'était l'arme la plus sûre et la plus robuste. En sus, il portait, dans un holster accroché à son mollet, un petit revolver deux pouces. Il avait vu ça dans des films américains et avait été immédiatement séduit. Maquereau à ses débuts, il était alors le spécialiste du « dressage » des filles, souvent des Roumaines, et en avait même tué une à coups de poing et de pied. Sa cruauté froide et son absence totale de sensibilité

l'avaient fait remarquer dans un milieu pourtant particulièrement féroce, et les « cerveaux » du gang de Zemun en
avaient fait leur auxiliaire de mort préféré. Après s'être
acquitté sans sourciller de l'exécution d'un revendeur de
drogue et de sa famille – six personnes en tout – pour le
punir d'avoir escroqué le gang de Zemun, il avait eu l'honneur de rejoindre la garde personnelle de Milorad Lukovic, qui l'avait très vite apprécié. Vladimir Budala,
célibataire, était toujours disponible, il ne buvait pas, ne
fumait pas et ne sortait guère de son petit appartement,
sauf pour aller à son agence de voyages.

Milan, le frère du patron du garage, s'approcha de lui.

– Qu'est-ce qu'on fait de cette *kurvia* [1] ?

Il désignait Natalia, entièrement nue, suspendue par la
chaîne de ses menottes à une des poutrelles métalliques
d'un pont élévateur. Milan avait réglé la hauteur de façon
que les orteils de Natalia effleurent juste le sol.

Depuis le retour de Luka Simic dans la maison isolée
où elle avait suivi les deux autres membres de la bande
pour se donner à eux, son calvaire n'avait pas cessé. Ils
l'avaient d'abord battue, giflée, puis brûlée à plusieurs
endroits du corps avec des cigarettes. Dans l'espoir de lui
faire dire ce qu'elle avait pu apprendre au « journaliste »
autrichien et à son interprète, Tatiana.

Comprenant que si elle avouait, ils l'exécuteraient
immédiatement, Natalia avait tenu bon. Jurant que l'argent
trouvé sur elle provenait de la vente de la voiture. Évidemment, elle n'avait pu expliquer pourquoi elle avait
revu Tatiana et le « journaliste » alors que la transaction
était déjà faite. Elle avait prétendu les avoir rencontrés par
hasard au *Café Monza*. Seulement, ils avaient fait parler
son portable qui gardait la trace d'un appel de Tatiana dont
ils possédaient le numéro, une heure avant le rendez-vous
au *Monza*.

1. Pute.

Las de taper sur elle, de lui tordre les seins et de la brûler, ils avaient décidé de soumettre le cas à Vladimir Budala. Celui qui avait organisé le meurtre de Momcilo Pantelic. En attendant, ils l'avaient enfermée dans une cage grillagée au sous-sol, là où on gardait parfois les kidnappés. Menottée, nue, le visage déformé par les coups, le corps marbré de bleus, Natalia avait quand même pu récupérer un peu. Le verdict de Vladimir Budala avait été net : les quatre voyous ne possédaient pas la technique pour faire parler Natalia, si elle avait quelque chose à dire. Il avait donc ordonné qu'on la transporte à la nuit tombée dans le garage des frères Lasica, où il dirigerait lui-même l'interrogatoire. C'était un endroit sûr où, l'atelier fermé, personne ne viendrait les déranger.

Dès son arrivée dans le coffre de la Mercedes de Bozidar Danilovic, Natalia avait été hissée au-dessus de la fosse, puis Sasa et Milan Lasica avaient commencé à la mettre en condition, la violant à tour de rôle, la sodomisant à l'huile de vidange. Sans rien tirer d'elle que des plaintes. Désormais, c'était à Vladimir Budala de mener le véritable interrogatoire. Il s'approcha d'elle et la prit par les cheveux, la forçant à le regarder.

— Si tu es sage, dit-il, dans une heure tu seras chez ta mère.

Comme elle ne répondait pas, presque inconsciente, il prit une pince sur l'établi, glissa la pointe d'un sein entre les deux mâchoires et serra brutalement. Natalia poussa un hurlement horrible. Vladimir maintint la pince serrée et demanda calmement :

— Tu vas me répondre ? Je n'aime pas les gens mal élevés.

— *Da, da,* fit la jeune femme d'une voix imperceptible. Arrêtez, j'ai mal.

Des larmes coulaient sur son visage. Vladimir Budala desserra les mâchoires de la pince : il fallait encourager les bonnes volontés.

– Pourquoi as-tu reçu cet argent aujourd'hui ?
demanda-t-il.

Natalia parvint à ouvrir l'œil droit et bredouilla :

– Ils me l'ont déjà demandé. Elle me devait encore un
peu d'argent sur la SLK.

– Pourquoi tu lui as vendu la voiture ?

– Elle est venue me voir chez moi. Je ne sais pas comment elle était au courant.

– Qui lui a donné l'argent ?

– Je ne sais pas.

– Elle t'a appelée aujourd'hui, juste avant que Bozidar
et Uros te voient avec elle au *Café Monza*. Pourquoi leur
as-tu dit que tu l'avais rencontrée par hasard ?

– Je ne sais pas, je me suis trompée. Laissez-moi, supplia-t-elle. Je n'ai rien fait. Je vous donnerai l'argent si
vous voulez.

Vladimir Budala la fixa longuement.

– Je ne crois pas que tu dises la vérité. Pourquoi as-tu
donné l'adresse de ce garage ? Cette fille est venue ici avec
le journaliste.

– Elle m'a demandé où la voiture était entretenue.
J'étais venue ici avec Momcilo.

Vladimir Budala s'amusait à faire claquer la pince tout
en réfléchissant.

– Tu connais l'homme qui était avec Tatiana ?

En voyant la pince s'approcher à nouveau de sa poitrine, Natalia, terrifiée, dit d'une voix hachée :

– Je sais seulement qu'il est au *Hyatt*. Il ne parle pas
serbe.

Luka Simic intervint, avec un sourire mauvais :

– Nous, on l'a vu quand Tanja est sortie de prison. Il
l'a suivie jusque chez Zatko Tarzic. Il dit qu'il est journaliste, mais ce n'est pas vrai : il avait un pistolet dans sa
pochette, cet après-midi.

Vladimir Budala rapprocha son visage de Natalia.

– Tu as entendu ?

– Je ne sais pas, moi ! cria Natalia. Je ne lui ai même pas parlé, à ce type !

Vladimir Budala promena son regard de serpent sur le corps de Natalia marbré de coups, plein de cambouis, avec les petites marques rondes et noirâtres des brûlures de cigarettes. On aurait dit que les frères Lasica s'étaient essuyé les mains sur elle… Pourtant, même dans cet état, elle était encore très désirable, avec ses seins hauts et ronds, son ventre plat et sa croupe cambrée qui avait accueilli le sexe de tous les hommes présents, à l'exception du sien.

– Tu es bien foutue, fit-il pensivement. Ce serait dommage de t'abîmer.

Natalia, folle de terreur, demeura muette et il continua de la même voix calme :

– Je sais que tu ne dis pas tout, tu mens. Tu vas nous dire *tout* ce que tu as raconté à Tatiana et ensuite, tu pourras aller te coucher. Je t'écoute.

– Mais j'ai tout dit ! sanglota Natalia. Je ne pensais pas que c'était mal de lui donner l'adresse d'ici. Je suis venue souvent avec Momcilo.

– Momcilo est mort. Tu sais pourquoi ?

Elle agita les pieds, décollant du sol.

– Non.

– Il a balancé à la BIA l'endroit où « Legija » était caché. Je crois que tu as fait la même chose.

Natalia eut une quinte de toux et cria, à bout de résistance :

– Mais je ne sais pas où est « Legija » ! Je ne l'ai même jamais rencontré. Enfin, vous me connaissez tous. Momcilo était votre ami…

Vladimir Budala secoua lentement la tête, avec un accablement feint.

– Bon, je vois que tu es entêtée ! Sasa va s'occuper de toi, je n'aime pas les petites menteuses…

Il alla s'asseoir sur un banc utilisé d'habitude par les

clients attendant leur véhicule et tira soigneusement sur le pli de son pantalon. Sasa s'approcha de l'établi et y prit son fer à souder relié à une grosse bouteille de gaz. Sortant un briquet de sa salopette, il ouvrit le gaz et promena la flamme du briquet devant l'embout. Une longue flamme jaillit aussitôt, qu'il régla méticuleusement, en bon ouvrier, avant de se tourner vers Vladimir Budala :

– Par quoi tu veux qu'on commence, Vlad ?

« Le fou » haussa les épaules.

– Je ne voudrais pas passer la nuit ici. Les nibards, non ?

Il était sûr que Natalia mentait. Et l'expérience lui avait appris que *personne*, même les héros, ne résiste à la torture. Sa méthode avait un inconvénient mineur : que Natalia parle ou non, elle devait disparaître ensuite. Lui n'avait pas fait partie de la première vague d'arrestations et ne tenait pas à se retrouver derrière les barreaux de la prison centrale, même pour y rejoindre ses copains.

Sans même éteindre son mégot, Sasa alla prendre un petit escabeau qu'il traîna près du corps suspendu à la poutrelle et grimpa les trois premières marches. Il était juste à la bonne hauteur. Quand elle sentit la chaleur de la flamme sur la peau nue de son torse, Natalia poussa un hurlement strident, prolongé, horrible.

– *Né, né !*

Sasa était déjà au travail. Visant soigneusement le mamelon gauche. La flamme pointue du chalumeau enveloppa la pointe du sein, s'aplatissant autour sur le mamelon. Natalia hurlait sans discontinuer, ses jambes battaient l'air. Sasa s'appliquait comme pour un point de soudure délicat. La peau du sein commença à se détacher, comme du papier à cigarettes. Natalia eut un hoquet et s'évanouit.

Sasa se retourna :

– Je la réveille ?

– Oui. Donne-lui un coup de raki.

Normalement, elle parlerait en se réveillant.

*
* *

Malko examinait le double battant de bois de la porte du garage. Le silence était retombé de l'autre côté. Il se rendit compte très vite qu'il aurait fallu un bélier pour défoncer la lourde porte. Impuissant, ivre de rage, il s'éloigna un peu. Les aiguilles lumineuses de sa Breitling lui disaient que Tatiana était partie depuis près de trente minutes. Elle n'allait pas tarder. Quelles que soient les horreurs qui se déroulaient à l'intérieur, il était impuissant puisque la BIA ne voulait pas intervenir. Il décida de regagner la station-service sur Glavna Ulitsa. Ce serait idiot de se faire surprendre bêtement devant le garage.

La rage au cœur, il s'éloigna dans l'obscurité et regagna son poste d'observation, rongeant son frein. Il se raccrochait à une idée fixe : ne plus lâcher Vladimir Budala. Il aperçut soudain les phares d'une voiture venant de Zemun. Le véhicule – une Japonaise – ralentit et vint s'arrêter en face de lui. Tatiana descendit la première, suivie de Farid puis du conducteur, qu'on aurait cru sorti d'un film de Kusturica : un vrai gitan coiffé d'un feutre sans forme, avec un gros nez et l'air malin. Il serra la main de Malko et Tatiana annonça :

– Emir est d'accord pour suivre la voiture. Mais il dit qu'il vaut mieux se mettre plus loin, à un kilomètre vers Zemun, sinon l'autre va se méfier.

– C'est bon, approuva Malko. Planquez la Mercedes derrière la station-service.

Le petit Farid s'était déjà fondu dans l'obscurité, allant relever son copain. Il n'y avait plus qu'à attendre.

*
* *

Natalia reprenait conscience en toussant et crachant, le visage déformé par la douleur. Sasa fumait une cigarette, assis sur l'escabeau, le chalumeau toujours allumé en veilleuse. Le sein gauche de la jeune femme n'était plus qu'une tache noirâtre coupée de filets sanguinolents. Vladimir Budala s'arracha à son banc et vint se planter en face de la jeune femme.

– Natalia, tu as vu que nous étions sérieux ? Tu vas me dire ce que je veux maintenant. Il est tard…

Natalia, incapable de parler, agita les jambes, faisant entrer encore plus les menottes dans la chair de ses poignets, puis réussit à articuler :

– J'ai mal, j'ai mal ! Laissez-moi, je ne sais rien, je vous l'ai dit.

Vladimir Budala fit un signe de tête à Sasa.

– Vas-y, l'autre nibard.

Quand Natalia vit le mécanicien remonter sur l'escabeau, elle se mit à hurler à gorge déployée, agitant les jambes dans tous les sens comme si cela pouvait la protéger. Mais c'était trop tard. La flamme claire du chalumeau enveloppa la pointe du sein droit et une abominable odeur de chair brûlée se répandit dans le petit garage. Natalia gigotait comme une folle. Elle se démena tellement que la chaîne des menottes glissa et qu'elle tomba lourdement sur le sol, échappant au chalumeau. Posément, Sasa posa son outil sur l'établi et s'approcha d'elle pour la retourner. Elle avait le regard vitreux et respirait par saccades. La vue de son sexe exposé donna une idée à Vladimir Budala. Il s'accroupit près d'elle et lui lança :

– Tu as eu raison de tomber. Maintenant, on va s'attaquer à ta jolie petite chatte. Tu ne pourras plus jamais baiser. Tu es sûre de ne rien avoir à dire ?

Natalia reprit son souffle et ouvrit les yeux. Épuisée de terreur et de douleur.

– Je te jure, je n'ai rien dit. Juste que tu connaissais Momcilo et que je te voyais quelquefois ici.

Vladimir Budala sentit son estomac se rétrécir.

– Tu as donné mon nom, petite salope ! fit-il d'une voix blanche. Pourquoi ?

– Pour rien ! souffla Natalia. J'ai dit que tu étais un de ses copains… Rien de plus.

Vladimir Budala était glacé de fureur. Ce faux journaliste savait désormais qu'il avait un lien avec le garage des frères Lasica. Désormais, il était pratiquement sûr qu'il cherchait à retrouver Milorad Lukovic, son chef en cavale. Et que Natalia l'avait aidé, dans la mesure de ses moyens. La conclusion s'imposait d'elle-même. Du pied, il poussa la tête de Natalia, à demi inconsciente, pour la placer juste dans l'axe d'un des deux rails du pont. Il prit ensuite le boîtier de la commande hydraulique et enfonça le bouton rouge. Le lourd pont sur lequel se trouvait une vieille Dacia descendit d'un coup et un des rails d'acier atterrit sur la tête de Natalia. L'écrasant comme un melon.

Elle ne cria même pas, son corps eut juste quelques soubresauts puis demeura immobile. Paisible, Sasa éteignit son chalumeau désormais inutile. Vladimir Budala, sans émotion, s'approcha de Luka Simic :

– Tu vas l'enrouler dans une toile et l'enterrer dans le jardin de la maison.

– *Dobro*, fit le jeune voyou.

Vladimir Budala vrilla son regard noir dans le sien.

– J'ai quelque chose d'autre à te demander. Si tu es d'accord.

– Pourquoi je ne serais pas d'accord ? demanda Luka Simic, vexé.

– Cet étranger et cette Tatiana, je ne veux plus les voir à Belgrade, dit calmement Budala. Tu crois pouvoir y arriver ?

– Bien sûr, Vladimir, s'empressa d'affirmer Luka Simic. Ça peut être fait demain.

« Le fou » eut un sourire indulgent devant cette fougue juvénile.

– Même si cela doit prendre quelques jours, ce n'est pas grave. Tu auras cinq mille dollars. *Dobro ?*

– *Dobro.*

Ils se serrèrent la main.

Sasa avait un peu remonté le pont pour dégager la tête écrasée de Natalia. Bozidar et Uros enroulèrent le cadavre dans une vieille toile. Un coup de jet sur le sol et il n'y aurait plus aucune trace de Natalia.

Vladimir Budala marcha vers la porte, ôta le loquet et entrouvrit les deux battants, juste assez pour se glisser à l'extérieur. Avant de sortir, il se retourna vers Luka Simic et lança :

– Je compte sur toi.

CHAPITRE IX

Farid surgit de l'obscurité, courant à perdre haleine, et jeta quelques mots à Tatiana.

– Ça y est, il s'en va, traduisit-elle.

– Qui ?

– L'Audi.

Donc Vladimir Budala, le lien supposé avec Milorad Lukovic, le fugitif. Il y eut un rapide échange entre l'oncle de Farid et Tatiana, puis le gitan fonça vers sa voiture.

– Il va attendre un kilomètre plus loin, expliqua-t-elle. Nous allons le voir passer.

La vieille Japonaise démarra en trombe, et bientôt ses feux se perdirent dans la nuit.

Ils n'attendirent pas longtemps. Un faisceau lumineux jaillit de la rue où se trouvait le garage et une voiture tourna dans la direction de Zemun. L'Audi de Vladimir Budala.

– Pourvu qu'il ne le perde pas, fit Malko.

– Ça m'étonnerait, le rassura Tatiana, ils ont l'habitude. On a convenu de se retrouver ensuite chez les « Panthères noires ». Il nous dira où Vladimir Budala est allé.

– Et Natalia ? demanda Malko, mal à l'aise. Il s'est sûrement passé des choses horribles dans le garage. J'ai entendu un cri qui m'a glacé.

– Il n'y a rien à faire, fit sèchement Tatiana. Il faut espérer qu'ils se sont contentés de la battre.

Visiblement, elle ne croyait pas un mot de ce qu'elle disait et Malko préféra ne pas insister. Tout à coup, une petite silhouette traversa la route en courant : Farid, essoufflé, jeta quelques mots.

– La seconde voiture s'en va, traduisit Tatiana.

Effectivement, quelques instants plus tard, ils virent la Mercedes qui tournait dans la direction opposée, vers Novi Sad. Malko dut se résoudre à ne pas la suivre. Cela aurait été suicidaire : il n'y avait qu'eux sur la route.

– Que Farid aille voir ce qui se passe au garage, demanda-t-il.

Le gamin repartit ventre à terre. Ils attendirent dans l'obscurité. Il était près de quatre heures du matin. Bientôt, il ferait jour… Farid revint.

– Tout est éteint, traduisit Tatiana.

– Bien, conclut Malko. On retourne à Belgrade. On emmène Farid et son copain ?

– Non, ils préfèrent rester. Pour voir ce qui va se passer demain matin. Il pense qu'ils ont tué la fille et qu'ils vont l'enterrer en face.

Ça n'avait pas l'air de bouleverser le petit gitan.

Malko lui remit deux mille dinars qu'il plia soigneusement avant de s'enfoncer sans un mot dans l'obscurité. Qu'est-ce qu'il ferait à dix-huit ans ? Déjà, à son âge, il avait autant de sensibilité qu'un bloc de granit.

Les premières lueurs de l'aube commençaient à éclaircir le ciel. Tatiana bâilla.

– *Davai !* J'ai sommeil.

Quand ils arrivèrent devant le parking des « Panthères noires », il faisait presque jour. La vieille Japonaise du tonton gitan était là. Il sortit de la voiture et s'approcha d'eux, tendant un papier à Tatiana.

– Il a pu le suivre sans qu'il s'en rende compte. Il habite Novi Beograd, dans un immeuble populaire, au bloc 28, sur le boulevard Treci. Mais il ne sait pas l'étage ni l'appartement. C'était chez lui, il est entré avec une clef. Sa voiture est garée devant. Il demande cinq mille dinars parce que c'était très dangereux.

Malko s'exécuta. Il n'avait même pas eu à affronter la musique tsigane et commençait à tomber de sommeil. Il se força pourtant et dit à Tatiana :

— Allons vérifier. À cette heure-ci, on ne prend pas de risques. Il dort sûrement.

Ils repartirent vers Novi Beograd, coupant l'autoroute de Zagreb pour entrer dans une zone dortoir avec d'immenses barres de béton sinistres à perte de vue. Du linge et des paraboles satellites aux fenêtres. Les immeubles étaient coupés de terrains vagues. Une grande friche du communisme. Les gens commençaient à sortir de chez eux pour aller travailler. Tatiana ralentit en longeant le bloc 28 et très vite ils repérèrent l'Audi décapotable qui tranchait avec les voitures hors d'âge garées en bas des immeubles. Il y avait même une Trabant est-allemande, vénérable relique d'un monde disparu. Le 28 devait comporter au moins cinquante appartements. Malko comprit qu'il n'apprendrait rien de plus et ils repartirent.

Tatiana aussi commençait à accuser la fatigue. Devant le *Hyatt*, elle lança à Malko :

— Je vais dormir chez moi, jusqu'à deux heures au moins ! Je vous appelle quand je me réveille. Ciao.

Avant de s'endormir, en touchant l'oreiller, Malko repensa à son rendez-vous avec Jadranka, la vieille copine de Tanja Petrovic. À deux heures, justement, en face de l'ambassade de France. Pourvu qu'il se réveille.

Jadranka Rackov sortit de sa Lancia décapotable blanche en apercevant Malko qui arrivait à pied de Kneza Mihaila. Elle vint à sa rencontre, toujours aussi sexy avec ses cheveux noirs répandus sur les épaules, sa grosse bouche rouge et des lunettes de soleil pleines de strass. Elle portait une robe de toile blanche, boutonnée devant, qui semblait avoir été cousue sur elle tant elle la moulait. Elle se serra fugitivement contre Malko avec un sourire carnassier.

— Bien dormi ? Pas de scène de votre copine ?

— Ce n'est pas ma copine, corrigea Malko.

Sans lui dire à quoi ils avaient passé le reste de la nuit. Jadranka lui adressa un sourire complice.

— Menteurrr ! Vous aimez trop les femmes pour ne pas l'avoir baisée, au moins une fois ! Ça se voit dans vos yeux. Ils donnent envie de se blottir dans vos bras.

— Merci, dit Malko.

Ils remontèrent le long du Kalemegdan, le grand parc bordant le Danube, puis filèrent assez loin vers l'est par l'avenue du 29-Novembre, escaladant ensuite une colline pour atteindre une sorte de parc semé de petits restaurants.

— Il fait chaud, hein ? soupira Jadranka en déboutonnant les derniers boutons de sa robe blanche, ce qui découvrit ses cuisses.

Malko glissa une main entre elles et elle poussa un soupir d'aise.

— J'aime bien qu'on me caresse quand je conduis, dit-elle, ça me détend.

Il remarqua alors un énorme diamant à sa main droite et dit en riant :

— Superbe pierre !

— C'est un héritage, fit Jadranka.

— Un oncle d'Amérique ?

— Non, répondit-elle. Un homme que j'ai ruiné.

Malgré les virages, il continuait à la caresser et elle sursauta soudain sur son siège et ralentit.

— Vous avez des doigts de fée, soupira-t-elle. Dommage, nous sommes arrivés.

Elle se gara en face de la terrasse d'un restaurant qui

ressemblait à un chalet. Une longue Mercedes 600 noire
était garée juste devant.

— Tiens, Zatko Tarzic est là, remarqua-t-elle. C'est vrai
qu'il habite à côté.

Malko ne broncha pas. C'était la voiture qui avait
«enlevé» Tanja Petrovic à sa sortie de prison.

— Qui est-ce? demanda-t-il innocemment.

— Un vieux cochon, mais un bon copain. Un Bosniaque. Il était pauvre, mais c'est le *kum* de Mladic. Alors,
il a commencé à acheter plein de choses pour l'armée de
la Republika Srpska¹ et il est devenu très riche. Il a continué après, dans tout : le café, le sucre, les armes... Il
dépense un peu de son argent avec des femmes, mais il est
vraiment très laid.

Malko se demanda soudain si Tanja Petrovic et
Jadranka étaient vraiment très liées. Jadranka ne semblait
rien savoir de la disparition de Tanja...

Ils gagnèrent la terrasse et Malko repéra tout de suite
les cheveux blancs de Zatko Tarzic à une table au fond,
en compagnie d'un chauve à moustache blanche et d'une
brune piquante et vulgaire. Une bouteille de Defender
«Success» largement entamée était posée sur la table, à
côté d'un seau à glaçons. Le scotch, c'était plus chic que
la Slibovisz, même si cela venait de l'Amérique détestée.
Dès que Tarzic aperçut Jadranka, il se leva et vint à sa
rencontre.

Malko alla s'asseoir et assista à leurs embrassades. Le
Serbe donnait l'impression de grimper le long d'elle, ses
petits yeux pleins de vice brillant comme ceux d'un rat. Il
bavardèrent longuement tandis que Malko les attendait à
sa table. Jadranka revint, tout émoustillée, et lui souffla en
riant :

— Dès qu'il voit une fille qu'il n'a pas baisée, ça le rend
fou ! Il m'a demandé si je ne voulais pas venir faire un

1. «République serbe» de Bosnie.

sauna avec lui après le déjeuner. C'est son grand truc. Sous
le nez de sa pute. Mais, beurk, il est trop laid : j'aurais
l'impression de baiser avec un cochon. Il m'a raconté qu'il
a plein de problèmes avec une de mes copines, Tanja
Petrovic. Elle l'accuse de lui avoir volé cinq millions de
dollars ! Il est allé la chercher à sa sortie de prison et l'a
emmenée chez lui, soi-disant pour s'expliquer, et elle a filé
pendant qu'il était dans son sauna. En réalité, il a dû
essayer de la sauter…

— Tiens, vous connaissez Tanja Petrovic ?

Jadranka lui jeta un regard surpris.

— Vous aussi ?

— Pas vraiment, avoua Malko, mais je suis à Belgrade
pour écrire un article sur l'assassinat de Djinjic et elle fait
partie des gens que je voudrais interviewer. Seulement, je
n'arrive pas à mettre la main dessus.

— Moi, je la connais depuis l'enfance, dit Jadranka.
Chaque fois que je vais à Belgrade, on se voit. D'ailleurs,
on doit prendre un café ensemble aujourd'hui.

— Il paraît qu'elle est très liée à Milorad Lukovic,
remarqua-t-il.

— «Legija» ? C'était son amant depuis longtemps, elle
m'en a souvent parlé. Elle est folle de lui. Il habitait chez
elle et c'est pour ça qu'on l'a mise en prison, comme complice. Heureusement, elle a été relâchée.

Elle lui jeta soudain un regard plein de méfiance.

— J'espère que vous allez dire du bien des Serbes dans
votre article…

C'était l'obsession à Belgrade. Les ex-Yougoslaves se
sentaient injustement rejetés par la communauté internationale, alors qu'ils se considéraient comme innocents.

Malko rassura Jadranka d'un sourire.

— Si cette Tanja a autant de charme que vous, je ne peux
qu'en dire du bien. J'aimerais bien la rencontrer.

Le garçon apporta un assortiment de salades et Jadranka

se jeta dessus. Enchaînant aussitôt, en pinçant la cuisse de Malko :

– Je vous vois venir… Vous avez envie de la baiser. Il paraît que c'est un coup superbe. Tous les hommes avec qui elle a été en étaient fous. Je ne connais pas « Legija », mais il doit être comme les autres : beau, viril et bien monté. Pourquoi vous ne l'avez pas encore vue ?

– Je suis allé chez elle, il n'y a personne, mentit Malko. Et je n'ai pas son portable.

Jadranka lui adressa un sourire carnassier :

– Je veux bien que vous baisiez Tanja, si elle en a envie, mais quand j'aurai quitté Belgrade. *Dobro ?*

Visiblement, elle ne croyait pas à l'intérêt journalistique de Malko pour la pulpeuse Tanja. Ce qui n'était pas plus mal. Pour avoir une chance de remplir sa mission, Malko ne devait dévoiler son véritable rôle qu'à une personne en contact avec Milorad Lukovic.

Il posa une main possessive sur la cuisse de Jadranka et affirma :

– Je vous jure que mon intérêt pour Tanja Petrovic est uniquement *professionnel*.

Le contact de ses doigts sur sa peau sembla apaiser Jadranka.

– *Dobro*, fit-elle. Je parlerai de vous à Tanja et je lui donnerai *votre* portable. Mais si vous la touchez avant que je sois repartie, vous verrez ce que c'est qu'une Serbe en colère.

Après les salades, on leur apporta des boulettes de viande hachée, piquantes et délicieuses. Jadranka fonctionnait au blanc coupé d'eau minérale et dévorait comme un fauve. Au café, Malko se pencha à son oreille :

– Vous avez un peu de loisir à me consacrer avant votre rendez-vous avec Tanja Petrovic ?

La flamboyante Serbe lui jeta un regard totalement hypocrite.

– Pourquoi ? Je la vois au café *Ruski Tzar* à six heures…

– Ça ne nous laisse pas beaucoup de temps, conclut Malko en demandant l'addition.

**
* **

À genoux sur le dallage de la salle de bains, sa robe de toile blanche entièrement déboutonnée dévoilant un soutien-gorge et un string blancs, Jadranka Rackov faisait aller et venir lentement sa bouche le long du sexe de Malko. C'est elle qui avait tenu à s'installer là, afin de pouvoir se contempler dans le miroir au-dessus du lavabo. Les pointes de ses seins découvertes par les dentelles dardaient comme des petits doigts. Chaque fois que Malko les effleurait, elle réagissait en enfonçant encore plus au fond de son gosier le membre qui remplissait sa bouche. C'était moins frénétique que sur le bateau mais plus agréable. De temps à autre, elle levait les yeux et lui jetait un regard humble de vraie salope, et il pesait alors sur sa nuque, ce qui semblait beaucoup exciter Jadranka. Malko réunit ses cheveux et s'arracha de sa bouche. Cette longue fellation l'avait rendu raide comme un manche de pioche. Jadranka se releva et il l'appuya contre la plaque de marbre entourant le lavabo, face au miroir, puis fit glisser sa robe de ses épaules. D'elle-même, Jadranka ouvrit les jambes et se cambra en arrière, les seins dans le grand lavabo. Elle poussa un soupir ravi quand le membre raidi entra lentement dans son ventre, après avoir écarté son string. Malko attendit d'être enfoncé à fond pour lâcher ses hanches et empoigner ses seins, faisant rouler leurs pointes entre ses doigts tandis qu'il la prenait à grands coups de reins. Le regard fixe, Jadranka contemplait la scène dans le miroir.

– J'aime te voir me baiser, gémit-elle. Je vais jouir. Prends-moi les hanches.

Malko lâcha les seins et empoigna ses hanches un peu grasses. Aussitôt, Jadranka plaqua sa main droite sur la sienne, comme pour être certaine qu'il ne la lâche pas. C'est dans cette position qu'elle eut une secousse violente et acheva de s'aplatir contre le lavabo. Le Rimmel coulait de ses yeux en longues traînées noires. Apparemment, elle en voulait plus. Elle repoussa Malko, se retourna et s'agenouilla de nouveau. Tout en lui administrant ce supplément de fellation, elle dégrafa son soutien-gorge, puis se remit debout et le prit par la main pour le faire entrer dans la vaste cabine de douche. Elle ouvrit l'eau et se remit à le sucer, agenouillée sur le carrelage, le jet tombant sur ses cheveux. Super-excité, Malko la remit debout, arracha son string et la plaqua contre la paroi. Aussitôt, Jadranka écarta les globes de ses fesses à deux mains, dans une invite muette mais précise. Malko ne fit qu'un bref aller-retour dans son ventre avant de peser sur la corolle mauve de ses reins. Quand elle commença à céder, Jadranka gémit, le corps traversé d'une violente secousse.

– Oui, viole-moi !

En dépit de sa bonne volonté évidente, il eut du mal à s'exécuter tant elle était étroite. Puis, d'un coup, il vit son sexe disparaître et se sentit serré comme dans un gant de velours. Les deux mains plaquées à la paroi, Jadranka rugit de bonheur et ses hanches semblèrent prises de la danse de Saint-Guy. Malko se retira presque entièrement puis la fora encore plus loin, continuant de plus en plus vite, jusqu'à ce qu'il rugisse à son tour en se vidant en elle. Ils restèrent ensuite immobiles sous le jet, soudés l'un à l'autre comme des chiens. Quand il se retira, encore raide, Jadranka de nouveau s'agenouilla pour lui offrir une ultime fellation de reconnaissance.

Plus tard, sur le lit, Jadranka prit dans son sac une ciga-

rette que Malko lui alluma avec son inséparable Zippo
armorié. Elle souffla la fumée et laissa tomber :

– Tu m'as bien baisée. J'ai de moins en moins envie
de te présenter à Tanja.

Décidément, le mieux est souvent l'ennemi du bien.

– Si tu veux, dit Malko, je ne te quitterai pas jusqu'à
ton départ ! Mais tu dois avoir d'autres amants à Belgrade.
L'autre soir, tu es rentrée avec le banquier.

Elle évacua le frère du patron de la BIA d'un geste
négligent.

– Oh lui, c'est un vieux coup. On baise toujours une
fois quand je viens à Belgrade. Sinon, il serait vexé. Bon,
je vais quand même donner ton portable à Tanja…

* *
*

Luka Simic avait sorti de son garage une Audi aux
glaces fumées et inspecté les niveaux d'huile et d'essence,
ainsi que la pression des pneus. C'était une voiture rapide
qui pouvait monter à deux cent trente. Parfait pour semer
la police. Il prit dans le coffre une Kalachnikov avec deux
chargeurs tête-bêche dont l'un engagé et un lance-
grenades, vérifia son fonctionnement et posa l'arme sur la
banquette arrière, enveloppée dans une couverture. Ce
n'était qu'une mesure de dissuasion pour la police, en cas
de poursuite. Il retourna dans le coffre, y prit un jeu de
plaques et le tendit à Bozidar.

– Mets-les en place.

Pendant que Bozidar les vissait, il retourna à l'intérieur
de la petite maison. Natalia avait été enterrée un peu plus
loin dans le bois, avec ses affaires, et il ne restait aucune
trace d'elle. Jovan et Uros étaient partis dès le matin, à la
recherche de leur « cible ». Or, la Mercedes SLK ne se
trouvait pas dans le parking du *Hyatt*… Et le faux journaliste était parti vers midi, en taxi. Luka Simic avait tenté

de joindre Tatiana sur son portable, mais celui-ci était débranché.

Son mobile sonna.

– Il est revenu ! annonça triomphalement Jovan Peraj. Avec une autre gonzesse qui a une Lancia. Ils sont en train de baiser à l'hôtel.

– Et Tatiana ?

– Pas de nouvelles.

– Il faut les prendre ensemble, avertit Luka Simic. Sinon, après, ce sera difficile. On va planquer au *Hyatt* et quand elle viendra le retrouver, on agira.

Bozidar Danilovic lui jeta un regard en dessous.

– Et la SLK, qu'est-ce qu'on en fait après ? Moi, je la prendrais bien.

Luka Simic le regarda, accablé. Celui-là méritait bien son surnom, « l'idiot » ! Voler une voiture dont on a tué le propriétaire.

– Personne n'en voudra de ta caisse, laissa-t-il tomber.

– On peut l'envoyer tout de suite en Russie, insista Bozidar Danilovic.

– On fait le travail d'abord, trancha Luka Simic. Pour la bagnole, on verra après. *Dobro ?* Tu vas conduire.

Ils fermèrent la maison et Luka Simic s'installa à la place du mort, après avoir vérifié que les papiers correspondaient bien à la fausse plaque. Il contrôla ensuite le chargeur du pistolet automatique Zastava, doté de quinze cartouches, qui devait être utilisé pour le double meurtre. Une arme prêtée obligeamment par un policier de la BIA qui tirait le diable par la queue. On la lui rendrait après usage. Pour des cibles faciles, le pistolet suffisait.

Après avoir traversé le bois, ils débouchèrent sur la route de Novi Sad. Luka Simic mit un CD de turbo-folk à tue-tête et se laissa aller en arrière, euphorique. L'exécution de Momcilo Pantelic avait été leur premier travail sérieux au sein du clan de Zemun. Désormais, grâce au vide causé par les multiples arrestations, leur heure était arrivée. En l'absence de «Legija», c'était Vladimir Budala qui avait pris le commandement des activités «spéciales». En lui obéissant au doigt et à l'œil, ils parviendraient à prendre une part des trafics les plus juteux.

Moins d'une heure plus tard, ils étaient en bas de l'hôtel *Hyatt*. Luka Simic appela Jovan Peraj en planque dans le hall.

— Du nouveau?

— La fille est repartie, lui est toujours là.

— Et Tatiana?

— Pas vu.

— *Dobro*. Tu surveilles. Nous sommes en bas.

Il sursauta.

— *Jebiga!* La voilà.

La Mercedes SLK venait de passer devant eux, conduite par Tatiana. Elle mit son clignotant et tourna pour s'engager dans la rampe menant à l'entrée de l'hôtel et surplombant Milentija-Popovica.

— On les tape maintenant? demanda Bozidar Danilovic, tout excité.

Luka Simic calma son enthousiasme. Le hall du *Hyatt* fourmillait d'agents du MUP et il y aurait trop de témoins.

— Non, décida-t-il. S'il vient avec elle, on va les suivre et choisir notre moment.

Par sécurité, ils parcoururent une centaine de mètres dans Milentija-Popovica pour rejoindre l'ex-boulevard Lénine menant au pont Bratsvo. Luka Simic n'eut pas à attendre longtemps. Quelques instants plus tard, la SLK pointa son museau dans Milentija-Popovica.

— *Davai!* lança-t-il à Bozidar. Mais ne te mets pas trop près.

Plus loin, ils faillirent perdre la Mercedes à cause de deux rames de tram qui se traînaient à une allure d'escargot. Sur le pont Bratsvo, elle se mit sur la file de gauche pour aller vers la vieille ville.

Luka Simic regrettait de ne pas avoir eu le temps de récupérer Jovan et Uros demeurés au *Hyatt*. Pour abattre leurs deux cibles, il ne pouvait compter que sur Bozidar. Il se consola en pensant que si le faux journaliste et Tatiana se rendaient bien dans la zone piétonne, ce serait relativement facile.

CHAPITRE X

Tatiana lança un regard ironique à Malko.

– Ce n'était pas trop désagréable, votre déjeuner ?

– Très utile, fit-il sans se compromettre. Je sais où Tanja Petrovic se trouvera à six heures : au café *Ruski Tzar,* place de la République. Elle y a rendez-vous avec sa copine, Jadranka.

– *Dobro.* Que voulez-vous faire ?

– Vous allez la suivre, ce sera plus discret que moi. Essayez de savoir où elle habite. D'après ce que m'a dit Jadranka, elle s'est disputée avec Zatko Tarzic et n'est plus chez lui.

– Le *Ruski Tzar* est en pleine zone piétonne, remarqua Tatiana. Entre Trag Republik et Kneza Mihaila. Si elle a une voiture garée loin, ça va poser un problème.

Ils attendaient sous le soleil brûlant à la sortie du pont Bratsvo sur la file de gauche allant vers Karadordeva. Il n'était que cinq heures. Quand le feu passa au vert, Tatiana prit à gauche en direction de Kalemegdan, traversant la vieille ville, puis tourna à droite dans le dédale des rues se jetant dans Kneza Mihaila, la grande artère piétonne. Jusqu'à un parking en étages où Tatiana s'engouffra.

– Je n'ai pas envie de me faire enlever ma voiture, précisa-t-elle. Dans ce quartier, c'est ingarable.

Ils ressortirent du parking et montèrent jusqu'à Kneza Mihaila. Les terrasses des innombrables cafés grouillaient de monde. Ils s'installèrent à une table du *City Café*, d'où ils pouvaient surveiller la voie piétonne reliant Kneza Mihaila à Trag Republik, là où se trouvait le *Ruzki Tzar*.

– Vous n'avez pas de nouvelles de Farid ? demanda Malko.

– Si. Il a téléphoné. Rien ne s'est passé depuis notre départ, à l'aube. Le garage a ouvert comme d'habitude à huit heures, des clients sont venus, mais Vladimir Budala et les voyous à la Mercedes ne sont pas revenus.

– Et Natalia ?

– Aucune trace.

Malko demeura silencieux. Morte ou vive, la jeune femme n'était pas restée au garage.

– Vous avez essayé son portable ?

– Il est débranché.

Ils demeurèrent silencieux quelques instants. Natalia était probablement morte. Malko, pour tenter d'effacer son sentiment de culpabilité, se dit qu'il progressait. Entre Tanja Petrovic et Vladimir Budala, il se rapprochait de Milorad Lukovic.

Tanja Petrovic, au volant d'une vieille Opel, un foulard sur la tête et des lunettes noires sur les yeux, tournait inlassablement autour des barres sinistres du bloc 28. Elle avait réfléchi longtemps avant de prendre ce risque, mais il fallait absolument qu'elle entre en contact avec Vladimir Budala. Celui-ci n'était pas venu à la prison par hasard. Et c'était la seule façon de renouer avec son amant. Le risque était que Vladimir Budala soit surveillé et qu'on la repère. Ce qui rendrait un contact avec «Legija» impossible. Elle avait attendu qu'il la contacte, mais il ne devait pas savoir où la trouver. Il fallait donc qu'elle prenne l'initiative.

C'est la raison pour laquelle elle inspectait les lieux depuis une demi-heure, sans rien déceler de suspect.

L'Audi de Vladimir Budala était garée devant chez lui. Il devait dormir. Souvent, les voyous ne sortaient de chez eux que très tard. À moins qu'il soit absent. Comme elle ne voulait pas téléphoner, il fallait attendre.

Elle repartit pour un tour, se déplaçant, pour qu'on ne la repère pas. Elle était en train de s'éloigner lorsqu'elle aperçut dans son rétroviseur une silhouette qui sortait de l'immeuble. Son pouls grimpa en flèche : Vladimir, « le fou », était le seul homme de Belgrade à porter un costume et une cravate par 35 °C de chaleur et à mesurer près de deux mètres.

Elle fit demi-tour. Vladimir Budala était monté dans sa voiture et commençait à reculer. Tanja jura entre ses dents. S'il partait dans la direction opposée, elle ne risquait pas de le rattraper avec sa poussive Opel Astra. Miracle, il démarra dans sa direction. Aussitôt, elle se plaça au milieu de la route et s'arrêta, l'obligeant à stopper pour ne pas l'emboutir… Il se passa à peine quelques secondes avant qu'il ne sorte de l'Audi, la veste déboutonnée, c'est-à-dire prêt à tirer. À cause du soleil, il ne pouvait voir qui se trouvait dans l'Opel Astra.

Tanja Petrovic bondit dehors et alla à sa rencontre en criant :

— Vladimir ! C'est moi !

Tout en marchant, elle ôta son foulard et ses lunettes noires. Le visage de Vladimir Budala s'éclaira, il accéléra et elle se jeta dans ses bras, l'étreignant longuement.

— Tu en as mis du temps ! soupira-t-il. Tu étais toujours chez Zatko ?

— Comment va-t-il ? demanda-t-elle, folle d'anxiété.

— Bien, fit-il. Très bien.

— Où est-il ?

— En sécurité.

Elle lui jeta un regard qui lui transperça l'âme et dit
sèchement :

— Gare-toi et viens dans ma voiture.

Il se rangea sur le bas-côté et la rejoignit. Aussitôt,
Tanja lui jeta un regard glacial.

— Je t'ai demandé *où* il était. Il est ici, à Belgrade ?

Vladimir Budala détourna le regard et demeura
quelques secondes silencieux avant de laisser tomber :

— Oui, il est à Belgrade. Mais tu vas vouloir le rencontrer et c'est trop dangereux.

— Pourquoi ?

— Tu es sûrement surveillée. Tous les flics sont derrière
lui et les Américains sont derrière les politiques. Même ce
nègre de Colin Powell est venu à Belgrade dire qu'il fallait livrer « Legija » pour recevoir de l'argent. Alors, il faut
être *très* prudent.

— Je veux le voir, fit-elle simplement. Et je sais qu'il a
besoin de moi.

Elle n'osait pas dire « pour baiser », mais son ventre la
brûlait. Vladimir Budala hocha la tête.

— Je comprends, mais tu ne sais pas la pression qu'il y
a ! Et pas seulement d'ici. Les Américains ont envoyé des
gens à Belgrade. On en a repéré un. J'espère désormais
qu'il est neutralisé, mais il en viendra d'autres.

— Où est-il ? répéta Tanja Petrovic sans écouter.

Vladimir Budala baissa les yeux.

— Je n'ai pas le droit de te le dire.

— À moi !

Un cri de femme blessée.

— Surtout à toi, soupira Vladimir Budala. Tu ne pourrais pas te retenir. Mais je vais lui faire savoir que tu veux
le voir. C'est lui qui prendra la décision. Tu es toujours
chez Zatko ?

Cette fois, elle répondit.

— Non.

Elle continuait à tourner dans les rues vides du bloc 28

écrasées de soleil, comme dans un cauchemar, ne voyant même plus les immeubles. Dès qu'elle aurait retrouvé « Legija », elle ne le lâcherait plus.

– Alors, où es-tu ? insista Budala.

Elle lui expliqua tout ce qui s'était passé depuis sa sortie de prison, y compris le meurtre des deux gorilles de Zatko Tarzic, et conclut :

– Je ne sais pas s'il est déjà au courant pour ces deux types, mais il va sûrement vouloir se venger. Je n'ai rien vu dans les journaux, donc la police n'est pas encore au courant.

Vladimir Budala alluma une cigarette et dit froidement :

– Ne te fais pas de soucis, je vais aller voir Zatko.

– Et la police ?

– Mes gars vont évacuer les cadavres cette nuit. Il suffit que tu me donnes tes clefs. Ensuite, tu pourras rentrer chez toi si tu le souhaites.

Tanja secoua la tête.

– Non, je suis mieux où je suis. Les flics ont perdu ma trace. Ils surveillent sûrement la maison. Fais attention en enlevant ces deux-là. Mais surtout, je veux que tu dises à « Legija » que je veux le rejoindre. Il est en forme ?

– Tout à fait, affirma Vladimir Budala, qui connaissait la blessure de Milorad Lukovic, mais c'était des choses dont on ne parlait pas aux femmes. Je vais lui faire savoir que je t'ai vue.

– Tu peux lui faire passer quelque chose ? demanda-t-elle soudain.

– Oui, si ce n'est pas trop encombrant.

– *Dobro.*

Elle se gara, releva sa jupe sous le regard stupéfait de Vladimir Budala, prit sa culotte, la fit glisser le long de ses jambes et la lui tendit.

– Donne-lui ça.

Vladimir Budala, horriblement gêné, prit la culotte et la fourra dans sa poche.

Tanja arracha une page d'un carnet, griffonna quelques mots, plia le papier et le lui tendit.

– Tu mets ça avec. Quand tu auras eu le contact, rejoins-moi rue Knejinje Zorke.

– D'accord, fit Vladimir Budala. Ramène-moi à ma voiture.

Tanja le déposa près de l'Audi et reprit la direction de Belgrade, le cerveau en ébullition. Elle sentait que Vladimir lui avait dissimulé quelque chose, sans savoir quoi. Elle essaya de se laver le cerveau pour ses retrouvailles avec Jadranka. Du coup, elle n'avait plus très envie de la voir, la tête ailleurs. Sa copine allait lui parler de tous les hommes qu'elle s'était offerts et ça l'ennuyait déjà…

– Tanja vient d'arriver, annonça Tatiana en revenant s'asseoir près de Malko. Elle a un foulard et des lunettes noires.

– Bravo ! fit Malko. C'est la suite qui est plus gênante. Comment la suivre ? Elle a dû garer sa voiture beaucoup plus loin. À moins qu'elle soit venue en taxi.

Ils se trouvaient en pleine zone piétonnière et en face du Théâtre national, là où il y avait toujours des taxis.

– Je sais, admit Tatiana, mais on n'a pas le choix.

– J'ai une idée, suggéra soudain Malko. Je vais récupérer votre voiture au parking et aller jusqu'à Terazié. Si Tanja Petrovic repart de la Trag Republik en taxi, elle est presque obligée de passer par là. Vous m'appellerez de votre portable pour me prévenir. Comme ça, on met le maximum de chances de notre côté. Si elle prend un bus, vous montez avec elle.

– C'est une bonne idée, reconnut Tatiana en lui tendant les clefs.

Elle demanda aussitôt avec une pointe d'anxiété dans la voix :

– Vous saurez la conduire ? Elle est très puissante.

– J'ai une Rolls, sourit Malko pour la rassurer, et l'habitude de conduire à Belgrade.

Ils se séparèrent, Tatiana repartant vers le café *Ruzki Tzar* et Malko descendant Kneza Mihaila pour aller récupérer la Mercedes au parking, la sacoche de cuir contenant le Zastava à la main. Il y avait foule dans l'artère piétonnière semée de kiosques vendant un peu de tout. Le regard de Malko fut soudain accroché par quelque chose d'insolite. Juste devant lui, des badauds regardaient les journaux exposés dans un kiosque. Parmi eux, un jeune homme vêtu d'un polo rayé de larges bandes bleues horizontales et d'un jean. Il venait de se retourner vivement, comme s'il ne voulait pas être reconnu, et de s'esquiver derrière le kiosque. Son visage n'était pas inconnu à Malko. Celui-ci, intrigué et sur ses gardes, arriva à la hauteur du kiosque et le contourna, là où le jeune homme avait disparu. Il tourna le coin du kiosque et, en une fraction de seconde, un flot d'adrénaline se rua dans ses artères. Le jeune homme était en train d'enfiler maladroitement une cagoule ! Son regard affolé se posa sur Malko, il lâcha sa cagoule encore sur sa tête, comme un bonnet, et plongea la main sous sa chemise. C'est alors que Malko réalisa que c'était un des quatre voyous de Zemun.

Ensuite, tout se passa très vite. Tenant sa sacoche de la main gauche, Malko ouvrit le Zip et plongea la main dedans, attrapant la crosse du Zastava. Le jeune homme, lui, avait déjà arraché de sa ceinture un gros pistolet noir. Ça allait se jouer à quelques fractions de seconde près. Sans même sortir le pistolet de sa sacoche, Malko appuya sur la détente, à moins d'un mètre du jeune tueur. Ce dernier eut tout juste le temps de redresser son arme à l'horizontale avant de reculer sous les impacts des projectiles du 38 Spécial. Instantanément, son polo s'imbiba de sang. Il tituba, sa cagoule tomba et il s'effondra, serrant toujours l'arme dont il n'avait pas eu le temps de se servir. Tout s'était déroulé en quelques secondes. Dans le brouhaha de la foule, les trois détonations s'étaient à peine entendues. Seules les personnes les plus proches réalisaient ce qui s'était passé. Elles entouraient Malko à distance respectueuse. Prudent, il posa son arme sur le sol. Au moment où il se redressait, Tatiana fendit le groupe de badauds et s'immobilisa en face du cadavre.

– C'est Bozidar, dit-elle. Les autres ne doivent pas être loin.

Deux policiers en uniforme, alertés par les coups de feu, accouraient, armes sorties. Malko les attendit sans bouger. Dès qu'ils déboulèrent, Tatiana les apostropha, leur expliquant ce qui s'était passé. Le kiosquier, à son tour, commença à raconter.

Malko glissa à Tatiana :

– Appelez vite Mark Simpson.

Elle s'éloigna pour téléphoner. Les deux policiers, embarrassés, regardaient le cadavre du jeune homme, dont la main serrait encore la crosse de son pistolet. Ils passèrent quand même les menottes à Malko. Les gens commençaient à s'attrouper, intrigués, mais pas vraiment effrayés. À Belgrade, un cadavre dans son sang, ce n'était pas un spectacle inhabituel. Intérieurement, Malko se dit que la filature de Tanja Petrovic s'arrêtait là.

*
* *

Luka Simic serrait son volant à le briser pour ne pas sentir le tremblement de ses mains. Jurant intérieurement sans interruption. Une fois de plus – mais ce serait la dernière –, Bozidar Danilovic avait mérité son surnom, « l'idiot ». C'est lui qui, au dernier moment, avait insisté pour prendre la place de Luka, alors qu'il devait se contenter d'attendre au volant de l'Audi. Luka Simic, garé à deux rues de Kneza Mihaila, ignorait ce qui s'était passé et après vingt minutes d'attente, ne voyant pas revenir Bozidar, il était allé aux nouvelles. Pour découvrir le cadavre de son copain et les deux personnes qu'il devait abattre bien vivantes et entourées de policiers.

Discrètement, il s'était perdu dans la foule, ivre de rage. Maintenant, il n'avait plus qu'à récupérer Jovan et Uros au passage et à filer dans leur planque. La police savait qu'ils avaient « piégé » Momcilo Pantelic, mais ne les avait pas traqués, se contentant de les surveiller de loin, espérant qu'ils la mèneraient à Milorad Lukovic. Maintenant, c'était différent : ils s'étaient attaqués à un étranger, de surcroît travaillant sûrement avec les Américains. La réaction n'allait pas tarder.

Le 4×4 de la BIA, avec Tatiana Jokic et Malko à l'arrière, s'engouffra dans une rampe surveillée par une guérite portant l'inscription MUP, et menant à un dédale de parkings souterrains imbriqués les uns dans les autres qui fleurait bon le communisme. Il régnait dans ces sous-sols une chaleur poisseuse. Malko avait attendu près d'une heure à côté du cadavre de l'homme qu'il avait dû abattre avant que les policiers ne bougent.

On les fit descendre pour les entasser dans un ascenseur minuscule. Tatiana souffla à Malko :

– Nous sommes au siège de la BIA de Belgrade, dans Beogradska.

La porte de l'ascenseur s'ouvrit au quatorzième étage sur un couloir mal éclairé. Un homme les attendait : Goran Bacovic, le chef de la BIA pour Belgrade, l'homme avec qui Malko avait partagé un mouton grillé à son arrivée à Belgrade. Il donna un ordre aux policiers qui les encadraient et ceux-ci ôtèrent immédiatement les menottes à Malko.

– Il nous invite à le suivre dans son bureau, dit Tatiana.

Une pièce spacieuse dont une des baies donnait sur l'avenue du 27-Mars. Les murs étaient un peu lépreux, des fils pendaient partout et des piles de dossiers étaient entassées dans un joyeux bordel. Quelques bouteilles étaient discrètement alignées derrière le bureau. De la Slibovisz, du cognac, du vin blanc et du Defender. Goran Bacovic déplaça lui-même quelques dossiers pour que Tatiana et Malko puissent s'asseoir sur un canapé de cuir fatigué, décoloré par l'âge. De noir, il était devenu verdâtre. Bacovic se lança dans un long discours traduit au fur et à mesure par Tatiana.

– Depuis les bombardements de 1999, ils ont été obligés de déménager, tous leurs anciens locaux ayant été écrabouillés. Alors, ils squattent un peu partout. Ici, ils possèdent cinq étages. C'était l'Institut des statistiques du ministère de l'Industrie. Il n'y a plus de statistiques, puisqu'il n'y a plus de production.

Spontanément, il prit sur son bureau une bouteille de *kajija* – de l'eau-de-vie d'abricot – et remplit trois verres.

– C'est pour vous remonter, expliqua Tatiana.

– *Na sdarovié*[1] *!*

Malko était encore sous le choc d'avoir tué un homme. Sur le moment, l'instinct de survie avait anesthésié sa sensibilité, mais devant le cadavre du jeune tueur, la réalité l'avait pris à la gorge. Lui qui abhorrait la violence avait, hélas, dû souvent donner la mort au cours de sa longue carrière, la plupart du temps pour sauver sa propre vie.

Un policier, après avoir frappé, entra dans le bureau, portant deux sacs en plastique contenant, l'un le pistolet du jeune tueur, l'autre le Zastava de Malko et les trois douilles éjectées. Goran Bacovic chaussa ses lunettes et releva le numéro de l'arme du tueur sur un carton qu'il remit au policier. Ensuite, il montra à Malko une fiche signalétique portant la photo du tueur et Tatiana se remit à la traduction :

– C'est un jeune voyou de la bande de Zemun, Bozidar Danilovic. Il avait participé au meurtre de Momcilo Pantelic. Il était surveillé. Avant l'affaire Pantelic, il se conten-

---

1. À la vôtre !

tait de distribuer de la drogue et de revendre des voitures.
Il n'a certainement pas décidé lui-même de vous abattre...

– Expliquez-lui ce qui s'est passé avec Natalia,
demanda Malko à Tatiana. Toute l'affaire du garage, et la
présence de Vladimir Budala.

Lorsque la jeune femme eut terminé son récit, Goran
Bacovic semblait édifié.

– C'est sûrement Budala qui a donné l'ordre de vous
éliminer.

– Vous allez l'arrêter ?

– Non, traduisit Tatiana. Il est le seul, avec Tanja Petrovic, à pouvoir nous mener à Milorad Lukovic. Mais actuel-
lement, nous ne le surveillons même pas de près, pour le
mettre en confiance. Nous nous contentons de mettre son
portable sur écoute. Jusqu'ici, cela n'a rien donné.

– Ils ont localisé Tanja Petrovic ? demanda Malko.

– Non. Ils savent seulement qu'elle n'est plus chez
Zatko Tarzic.

– Vont-ils arrêter les copains de ce Danilovic ? Au
moins pour savoir ce qui est arrivé à Natalia ?

Le patron de la BIA hocha la tête et Tatiana traduisit sa
réponse.

– S'ils les trouvent. Ils vont ratisser les endroits qu'ils
fréquentent, mais de toute façon, ce ne sont que de minables
exécutants. Ils auront trop peur pour dénoncer Vladimir
Budala. Il demande si vous avez avancé dans votre enquête.

– Pas beaucoup, dut avouer Malko.

Devant les méthodes inhabituelles de la police serbe, il
préférait garder pour lui la piste de Jadranka.

Un des téléphones posés sur le bureau sonna et Goran
Bacovic prit la communication, notant aussitôt quelque
chose. Quand il raccrocha, il était blême. D'un geste
machinal, il caressa son gros nez et lâcha une courte phrase.

– Ses services ont identifié l'arme de Bozidar Danilovic grâce à son numéro, annonça Tatiana. Elle appartient
à un policier de son service. Un garçon très bien noté.

CHAPITRE XI

Zatko Tarzic se préparait à regarder les informations du soir quand la bonne vint le prévenir qu'on le demandait à la porte. Un homme qui venait de la part de Tanja Petrovic. Le vieux Bosniaque sentit son sang se mettre à bouillir. Depuis la fuite de la maîtresse de Milorad Lukovic, le mystère de la disparition de ses deux gorilles n'avait pas été éclairci. On avait retrouvé leur voiture à la fourrière, après qu'elle eut été abandonnée place Nikola-Posica. Quant à eux, ils s'étaient évanouis. Zatko Tarzic avait envoyé une seconde équipe chez Tanja Petrovic, où elle avait trouvé porte close. Il avait fait ratisser tous les cafés, les boîtes, les restaurants sans obtenir la moindre information. Aussi, abandonnant la télé, il fonça à la porte, le front plissé et l'œil mauvais.

Il s'arrêta net devant l'homme à la taille imposante qui s'y encadrait, les bras le long du corps, le visage inexpressif, gai comme un croque-mort. Brutalement, Zatko Tarzic oublia qu'il était un des hommes les plus puissants et les plus riches de Belgrade. Vladimir Budala, dit « le fou », ne se déplaçait que pour tuer... Sa veste bien boutonnée, impeccable comme une gravure de mode, il s'inclina légèrement devant Zatko Tarzic.

– *Drobevece*[1]. Je peux entrer ?

Zatko Tarzic grommela une réponse indistincte et s'effaça, dissimulant sa peur sous un sourire de façade. Son visiteur gagna le salon où il attendit poliment que son hôte lui propose de s'asseoir. Ce qu'il fit après avoir tiré soigneusement sur le pli de son pantalon. La télé continuait à hurler mais il ne demanda pas de la baisser. Ce qu'il avait à dire devait rester entre eux.

– Tu veux un café ? demanda Zatko Tarzic.

– *Né, hvala*[2], déclina Vladimir.

– Tu viens de la part de Tanja Petrovic ?

– *Da*. Je crois qu'il y a un malentendu entre vous.

Zatko Tarzic s'empourpra.

– Je suis venu la chercher à la prison, je lui ai offert l'hospitalité. Tu sais comme je l'apprécie. Et elle s'est sauvée, je ne l'ai jamais revue. Je ne sais même pas où elle se trouve.

Vladimir Budala regarda ses pieds.

– Tu as envoyé deux de tes hommes chez elle, dit-il doucement. Milan et Vucko.

– Oui. Ils ne sont jamais revenus.

– Ils ne peuvent pas revenir, laissa tomber calmement Vladimir Budala. Ils sont morts.

– Morts !

Zatko Tarzic s'en doutait un peu, mais ne comprenait toujours pas.

– Qui les a tués ?

– Tanja, fit paisiblement Budala. Elle a eu peur qu'ils veuillent la ramener chez toi de force. Tu es allé la chercher à la prison parce que tu as lu dans les journaux que «Legija» voulait balancer ton *kum*, Ratko Mladic. Tu voulais faire dire à Tanja où se trouvait «Legija». Alors,

1. Bonsoir.
2. Non, merci.

quand ils sont venus, Tanja les a fait entrer chez elle et les a tués.

Zatko Tarzic suffoquait de fureur.

– Jamais je n'ai voulu de mal à «Legija», jura-t-il. C'est un épouvantable malentendu.

– Ils sont restés deux jours chez elle et je les ai fait enlever. Maintenant, ils sont au fond du fleuve. Donc, il ne faut plus que tu les cherches. Ni que tu ennuies Tanja avec ça. C'est la vie. Voilà ce que je devais te dire.

Il se leva, toujours aussi sinistre, imité par son hôte, et continua de la même voix posée :

– Tanja m'a dit que tu lui devais cinq millions de dollars. Tu as mal fait vos comptes. Je reviendrai les chercher mercredi, dans une semaine.

Zatko Tarzic était trop abasourdi pour protester. Et puis, ce n'était pas un homme d'action. Il n'avait jamais tenu une arme de sa vie, gagnant ses millions grâce à ses trafics. Un homme comme Vladimir Budala le glaçait d'effroi. Certes, ils appartenaient tous les deux au camp des «bons» Serbes, mais même ses hommes de main hésiteraient à affronter le gang de Zemun. Car derrière Budala, il y avait Milorad Lukovic. Même en cavale, celui-ci inspirait encore la terreur.

Tandis qu'il descendait les marches du perron, Vladimir Budala se retourna et s'inclina légèrement. Zatko Tarzic manqua étouffer de rage devant cette marque de respect teintée d'ironie. Tordu de fureur, il regarda son visiteur remonter dans son Audi. Ainsi, Tanja Petrovic avait percé à jour ses véritables motivations. La garce ! S'il pouvait se venger… Il rentra et claqua violemment la porte.

***

Malko se retrouva dans l'ascenseur de l'immeuble de la BIA en compagnie de Tatiana. Libre. L'intervention de

Mark Simpson avait aplani tous les problèmes. Obligé de garder son arme pour les besoins de l'enquête, Goran Bacovic lui avait gentiment offert un CZ 28 de provenance indéterminée, mais tout neuf, et juré qu'il ferait tout pour percer le mystère de la disparition de Natalia Dragosavac. Malko l'avait écouté sans illusions. La BIA, visiblement, faisait semblant de rechercher Milorad Lukovic, en dépit des moulinets verbaux du nouveau Premier ministre. Malko comprenait mieux pourquoi la CIA l'avait envoyé à Belgrade.

Hélas, son enquête n'avait guère avancé : il ignorait toujours où se cachait Tanja Petrovic et il ne comptait plus que sur Jadranka pour établir le lien avec la maîtresse de « Legija ». Sachant qu'à la seconde où le fugitif serait averti de l'offre transmise par Malko, il se déchaînerait. Car, *lui* savait que le bruit répandu par Carla Del Ponti était une intox destinée à le couler auprès des « bons » Serbes. La première personne sur qui il aurait envie de se venger serait Malko. Celui-ci devait mettre à profit la très courte période de flottement pendant laquelle il saurait où trouver Milorad Lukovic avant que ce dernier ne réalise la vérité.

De l'acrobatie dangereuse. Déjà, de chasseur, il était devenu gibier, ainsi que ceux qui l'aidaient. Pour avoir collaboré avec lui, Natalia Dragosavac avait très probablement été torturée et assassinée. Tatiana, en dépit de sa bonne volonté, montrait ses limites. On avait tenté de l'abattre en plein Belgrade. Comme Zoran Djinjic.

L'incident du pistolet « emprunté » à un policier de la BIA montrait à quel point le système était pourri. Goran Bacovic avait dû avouer qu'il devrait se contenter d'un blâme. Le policier ripoux était protégé par son oncle qui occupait un poste important dans le parti au pouvoir. Après avoir prétendu avoir perdu son pistolet, il avait reconnu l'avoir prêté à un ami d'enfance pour que ce dernier s'entraîne au tir…

Seuls Farid, le petit gitan, et ses copains travaillaient consciencieusement. Au moins, ils avaient servi à localiser Vladimir Budala, étrangement négligé par la police serbe. Comme si on ne tenait pas vraiment à arrêter le sponsor de l'assassinat de Zoran Djinjic.

Alors que Tatiana ct lui émergeaient sur un terre-plein de béton, au coin de l'avenue du 27-Mars et de Beogradska, son portable sonna. C'était Mark Simpson.

– Je vous invite à dîner, à *La Langouste*, annonça le chef de station de la CIA. Je crois que vous l'avez mérité.

Malko faillit refuser : il avait l'impression d'avoir cent ans. Mais d'un autre côté, il avait besoin de faire le point.

– Pas avant dix heures alors, précisa-t-il.

Heureusement, ils trouvèrent un taxi pour gagner le parking où se trouvait la Mercedes de Tatiana, qui le déposa ensuite au *Hyatt* et repartit se changer. Elle aussi accusait le coup, les yeux au milieu de la figure…

Arrivé dans sa chambre, Malko se dit qu'il devait quand même vérifier quelque chose. Plutôt tendu, il composa le numéro de Jadranka. Avait-elle eu vent de la tentative de meurtre dont il avait été victime ? À moins de cent mètres du lieu où elle se trouvait avec Tanja Petrovic…

Elle répondit à la seconde sonnerie, d'une voix pressée :

– Ah, c'est toi ! Je partais. Je dois dîner ce soir avec mon salaud de décorateur qui m'a volée comme dans un bois ! Mais si tu veux, demain, on peut se voir.

– Avec plaisir, dit-il.

Visiblement, elle n'était pas au courant de l'incident de Kneza Mihaila.

– Tu m'appelles ! À propos, j'ai une bonne nouvelle pour toi : j'ai parlé à Tanja. Je lui ai donné ton portable. Elle a dit qu'elle t'appellerait peut-être, qu'elle devait réfléchir.

– Merci, dit Malko.

La journée n'avait pas été complètement perdue. Jadranka lança encore de la même voix pressée :

– Ne m'appelle pas avant midi !

Il se déshabilla et se jeta sous la douche. Pour se laver le corps et le cerveau. Depuis son arrivée à Belgrade, cela faisait déjà deux morts. Et il n'avait pas encore franchi le premier cercle qui protégeait Milorad Lukovic.

Milorad Lukovic était si préoccupé qu'il ne sentait plus la douleur de sa jambe, laquelle pourtant ne se calmait pas. Désormais, il avait des élancements jusqu'en haut de la cuisse. Pour se soigner, il n'utilisait qu'un remède : un stock de Defender qui diminuait à vue d'œil, avalé sans eau et sans glace. On lui avait fait passer une dose de vaccin antitétanique et il s'était fait lui-même l'injection. Mais cela n'avait pas ramené le calme dans son esprit. Savoir que Tanja Petrovic voulait le retrouver et qu'il était obligé de refuser était un supplice. Si seulement il avait pu parler directement à Vladimir Budala, au lieu de correspondre par des mots ou un intermédiaire. Mais c'était impossible. Budala était trop surveillé. Par les Serbes et les Américains. Or, Milorad Lukovic avait remporté une première victoire : il était caché depuis plus de deux mois sans anicroche. Il devait continuer à observer les mêmes règles de prudence. Heureusement, la BIA ne faisait pas de zèle. Seulement, il y avait les Américains. Avec leur argent et leurs moyens techniques, ils faisaient la loi.

Il mit dans son baladeur la bande sonore du *Temps des gitans* et se laissa bercer par les chants pleins de tristesse. Il avait démarré dans la vie au Collège de musique de Belgrade et il lui en était resté quelque chose. Un bruit sec couvrit soudain la musique. Quelque chose venait de heurter le volet de bois fermant une petite fenêtre donnant sur une cour intérieure, entre la maison où il se trouvait et un immeuble de la rue Kraja-Petra. Il ôta ses écouteurs, prit son riot-gun et alla ouvrir le volet. Un paquet se balançait devant la fenêtre, suspendu à l'extrémité d'une longue perche. Celle-ci sortait d'une fenêtre, en face. C'était le moyen par lequel on lui faisait tout parvenir : vivres, courrier, médicaments. Il prit le paquet et referma le volet.

C'était tout mou et très léger. Il l'ouvrit et crut d'abord qu'il contenait un mouchoir. Ce n'est qu'en le regardant de plus près qu'il reconnut une culotte de femme. Un papier était plié à l'intérieur. Il attendit d'être revenu sur son matelas, le cœur battant la chamade, pour le déplier. Il n'y avait que quelques mots : « Je t'aime. Ta Tanja. »

Il eut envie de crier de joie, la douleur de sa jambe oubliée. C'était la première fois depuis le début de sa cavale qu'il avait des nouvelles directes de Tanja Petrovic. Il demeura immobile, la culotte serrée dans la main droite. Puis, peu à peu, il réalisa qu'il était en train de la frotter contre son pantalon de toile. Très vite, il développa une érection irrépressible. Il n'osa d'abord pas aller plus loin. Il avait un peu honte. C'était les collégiens qui se masturbaient dans leur lit. Lui aussi l'avait fait jadis en pensant à une prof de géographie à la croupe d'enfer. Il s'arrêta, le souffle coupé, la main posée sur son bas-ventre. Mais le contact du Nylon blanc le brûlait comme du feu. Sans pouvoir se retenir, il descendit son Zip, écarta son slip et libéra un sexe prêt à exploser. Essayant de contrôler sa respiration, il se contenta de resserrer les doigts à la base du membre, sans bouger, en pensant de toutes ses forces à Tanja. Si seulement elle pouvait être là, lui offrir le fourreau brûlant de son sexe. Il ferma les yeux, l'imaginant dans sa robe rouge qui moulait ses seins comme une seconde peau. Il en était fou.

Pendant des années, il l'avait désirée en silence. Elle était la compagne de son ami Arkan et, à ce titre, sacrée. Après la mort de son compagnon, quand il était allé lui présenter ses condoléances, elle l'avait reçu dans une longue robe noirc pleine de dentelles, ouverte devant très bas. Il avait bredouillé quelques mots, ils avaient échangé un long regard, puis, sans réfléchir, il avait pris les deux pans de sa robe et les avait écartés, libérant ses seins magnifiques. Cinq minutes plus tard, il la prenait sur un coin du canapé en lézard rouge de Romeo, après lui avoir déchiré ses collants.

Plus tard, elle lui avait avoué avoir toujours été attirée par lui. Elle aimait ce genre d'homme, viril et dangereux à la fois. Depuis ce jour-là, ils ne s'étaient plus quittés. Tanja Petrovic était parfaite. Elle savait se servir d'une arme, avait du sang-froid, une santé de fer, ne posait pas de questions et baisait comme une reine. Une vraie Serbe.

Tout à coup, Milorad Lukovic constata que la main refermée autour de sa virilité semblait dotée d'une vie propre. Elle avait commencé à le masturber avec lenteur. Il la regarda comme si elle ne lui appartenait pas. Il s'arrêta, essayant de refouler sa pulsion, mais ses doigts recommencèrent leur manège, le menant lentement mais sûrement vers le plaisir. Alors, il se dit que c'était stupide de jouir à contrecœur et ses mouvements prirent de l'amplitude. À de petits picotements caractéristiques, il réalisa qu'il venait de franchir le point de non-retour. Il vit sa semence jaillir et cria sous le plaisir brutal. Soulagé.

Ensuite, il resta allongé, se demandant quand il retrouverait Tanja en chair et en os.

***

Vladimir Budala passa trois fois devant l'immeuble de la rue Knejinje Zorke, examinant les lieux de son regard perçant avant d'appuyer sur l'interphone, à « Perocevic ». La voix de Tanja Petrovic demanda aussitôt :

— Qui est-ce ?

— C'est moi, Vlad.

— Au troisième.

L'immeuble était noirâtre à l'extérieur et sale à

l'intérieur. Vestige de l'époque communiste. Miracle :
l'ascenseur marchait encore. Tanja Petrovic, en pantalon
et polo, l'attendait sur le pas de la porte du petit appartement qui sentait le renfermé. Deux pièces mal meublées.
Elle lui ouvrit une bière et s'assit en face de lui.

— Tu lui as fait parvenir ce que je t'ai donné ? demanda-
t-elle aussitôt.

Elle ne voulait pas prononcer le mot « culotte ». Vladimir Budala inclina la tête affirmativement. Lui aussi était
mal à l'aise devant l'étalage de cette intimité.

— Je suis allé chez Zatko Tarzic, dit-il aussitôt. Il n'y a
plus de problème avec lui. En plus, il va te rendre tes cinq
millions de dollars…

— On en aura besoin, approuva Tanja Petrovic. Quand
est-ce que je vais voir « Legija » ?

Vladimir Budala but un peu de bière avant de répondre :

— Avant, il faut régler beaucoup de choses. D'abord, ce
soir, je vais chez toi faire le ménage. Une fois qu'ils seront
au frais dans le fleuve, tu seras tranquille.

— Merci.

— Attends, fit aussitôt Vladimir Budala, il n'y a pas que
de bonnes nouvelles. Je t'avais dit que je devais faire neu-
traliser quelqu'un de dangereux pour nous, qui travaille
sûrement avec les Américains et tourne autour de nous. Ça
a raté. Bozidar a été tué.

— Qui est-ce ?

— Un des garçons qui travaillent pour moi à Zemun.
Ceux qui avaient puni Momcilo Pantelic.

— Ce salaud ! fit Tanja entre ses dents.

— J'ai eu tous les détails par un ami de la BIA qui m'a
prévenu. En plus, cet imbécile de Bozidar avait emprunté
une arme à un mec de la BIA. Comme il a essayé de tuer
un agent des Américains, cela fait du bruit.

Tanja Petrovic lui expédia un regard aigu.

— Tu ne crois pas que « Legija » devrait quitter
Belgrade ?

– Si. Les Américains mettent une pression formidable sur le gouvernement. Ils veulent Karadzic, Mladic et « Legija ». Comme ce salaud de Zivkovic est bien incapable de leur livrer les deux autres, il fait tout pour retrouver « Legija ».

Les traits de Tanja s'étaient brutalement figés.

– Il faut partir, répéta-t-elle.

– Pas tout de suite. Il faut d'abord éliminer ce faux journaliste qui se rapproche trop. J'ignore ce qu'il sait vraiment. Je sais qu'il me surveille.

Il ne voulait pas dire à la maîtresse de Milorad Lukovic qu'il y avait une autre raison pour attendre : la blessure de son amant. Dans une cavale, il faut être en pleine forme. Elle était trop nerveuse pour encaisser ce choc supplémentaire.

– Tu es sûr qu'il est en sécurité ? demanda-t-elle anxieusement.

Vladimir Budala hocha la tête affirmativement.

– Il n'y a qu'*une* seule personne qui sait où il se trouve, en dehors de moi, et j'en réponds comme de moi-même. Un ancien de la JSO qui a été blessé en opération. « Legija » lui a donné de l'argent pour qu'il puisse s'acheter un commerce. Sinon, il serait à la rue avec une pension de dix mille dinars par mois.

– Et l'environnement ?

– Totalement sûr. Il ne sort pas.

– Je veux aller le rejoindre.

– Avant, insista le Serbe, nous devons éliminer la menace américaine. Ils sont trop dangereux. Déjà, ils sont arrivés jusqu'à moi. Ensuite *seulement*, tu rejoindras « Legija ». Mais tu seras obligée de rester avec lui, ce serait trop dangereux de faire des allées et venues.

– Ça ne fait rien, affirma-t-elle.

Il lui jeta un regard en coin.

– Tu ne sais pas dans quelles conditions il vit… Enfin, il faut d'abord régler ce problème.

– Tu veux que je t'aide ? proposa-t-elle. Explique-moi.

Il lui raconta tout, depuis sa sortie de prison, quand il avait repéré pour la première fois le soi-disant journaliste autrichien, et la façon dont ce dernier s'était dangereusement rapproché de lui. Concluant :

– « Legija » ne peut pas se passer de moi, en ce moment. Si j'étais arrêté ou tué, il serait comme un rat pris au piège.

Tout à coup, il remarqua l'expression bizarre de Tanja Petrovic.

– Qu'est-ce qu'il y a ? demanda-t-il.

– Celui dont tu parles, fit-elle d'une voix blanche, c'est sûrement l'homme dont m'a parlé cette folle de Jadranka.

– Explique-toi.

Elle lui raconta son entrevue avec sa vieille copine qui lui avait raconté son aventure avec un journaliste autrichien qui voulait absolument l'interviewer.

– C'est lui, conclut Vladimir Budala. Tu te trouvais à cent mètres quand il a tué Bozidar.

– La conne ! gronda Tanja. Celle-là, elle se fait mener par ses ovaires. Dès qu'un mec la baise bien, elle n'a plus de cervelle…

Vladimir Budala la calma d'un sourire.

– Moi, je pense que c'est, au contraire, une chance inespérée. Je vais te dire pourquoi.

Tanja Petrovic l'écouta, se détendant peu à peu. Finalement, elle eut un sourire carnassier et reconnut :

– Tu as raison. On va bien le baiser.

**

La terrasse du restaurant *La Langouste* semblait suspendue dans le vide, en contrebas de la rue Kosancirev, avec une vue imprenable sur la Sava. En face, sur l'autre rive, les péniches-restaurants piquetaient la nuit d'une ligne ininterrompue de lumières. Hélas, la nourriture

n'était pas à la hauteur de la vue… Malko attaqua héroï-
quement sa langouste à peine décongelée, qui aurait mérité
une tronçonneuse. Encore sous le choc de ce qui s'était
passé dans la journée. Tatiana aussi avait les traits tirés.
Mark Simpson, sans cravate, était le seul à sembler dans
son assiette, mâchant avec application un *rock lobster* à la
chair caoutchouteuse. Tous ces animaux exotiques pour la
Serbie venaient de très loin.

Heureusement, Malko avait commandé une bouteille de
Taittinger Comtes de Champagne qui aidait à faire passer
le reste. L'atmosphère paisible, l'air tiède, la musique
classique diffusée sur la terrasse faisaient un peu oublier
à Malko la violence qu'il avait dû affronter ces derniers
jours. Mais il n'était pas encore au bout de ses peines.
Mark Simpson parvint enfin à avaler son morceau de
caoutchouc et dit timidement :

— Avec tout ce qui s'est passé, je n'ai pas pu vous dire
que j'ai reçu un message de Langley demandant où en sont
les choses.

Malko faillit s'étrangler.

— Je suis arrivé depuis quatre jours, souligna-t-il. Normalement, ce soir, je devrais être à la morgue. Dans un
pays où les criminels de guerre narguent la justice depuis
huit ans, où on assassine le Premier ministre, où la police
et la justice sont rongées par la corruption, il faudrait un
miracle…

— Justement, soupira le chef de station, ils sont habitués à ce que vous fassiez des miracles…

— Pour le moment, avoua tristement Malko, j'ai probablement causé la mort d'une innocente. J'ai localisé le bras
droit de Milorad Lukovic et je vais peut-être avoir un
contact avec sa maîtresse, Tanja Petrovic. *Elle* sait sûrement où se trouve son amant. D'ailleurs, depuis sa sortie
de prison, elle s'est volatilisée. Désormais, j'ai une chance
d'entrer en contact avec elle. Seulement, c'est là que vont
commencer les vrais problèmes.

– Pourquoi ? demanda Mark Simpson, tandis que le garçon lui resservait un peu de Taittinger.

– Vous savez bien que je suis venu ici avec l'intention d'approcher Milorad Lukovic pour lui demander des détails sur son offre d'échanger sa liberté contre Radovan Karadzic et Ratko Mladic. Offre qui a été implicitement confirmée par Carla Del Ponti. Seulement, vous et moi savons que cette offre n'a jamais existé… Que c'est seulement une façon de couper Milorad Lukovic des nationalistes serbes. Quand il apprendra que je veux le rencontrer à ce sujet, il comprendra immédiatement que c'est un piège.

– C'est exact, dut reconnaître Mark Simpson. Il risque de mal réagir.

Magnifique litote.

– J'avais espéré arriver jusqu'à lui pour monter une opération de « récupération » avant qu'il ne réalise, avoua Malko, mais je me rends compte qu'il est trop méfiant pour cela. Je crois avoir trouvé la parade. Il faut que je fasse une offre *venant* de nous.

– C'est-à-dire ?

– Imaginez que je rencontre sa maîtresse, Tanja Petrovic. Je ne peux plus jouer les journalistes. Par contre, si je lui dis que je viens de la part du Tribunal pénal international de La Haye et que nous lui faisons l'offre qu'on lui a attribuée, ça peut le troubler.

Mark Simpson posa sa fourchette.

– Mais c'est impossible ! Jamais Carla Del Ponti ne marchera dans une combine pareille. Il est hors de question de proposer un tel échange.

– Bien sûr, reconnut Malko, mais si je veux m'approcher de Milorad Lukovic, je dois faire croire à Tanja Petrovic que c'est une offre sérieuse. Afin de pousser son amant à la faute.

– Comment pouvez-vous lui faire croire cela ?

– Quand je suis arrivé, vous m'avez présenté l'envoyé

spécial du State Department, Richard Stanton, qui se trouve en ce moment à Belgrade pour essayer d'arracher au gouvernement serbe le général Ratko Mladic. Si *lui* confirmait mon offre à Tanja Petrovic ou à un autre proche de Milorad Lukovic, je serais crédible et j'aurais une chance d'arriver jusqu'à lui.

– Mais il n'acceptera jamais ! affirma Mark Simpson. Il n'a pas l'autorité pour le faire. En plus, il ne dépend pas de Langley, mais du State Department.

– Qui pourrait lui en donner l'ordre ?

– Colin Powell, mais il ne le fera pas. Il faudrait un *finding* de la Maison-Blanche.

Malko trempa les lèvres dans son Taittinger et laissa les bulles lui picoter agréablement la langue. Et, tout à coup, il trouva la solution. Son vieux complice de la Maison-Blanche, le *Spécial Advisor* pour la sécurité, Frank Capistrano. Qui, *lui*, comprendrait tout de suite la manip'. Et avait le poids pour la « vendre » au président George W. Bush.

– Je pense avoir un moyen, dit-il. Mais il faut que je parle à Washington sur une ligne protégée.

– Rien de plus facile, affirma le chef de station. Ce soir même, si vous voulez.

– Non, il faut d'abord que j'aie le contact avec Tanja Petrovic. Je ne veux pas vendre la peau de l'ours…

Tatiana, demeurée silencieuse, observa :

– « Legija » refusera votre offre. C'est peut-être un assassin et un voyou, mais il a le sens de l'honneur. Vous ne comprenez rien aux Serbes.

Malko sourit.

– J'espère bien qu'il refusera, parce que nous serions bien embarrassés s'il disait oui. Mais j'espère aussi pouvoir me rapprocher assez de lui pour lui tendre un piège.

Il se dit qu'il risquait de s'engager, lui aussi, dans un pacte avec le diable. Encore plus tordu que celui qui avait coûté la vie à Zoran Djinjic. Mais c'était sa seule chance

de réussite. Il souleva la bouteille de Taittinger : elle était
vide. Il en commanda aussitôt une seconde, pour fêter le
simple fait d'être en vie. Cette fois, c'était du Comtes de
Champagne rosé millésimé 1996. Ils trinquèrent. Malko se
dit qu'il aurait bien aimé être avec Alexandra. La vie passait si vite.

*
* *

Malko avait dormi onze heures. Le contrecoup de ce qui
s'était passé la veille. On ne tuait pas quelqu'un impuné-
ment. Il avait revu toute la nuit le visage figé et blafard de
Bozidar Danilovic, l'homme chargé de l'assassiner. Il
n'avait pas trente ans. Un jeune robot décervelé. Malko
sentait encore dans son poignet les secousses des départs
des coups ; ces secondes-là duraient des siècles, plus tard,
quand on y repensait. Parfois, des fantômes traversaient
ses pensées, éphémères et dérangeants, visages flous
presque anonymes. Tous n'étaient plus que des squelettes
pour la plupart oubliés, enfouis dans des terres lointaines.
L'expérience lui avait appris qu'on oubliait très vite les
morts. Tout simplement parce que la mort – le concept –
fait horreur à la vie. En Serbie, où la musique tsigane était
omniprésente, avec son mélange de fatalisme, de violence,
de tristesse et de joie de vivre, tout cela remontait plus
facilement à la surface. Il sursauta : plongé dans ses pensées, assourdi par la télé, il avait failli ne pas entendre le
téléphone. Tatiana devait s'impatienter. À moins que ce
ne soit Jadranka en quête d'une dernière dose de sexe
avant son retour en Grande-Bretagne.

– *Gospodine* Malko ?

Une voix de femme inconnue, chantante et grave.

– *Da*, c'est moi, répondit Malko en russe.

– Je m'appelle Tanja Petrovic, continua la femme en
anglais. Mon amie Jadranka m'a dit que vous désiriez me
rencontrer.

CHAPITRE XII

Le pouls de Malko grimpa en flèche. Complètement réveillé, il confirma aussitôt :

– Tout à fait. Je suis un journaliste autrichien et je fais une enquête sur le meurtre de Zoran Djinjic. Les autorités de Belgrade accusent quelqu'un qui est proche de Milorad Lukovic d'en être l'instigateur. Je vous attendais à votre sortie de prison, mais vous êtes partie avec des amis. Pourrais-je vous voir maintenant ?

– Mon ami Milorad n'est pour rien dans cette histoire, répliqua aussitôt, avec une indignation mesurée, Tanja Petrovic. Moi-même, j'ai été arrêtée injustement.

– Je suppose que vous ignorez où se trouve Milorad Lukovic.

– Oui, il a sûrement quitté le pays.

– J'aimerais que vous me parliez de lui. Où puis-je vous rencontrer ?

– Je n'ai rien à vous dire...

– Je vous en prie, insista Malko, vous pouvez sûrement me fournir des explications, des arguments en faveur de l'innocence de cet homme. Il était avec vous la veille du drame, paraît-il.

– Il était souvent chez moi, lança-t-elle sèchement. Nous devions nous marier. Si vous y tenez, venez ce soir, vers six heures. J'habite Bogdana Ulitza, juste en face du Cervena Svesda Stadion. Il n'y a qu'une porte.

Trente secondes après avoir raccroché, Malko était sous sa douche. On passait à la vitesse supérieure.

Il n'avertit même pas Mark Simpson de sa visite et débarqua à l'ambassade américaine une demi-heure plus tard. Du coup, il dut attendre que le chef de station soit sorti d'une réunion avec ses homologues de la BIA pour s'entretenir avec lui. Il en était à son troisième café quand l'Américain pénétra enfin dans le bureau, visiblement de mauvaise humeur.

– Je viens de passer une heure avec Goran Bacovic, explosa-t-il. Ils sont vraiment nuls ! Ils ont relâché le propriétaire du pistolet avec lequel Bozidar Danilovic voulait vous abattre. Il a, paraît-il, agi de bonne foi en prêtant son arme de service à un copain voyou. Il n'y a qu'en Serbie qu'on voit cela. Quant à ses complices, ils courent toujours. Que se passe-t-il ?

– J'ai rendez-vous avec Tatiana Petrovic aujourd'hui, à six heures.

Mark Simpson se laissa tomber en face de Malko et se versa du café.

– La première bonne nouvelle de la journée !

– Ça dépend, fit Malko. Nous avons une décision à prendre. Ou bien je reste avec ma couverture de journaliste et cela ne mènera pas à grand-chose, ou je lui révèle ma véritable identité et je lui fais mon offre. Comme on a dit hier soir. Seulement, cela implique la mise en place du dispositif dont nous avons parlé.

– Je crois que la première solution ne vaut même pas la peine d'être tentée, dit Mark Simpson. La tentative d'assassinat contre vous prouve que votre couverture a volé en éclats. Vladimir Budala et ses amis savent qui vous êtes.

– Bien sûr, approuva Malko. La question est de savoir si Tanja Petrovic le sait *aussi*. Nous ignorons s'ils sont en contact.

– C'est plus que probable.

– Dans ce cas, le coup de fil de Tanja m'invitant à la rencontrer chez elle est un piège, conclut Malko. Cependant, je ne pense pas qu'elle s'attaque à moi dans sa propre demeure. Elle va monter une manip'. Et la proposition que je lui ferai risque de la déstabiliser. Forcément, elle voudra en rendre compte à son amant, Milorad Lukovic, d'une façon ou d'une autre.

– Richard Stanton est dans nos murs, dit le chef de station. Je l'appelle immédiatement.

*
* *

Richard Stanton, avec son crâne rasé, sa stature imposante et sa peau d'ébène, ressemblait plus à un rappeur qu'à un envoyé spécial du State Department. Toujours tiré à quatre épingles – chemise et cravate roses sous un costume anthracite – , il était toujours extrêmement affable.

– M. Linge, que vous avez rencontré l'autre jour, expliqua Mark Simpson, est à Belgrade pour l'Agence afin d'essayer de localiser et de piéger le responsable de l'assassinat de Zoran Djinjic. Il a une idée qui réclame votre coopération.

– Ce sera avec plaisir, accepta aussitôt Richard Stanton. *I am pissed off*[1] *!* Les Serbes m'enfument. Ils prétendent ne pas savoir où se trouve Mladic, or *nous savons,* par les moyens techniques, qu'il est à Belgrade. En réalité, le gouvernement n'a que très peu de pouvoir, surtout dans l'armée.

– Vous n'êtes pas le seul, fit suavement Malko. Depuis que je suis à Belgrade, au moins deux personnes ont été assassinées pour avoir voulu nous aider. Les Services coopèrent du bout des doigts. Aussi, nous ne pouvons compter que sur nous-mêmes.

---

1. Je suis dégoûté !

– Quel est votre plan ? Je connais mal cette affaire.

Malko le lui expliqua. Tout en l'écoutant, Richard Stanton faisait tourner entre ses doigts un magnifique Zippo, tout aussi noir que lui, incrusté du portrait de Martin Luther King. Lorsque Malko eut terminé, l'homme du State Department résuma d'une voix posée la proposition :

– Je devrais donc recevoir cette personne et lui confirmer – ès qualités – que nous serions prêts à envisager une certaine indulgence envers ce Milorad Lukovic s'il nous révélait où se cachent Radovan Karadzic et Ratko Mladic.

– Exactement, à une nuance près, corrigea Malko, pas « une certaine indulgence », l'abandon des poursuites contre lui et une nouvelle identité. Parce que l'homme qui livrera ces deux criminels à La Haye aura intérêt à se sauver loin, très loin.

– C'est impossible, soupira le diplomate. Si Carla Del Ponti apprend cela, elle me vire instantanément. Il me faudrait un ordre *écrit* de mon secrétaire d'État, le général Colin Powell.

Malko se hâta de préciser :

– Il y a autant de chances de voir Milorad Lukovic livrer ces deux-là que d'atteindre la lune avec un lance-pierres. Mais la seule chance de le faire sortir de son trou, c'est de lui offrir quelque chose, au moins en apparence. Mais si, par hasard, il vous livrait Karadzic et Mladic, je crois que Carla Del Ponti vous embrasserait sur la bouche…

Perspective qui ne sembla pas enthousiasmer Richard Stanton. Il secoua la tête et conclut :

– Je voudrais bien vous aider, mais vous me demandez une chose impossible.

– O.K., dit Malko, supposons que vous ayez un ordre *écrit*, seriez-vous prêt à jouer le jeu ?

Le visage du Noir s'éclaira.

– *Of course* [1] !

_____

1. Bien sûr !

– Parfait, approuva Malko. Je vais voir si je peux obtenir ce feu vert. *Stay around.*

Dès que Richard Stanton fut sorti, Malko regarda sa Crosswind.

– Il est dix heures et demie, dit-il. Quatre heures et demie du matin à Washington. Franck Capistrano se lève tôt, mais il ne pourra sûrement pas voir le Président avant neuf ou dix heures. C'est-à-dire, au pire, quatre heures de l'après-midi pour nous. C'est jouable. Je reviens à midi et demi.

– La salle du chiffre est à votre disposition, conclut Mark Simpson, visiblement impressionné par les relations de Malko à la Maison-Blanche.

Vladimir Budala avait effectué plusieurs ruptures de filature avant de prendre la route de Novi Sad. Laissant sa voiture ostensiblement garée devant l'hôtel *Yougoslavia*, il avait emprunté une Lada rougeâtre, beaucoup plus discrète. Il parcourut une vingtaine de kilomètres avant de bifurquer dans un bois, sur un sentier défoncé. Parvenu devant une barrière à la peinture écaillée, il stoppa, sauta par-dessus et s'avança vers une maison qui semblait abandonnée.

Pourtant, alors qu'il était encore à plusieurs mètres, la porte s'ouvrit sur un jeune homme torse nu, hirsute, les traits tirés. Luka Simic. Vladimir Budala se glissa à l'intérieur, l'autre referma aussitôt.

– Les autres sont là ? demanda Budala d'une voix égale.

– Oui.

Jovan Peraj et Uros Buma étaient vautrés devant un écran où défilait un film X. Vladimir Budala coupa le son et les toisa, méprisant.

– Petits cons ! Vous avez tout foiré. Vous êtes des minables.

Luka Simic intervint :

– *Jebiga!* Bozidar est mort. C'est lui qui a foiré. Eux n'étaient pas là.

Vladimir Budala le regarda avec froideur.

– C'est toi le chef. Tu es responsable.

Luka Simic baissa la tête. Médusés, les deux autres se recroquevillaient. Timidement, Jovan demanda :

– Vous avez fait gaffe en venant ici ?

Budala le foudroya du regard et Jovan rentra sous terre. Il s'assit sur le bord du canapé et annonça :

– Je vais vous donner une chance de vous rattraper. Ce sera la dernière. Si vous loupez, vous merderez toute votre vie. Vous avez envie d'essayer ?

– Bien sûr, dit aussitôt Luka Simic, après avoir consulté du regard les deux autres.

Vladimir Budala entrouvrit sa veste, ce qui leur permit d'apercevoir les crosses des deux pistolets – des Sig – accrochés dessous. Malgré tout, ils étaient impressionnés. Eux étaient trop jeunes pour avoir connu la vraie guerre, quand on se massacrait joyeusement en Bosnie et en Croatie. Même pour le Kosovo, ils s'étaient contentés de regarder.

– D'abord, commença Budala, il va falloir voler deux voitures. Ensuite, vous entraîner. Ici, dans les bois, c'est facile.

– C'est pour quand ?

– Je ne sais pas encore. Soyez prêts au plus vite.

Il leur expliqua le principe et les détails de l'opération. C'était autre chose que d'abattre un homme désarmé dans la foule. Une sorte de baccalauréat du crime.

Lorsqu'il remonta dans sa voiture, Vladimir Budala était soulagé. Il avait rempli la part du contrat qui lui incombait. Désormais, c'était à Tanja Petrovic de jouer.

*
* *

On étouffait à la terrasse du *Vuk,* mais Malko ne sentait pas la chaleur. Jadranka Rackov, maquillée comme une voiture volée, très sexy dans une robe de mousseline à fleurs, le dévorait des yeux, après s'être goinfrée de poivrons. Elle l'avait appelé alors qu'il sortait de l'ambassade américaine, lui proposant de déjeuner. Elle repartait le soir même. Malko avait accepté, n'ayant rien à faire jusqu'à son coup de fil à Frank Capistrano. Peut-être aussi apprendrait-il quelque chose sur Tanja Petrovic. Pour fêter dignement son départ, il avait commandé une bouteille de Taittinger Comtes de Champagne Blanc de Blancs qui était déjà bien entamée. Jadranka le buvait comme de l'eau.

— Tu vas pouvoir baiser Tanja, dit-elle. Elle t'a appelé ?

— Oui, je la vois ce soir à six heures, chez elle.

Jadranka eut un sourire en coin.

— Elle ne perd pas de temps… À moins qu'elle ne t'attire pour te couper les couilles.

Elle regardait Malko par en dessous, avec une expression incroyablement provocante. Soudain, Malko eut très envie d'elle.

— Viens, dit-il. Je veux te dire au revoir.

Par miracle, elle avait trouvé une place pour sa Lancia un peu plus bas. À peine fut-il dans la voiture qu'il releva sa robe de mousseline et, prenant l'élastique de sa culotte, la lui arracha littéralement. Jadranka faillit provoquer un accident en la faisant glisser le long de ses jambes. Émoustillée, elle demanda :

— Qu'est-ce que tu as ?

Il ne pouvait pas lui dire qu'il avait failli mourir la veille et qu'il avait tué un homme, ce qui provoquait toujours chez lui une flambée d'envie de vivre.

— J'ai envie de toi, fit-il simplement.

À peine eurent-ils franchi la porte de sa chambre qu'il la poussa dans la salle de bains, la collant contre la plaque de marbre du lavabo, comme la fois précédente. Sa fougue était communicative et Jadranka se mit à se frotter à lui comme une folle. Il s'écarta pour se libérer et Jadranka, baissant les yeux, murmura :

– J'aime voir ta queue. Tu bandes bien.

Elle commençait à le caresser. Il la repoussa un peu pour l'asseoir sur le marbre et, d'un seul coup, l'embrocha jusqu'à la garde, lui relevant les jambes à la verticale. Jadranka, les reins cassés par le lavabo, les robinets lui meurtrissant le dos, semblait beaucoup apprécier cet assaut primitif. Malko se servait d'elle comme il l'avait décidé dans sa tête, au restaurant. Cette belle femelle pantelante, encore vêtue à l'exception de sa culotte, était un fantasme très excitant. Il la prit ainsi lentement, parfaitement maître de lui, puis se retira brusquement. Jadranka poussa un petit cri déçu et ses pieds reprirent contact avec le sol.

– Tu veux que je te suce ? demanda-t-elle avidement.

– Non, dit Malko. Tourne-toi.

Elle obéit. Aussitôt, il se plaça derrière elle, écarta ses jambes avec son genou, plaça son sexe sur l'entrée de ses reins et poussa de toutes ses forces. L'anneau du sphincter résista à peine. Il regarda son membre s'enfoncer dans les reins de Jadranka, éprouvant un plaisir aigu, fulgurant, unique. Ensuite, il la prit par les hanches et pressa encore, gagnant quelques centimètres. Il eut l'impression d'une résistance et Jadranka gémit.

– Oh, tu me fais jouir ! Tu m'encules bien !

Malko était déchaîné devant cette croupe magnifique et consentante. Il continuait, avec lenteur, méthodiquement, se retirant puis s'enfonçant jusqu'à arracher à Jadranka des gémissements ravis. Cela dura très longtemps. Ils étaient tous les deux en nage. Jadranka n'arrêtait pas marmonner en serbe. Il lui empoigna les seins à travers la mousseline, les maltraita, tordit leur pointe, arrachant des cris encore plus aigus à sa partenaire. Maintenant, il coulissait aussi facilement dans ses reins que dans son sexe.

Il se retira alors, la prit par la nuque et dit simplement :
– Je veux jouir dans ta bouche.

Jadranka n'hésita qu'un dixième de seconde, tombant à genoux et l'enfonçant au fond de son gosier. En quelques secondes, elle lui arracha sa semence, tant il était excité. Il s'entendit hurler de plaisir, puis la voix mourante de Jadranka lança :

– J'ai dû jouir dix fois…

Son sexe était encore dur et il aurait bien prolongé cette récréation sexuelle. Hélas, il fallait passer aux affaires sérieuses.

*
* *

Richard Stanton entra dans le bureau de Mark Simpson où se trouvait déjà Malko.

– J'ai reçu un message de mon administration, annonça-t-il, visiblement stupéfait. Le chiffreur vient tout juste de me le communiquer. Je suis autorisé à faire ce que vous m'avez demandé hier à une condition de secret absolu. Comment avez-vous fait ?

Malko ne put réprimer un sourire. Une fois de plus, Frank Capistrano s'était montré d'une efficacité redoutable. Malko l'avait joint quatre-vingt-dix minutes plus tôt, en arrivant à l'ambassade. Le *Special Advisor* était déjà arrivé à son bureau de la Maison-Blanche. Malko l'avait convaincu en cinq minutes. «Je vous rappelle dans une heure», avait dit Frank Capistrano. Quarante-cinq minutes plus tard, il lui annonçait : «Tout est O.K., j'ai parlé à Colin Powell. Sur instruction du Président. *Good luck.* »

– Peu importe, dit Malko à Richard Stanton, laissez-moi vous briefer. Vous allez être contacté par une certaine Tanja Petrovic, qui est la maîtresse de Milorad Lukovic, le fugitif. Il faudra simplement lui confirmer que si Lukovic nous permet de capturer Karadzic et Mladic, il

ne sera exercé aucune poursuite contre lui et qu'on lui
fournira une nouvelle identité. En plus, il touchera la
récompense de cinq millions de dollars promise par le
gouvernement américain pour l'arrestation de Radovan
Karadzic.

— J'ai compris, affirma le diplomate.

— Il est indispensable que vous sembliez convaincu,
insista Malko. Nous n'avons pas affaire à des enfants de
chœur. Et je risque ma vie dans cette opération.

**

La porte de l'immeuble s'entrouvrit et Malko ne distingua d'abord dans la pénombre qu'une silhouette floue.
Sans le parfum, il aurait pu croire qu'il s'agissait d'un
homme.

— *Gospodine* Malko ? demanda une voix musicale.

— *Da*.

L'entrée s'éclaira et Malko découvrit des murs tapissés
de papier doré et la femme qu'il avait vue à la sortie de la
prison centrale. Cette fois, elle portait un fourreau noir,
descendant jusqu'aux chevilles. Moulant comme un gant.
Le regard était irrésistiblement attiré par sa magnifique
poitrine, pourtant pudiquement dissimulée sous la robe ras
du cou. Malko ne put s'empêcher de lui baiser la main et
Tanja Petrovic sembla assez surprise.

— Entrez, proposa-t-elle.

Elle le mena à un salon très kitsch, avec un canapé en
cuir rouge en forme de bouche, un bar en miroir, des photos d'elle et une table basse faite d'une dalle de verre posée
sur la statue de laiton grandeur nature d'une femme à
quatre pattes, cambrée comme pour se faire prendre. Tanja
Petrovic s'assit en face de lui et croisa ses longues jambes.
Les bruits de la circulation ne parvenaient pas jusque-là et
le silence était celui d'un caveau funéraire. C'était la première fois que Malko voyait de si près la maîtresse de

Milorad Lukovic. Elle était vraiment très belle avec sa bouche charnue, sa cascade de cheveux blonds et ses yeux à l'expression sauvage.

— Merci de m'avoir reçu, dit-il.

Tanja Petrovic jeta un coup d'œil sur sa Breitling Callistino incrustée d'émeraudes et dit froidement :

— Je n'ai pas beaucoup de temps. Je ne parle jamais aux journalistes ! Si vous n'aviez pas été un ami de Jadranka…

Il eut envie de lui dire que son « amitié » avec Jadranka était purement sexuelle, mais se contenta de sourire. C'était le moment de se jeter à l'eau.

— Je ne suis pas *vraiment* journaliste, corrigea-t-il, mais je tenais à vous rencontrer.

Les traits de Tanja Petrovic se figèrent, son regard s'assombrit et elle se pencha en avant comme pour le mordre.

— Que voulez-vous dire ? Qui êtes-vous ?

— Je travaille avec le gouvernement américain, annonça Malko, et je suis à Belgrade pour transmettre une proposition à votre ami, Milorad Lukovic.

— Une proposition, demanda Tanja Petrovic d'une voix blanche. Quelle proposition ?

Le silence minéral de cette maison vide rendait leur dialogue encore plus tendu. Elle ne lui avait même pas offert à boire.

— Il semble que votre ami ait transmis une proposition au Tribunal de La Haye, continua Malko, demandant l'impunité pour lui en échange de deux personnes particulièrement recherchées qu'il serait à même de livrer. Cette offre nous intéresse et je suis mandaté pour en discuter avec vous.

Le regard que lui lança la maîtresse de Milorad Lukovic avait l'intensité d'un laser. Avec le mépris en plus.

— Vous travaillez avec ces gens-là ! fit-elle. Nous, les Serbes, ne reconnaissons aucune légitimité à ce tribunal. Ce sont *eux* les criminels. « Legija » n'a jamais transmis

cette proposition, c'est une invention de cette hyène de
Carla Del Ponti pour le déshonorer.

Ses traits étaient déformés par la fureur. Malko ne
baissa pas les yeux.

— Je vous crois volontiers, fit-il. Voilà un point éclairci.

— Dans ce cas, je n'ai plus rien à vous dire ! s'écria
Tanja Petrovic. Les gens comme vous me dégoûtent.

Elle se leva et Malko en fit autant. Mordant sa lèvre
inférieure, la jeune femme sembla brutalement frappée de
stupeur. Elle avait beau avoir été briefée, c'était plus fort
qu'elle. Certaines choses la mettaient hors d'elle.

Malko profita de son silence pour enchaîner :

— Je suis venu vous dire que c'est *nous* qui vous faisons cette proposition intéressante pour Milorad Lukovic.
En dehors du meurtre de Zoran Djinjic, qu'il n'a pas commis lui-même, il y a un lourd dossier à La Haye contre lui.
Il faut être lucide : le reste du monde le considère comme
un criminel.

— Criminel vous-même ! cracha Tanja Petrovic.

De nouveau, elle sentit qu'elle ne se contrôlait plus. Sa
main plongea entre deux coussins et ressortit, tenant un
gros pistolet automatique noir, déplacé entre ses doigts.
Elle braqua l'arme sur Malko et, à la façon dont elle la
tenait, il vit qu'elle avait l'habitude de s'en servir.

— Je vais vous faire exploser la tête ! dit-elle. Au nom
de tous les Serbes.

Il y eut un clic métallique : elle venait de relever le chien
de l'arme. Malko se figea. Une lueur de folie brillait dans
son regard et il la sentit capable de tout.

CHAPITRE XIII

Malko ne lâcha pas le regard de Tanja Petrovic, sentant qu'elle mourait d'envie de le tuer. La tension se prolongea d'interminables secondes, puis le canon du pistolet s'abaissa imperceptiblement et elle laissa retomber son bras le long de son corps.

— Sortez, fit-elle d'une voix cassée par la haine. Et ne revenez jamais.

Malko s'inclina légèrement et précisa quand même :

— Un représentant américain du Tribunal de La Haye se trouve encore pour quarante-huit heures à l'ambassade américaine, M. Richard Stanton. Je vous conseille de transmettre ma proposition à Milorad Lukovic, si cela vous est possible. Dans le cas où il souhaiterait y donner suite, M. Richard Stanton vous recevra à l'ambassade et vous confirmera ce que je viens de vous dire.

Sans lui répondre, Tanja Petrovic le précéda jusqu'à la porte. Cette fois, elle ne lui tendit pas la main et le battant claqua furieusement derrière Malko.

Tatiana l'attendait un peu plus haut, dans la rue Sokoblanjka, au volant de la Mercedes SLK.

— Comment cela s'est-il passé ? demanda-t-elle.

— On le saura plus tard. Elle va sûrement transmettre ma proposition. Si rien ne se passe dans quarante-huit heures, il faudra penser à autre chose. Et de votre côté, quoi de neuf ?

– J'ai dit à Farid d'abandonner la surveillance du garage pour se concentrer sur Vladimir Budala. Luka Simic et ses copains ont disparu.

Il n'y avait plus qu'à attendre et prier.

***

Vladimir Budala remontait à pied la rue Vetog-Save, en sens unique, après avoir garé sa voiture au milieu des trams de la place Slavija. S'arrêtant souvent et se regardant dans les vitrines, afin d'être certain de ne pas être suivi, il tourna le coin de Knejinje Zorke et s'arrêta derrière un alignement de poubelles. Personne ne surgit d'où il venait. Rassuré, il traversa la rue et pénétra dans l'immeuble de l'appartement « secret » de Tanja Petrovic, en utilisant la clef qu'elle lui avait donnée. À partir du moment où il avait lancé sa contre-offensive, cela devait fonctionner comme un mouvement d'horlogerie, ne laissant aucune place au hasard, à la malchance ou à l'imprudence. Comme prévu, il avait débarassé la maison de Tanja Petrovic des deux cadavres qui dégageaient une odeur effroyable et il ne restait aucune trace du double meurtre. Heureusement... Il avait contre lui la BIA, le MUP, des gens comme Zatko Tarzic qui voulaient sûrement se venger et surtout les Américains avec leurs moyens d'écoutes sophistiqués.

Si Milorad Lukovic était toujours en liberté plus de deux mois après le meurtre de Zoran Djinjic, c'est qu'il n'avait commis aucune faute. Arrivé dans l'appartement, Budala se servit une bière, posa un de ses pistolets à côté de lui et attendit. Tanja Petrovic devait venir lui rendre compte de sa rencontre avec le faux journaliste. Une demi-heure plus tard, la clef tourna dans la serrure et elle apparut dans sa tenue habituelle : foulard, lunettes noires et pantalon.

– Alors ? demanda le Serbe.

– *Dobro !* dit-elle. Je crois que j'ai dit ce qu'il fallait. Mais j'ai bien failli lui foutre une balle dans la tête, à ce salaud. En plus, il y a du nouveau.

Elle lui résuma la proposition de l'envoyé américain et Badula hocha la tête.

– Je crois que c'est un piège. Ils sont malins. Mais il faut faire semblant. Demain, tu appelleras l'ambassade américaine.

– Quand est-ce que je vais voir « Legija » ?

Vladimir Budala ne baissa pas les yeux.

– Pas encore. Je vais le tenir au courant, mais il ne faut prendre aucun risque. Tu sais qu'à la seconde où ils sauront où il se trouve, ils le tueront.

Elle n'insista pas, sachant qu'il avait raison. Pour lui remonter le moral, Vladimir Budala ajouta aussitôt :

– Dans trois jours, Zatko va me verser tes cinq millions de dollars. Vous partirez avec. Je m'occupe des papiers de « Legija ». Je les aurai dans quarante-huit heures.

L'opération qu'il avait échafaudée était complexe. Il était certain que la CIA allait en parler à la BIA. Donc les Serbes se mobiliseraient et relâcheraient leur attention de Belgrade. Non seulement les gens de la CIA seraient éliminés, mais Milorad Lukovic en profiterait pour filer. Il ne pouvait pas rester éternellement à Belgrade.

– Je pars, dit-il. J'ai encore beaucoup à faire ce soir…

Ils s'embrassèrent et il sortit. Tanja avait décidé de coucher là : elle détestait sa maison vide. Penser que son amant se trouvait à quelques kilomètres à vol d'oiseau et qu'elle ne pouvait pas lui parler la rendait folle. Elle se versa deux doigts de Defender Very Classic Pale, ajouta quelques glaçons et commença à répéter sa future entrevue avec les Américains. Il fallait qu'ils avalent l'appât, l'hameçon et la ligne.

***

Vladimir Budala en était à son quatrième café. Chaque fois, il s'attablait, commandait, lisait un journal et repartait sans avoir parlé à personne. Une façon de décontenancer des suiveurs éventuels. Il était certain que la BIA le surveillait à distance, guettant le fil qui les mènerait à Milorad Lukovic.

Il remonta Kneza Mihaila sans se presser, puis descendit la colline du vieux Belgrade par l'une des rues en pente filant vers le bord de la Sava. Des voies ombragées aux trottoirs encombrés de voitures. Arrivé en bas de Kraja-Petra, il pénétra dans un petit café sans terrasse, le *Stek,* qui ne comportait qu'une salle à l'intérieur, en contrebas de la rue. Seules deux tables étaient occupées. Vladimir Budala s'installa et commanda un soda à la serveuse. Un quart d'heure plus tard, le patron, un garçon noueux et maigre au regard vif, s'approcha de sa table sans s'asseoir.

– Il y a un problème, fit-il à voix basse. Il a besoin d'un médecin.

Il parlait presque sans remuer les lèvres, le regard fixé sur l'entrée. Vladimir sentit son estomac se nouer.

– C'est grave ?

– Il ne mange plus et il a plus de quarante de fièvre. Il dit qu'il a peut-être le tétanos.

Le tétanos, c'est mortel. Cela, Vladimir Budala le savait.

– Je vais m'en occuper, fit-il de sa voix calme.

Il ressortit, intérieurement tordu d'angoisse. Il ne fallait surtout pas que Tanja Petrovic soit au courant. C'était le premier grain de sable dans son mouvement d'horlogerie... Il fit encore une halte dans le café en face du parking où il avait garé son Audi. Là, il rencontra un cousin lointain qui lui offrit un café liégeois. Absent, il ne pensait qu'à une chose : où trouver un médecin *sûr*. Parce que ce dernier devait rencontrer «Legija». Et, même en prenant des précautions, il y aurait des risques. Il ne connaissait qu'un homme qui pouvait l'aider, Zatko Tarzic. Le *kum* du général Mladic connaissait un médecin totalement sûr qui soignait Karadzic et Mladic depuis des années.

Son café avalé, il récupéra son Audi et prit le chemin de Zvosdara. Il ne pouvait pas perdre de temps. La Mercedes 600 était devant la villa. Zatko Tarzic était là. Vladimir Budala sonna et la porte s'ouvrit sur celui-ci. Il eut un sursaut et son regard dérapa.

— Tu avais dit à la fin de la semaine ! Je n'ai pas encore l'argent.

— Je ne viens pas pour cela, fit Vladimir Budala. J'ai un service à te demander.

Ils attendirent d'être dans le salon pour parler. Zatko Tarzic mit la télé un peu plus fort et Budala demanda :

— Tu es un bon Serbe ?

Devant cette question saugrenue, posée à un homme comme lui, lié aux criminels de guerre, Zatko Tarzic demeura interdit.

— Qu'est-ce que tu veux dire ? commença-t-il, indigné.

— J'ai besoin d'un médecin, fit simplement Vladimir Budala. D'un type sûr.

— Pour…

Vladimir Budala ne lui laissa même pas prononcer le nom.

— Oui.

— Quand ?

— Le plus vite possible. Ce soir. C'est possible ?

Zatko Tarzic réfléchit quelques instants.

— Je vais aller le prévenir moi-même. Où est-ce qu'il te retrouve ?

— Au parking d'Obilicev Venac. Il me connaît ?

— Je ne sais pas.

— Tu me décris. Je l'attendrai au troisième étage du

parking. Il me demandera si ma fille est guérie. Voilà ce qu'il doit amener...

*
* *

Malko s'était fait déposer au *Hyatt* après son entrevue avec Tanja Petrovic, pour prendre un peu de repos. Normalement, il ne devait pas revoir Tatiana avant dix heures, pour aller dîner au *Writer's Club.* Aussi, lorsque la réception lui annonça qu'elle le demandait en bas, il se demanda ce qui se passait.

— Nous avons un problème, annonça l'interprète.

— Avec qui ?

— Jovanovic, l'oncle de Farid. Il ne veut plus que sa famille travaille avec nous.

— Pourquoi ?

— Vladimir Budala est trop dangereux.

— Où est-il ?

— Il m'attend boulevard Teste.

— O.K., allons le voir.

La nuit était tombée. Tatiana fila vers le boulevard Nikola-Teste qui partait vers Zemun. Sur deux kilomètres, il traversait le parc entourant le bâtiment abritant le palais fédéral yougoslave. À part quelques joggers, il n'y avait pas un chat. Tatiana arrêta la SLK derrière une camionnette garée sur la voie de droite. Aussitôt, le vieux Jovanovic, toujours coiffé de son feutre, émergea du véhicule et vint les rejoindre. D'un ton plaintif, il répéta pour Malko ce qu'il avait déjà dit. Surveiller Budala, « le fou », était trop dangereux. En même temps, ses petits yeux malins brillaient de cupidité. Malko se tourna verts Tatiana :

— Dites-lui que je lui donne deux cents euros par jour, plus l'essence. Il me dit oui ou non.

Le vieux larmoya encore un peu.

— Il veut trois jours d'avance.

– Deux, trancha Malko en comptant les billets. Et qu'il commence ce soir même.

Jovanovic jura qu'il allait mettre tout de suite sa tribu au travail et repartit vers sa camionnette. Encore un problème réglé.

– On est tout près du *Café Monza*, dit Tatiana. Si on allait prendre un verre là-bas ?

– Pourquoi pas, accepta Malko.

Le *Monza* était bourré et ils se retrouvèrent à une petite table au bord du Danube, dans un coin sombre. Tatiana commanda un Defender avec de la glace, Malko une vodka et ils observèrent les gens. Beaucoup de jolies filles cherchant visiblement l'âme sœur, ou des couples. Soudain, Tatiana sursauta en voyant un couple arriver. Lui portait un polo rayé bleu et blanc, elle était brune, les cheveux courts, en débardeur et jean.

– Vous voyez cette fille ? souffla Tatiana à l'oreille de Malko. Je l'ai vue plusieurs fois avec Bozidar Danilovic, celui qui a voulu vous abattre. Elle sortait avec lui.

– Elle fait partie de la bande ?

– Pas vraiment, mais elle a toujours traîné avec les voyous de Zemun. Ils ont de l'argent et des motos.

– Peut-être saurait-elle où se trouvent les autres, avança Malko, mais comment l'aborder ? Après ce qui est arrivé à Natalia, il vaut mieux être prudent.

– Je vais voir, fit Tatiana. Elle vient d'arriver, on a le temps. Je crois qu'elle s'appelle Gordana. Si elle va aux toilettes, je la suivrai.

En attendant, ils se détendirent. L'air était délicieusement tiède et le Danube coulait à côté d'eux, sombre et majestueux. Malko se demanda si Tanja allait mordre à l'hameçon.

**

Vladimir Budala faisait les cent pas au troisième étage du parking d'Obilicev Venac. Le médecin envoyé par Zatko Tarzic était en retard d'une demi-heure, mais Budala réalisa qu'il n'avait pas intégré un élément dans ses calculs : à cette heure-là, les voitures faisaient la queue dans Obilicev Venac pour avoir une place, celles-ci ne se libérant qu'au compte-gouttes. Comme il ne connaissait pas le médecin, il était obligé d'attendre. De plus en plus nerveux.

Il patienta encore vingt minutes avant de voir surgir un homme en chemisette, une grosse sacoche à la main. La cinquantaine, une barbe, des lunettes. Il s'arrêta, regarda autour de lui et Vladimir Budala s'approcha aussitôt. Les deux hommes échangèrent le mot de passe et Budala demanda :

– Vous avez ce qu'il faut ?

– Ce que m'a dit de prendre Zatko. Mais je n'ai pas vu le patient. Vous savez ce qu'il a ?

– Non. Venez.

Il alla à sa voiture, une Lada anonyme qu'il utilisait parfois, et le médecin prit place à côté de lui.

– Vous n'avez pas été suivi ? demanda Vladimir Budala.

– Non, je ne crois pas.

L'autre paraissait très calme.

– C'est vous qui soignez le *kum* de Zatko ?

– Oui, depuis longtemps.

– Vous savez qui vous allez voir ?

– Non.

– «Legija».

Le médecin n'eut aucune réaction et attendit Vladimir Budala dans la voiture pendant que ce dernier faisait la queue pour prendre le ticket de sortie. En dépit de son calme apparent, Budala était rongé par l'angoisse. C'était la première fois depuis le début de la cavale de Milorad Lukovic qu'il allait lui faire prendre un risque. Pas avec le médecin, qui ne trahirait sûrement pas. Après avoir réfléchi à diverses solutions, il avait opté pour la plus simple et la plus directe, mais aussi, potentiellement, la plus risquée.

Ils descendirent vers le pont Bratsvo et Vladimir Budala s'y engagea en direction de Novi Beograd, franchissant la Sava. Il conduisait lentement, surveillant les voitures qui le suivaient dans le rétroviseur. Arrivé au feu de Milen-tica-Popovica, il fit demi-tour et revint sur ses pas, de nouveau en direction du pont. Il le franchit et monta la rue Brankova, qui montait vers Terazié. À l'endroit où elle se divisait en deux, il se mit sur la file de gauche pour prendre le tunnel débouchant de l'autre côté de Terazié. Comme toujours, on y roulait au pas dans des effluves asphyxiants de vapeurs d'essence. Belgrade était à peu près aussi respirable qu'une chambre à gaz…

Crispé, Vladimir Budala surveillait la file d'en face. Jusqu'ici, il était certain, à 98 %, de ne pas avoir été suivi. Il lui fallait du 100 %. En face, les véhicules se faisaient moins nombreux : à l'entrée du tunnel, le feu venait de passer au rouge. Il attendit encore quelques secondes, puis donna un violent coup de volant et déboîta, se mettant en travers de l'autre voie. Le feu était repassé au vert à l'autre extrémité du tunnel. De nouveau, le flot des voitures venant de Terazié arrivait sur lui. En deux marches arrière, il eut complété sa manœuvre, enregistrant mentalement tous les véhicules qui se trouvaient derrière lui. S'il y avait une voiture de la Milicija, c'était la catastrophe, mais le ciel était avec lui. Roulant de nouveau en direction du pont Bratsvo, il se tourna vers le médecin et lui adressa un pâle sourire.

– Saint Vassilije est avec nous. Comment t'appelles-tu ?

– Zarko Grab.

Vladimir Budala lui tendit la main.

– Merci de nous aider, Zarko. « Legija » est un homme d'honneur. Nous te t'oublierons pas.

Avant le pont, il tourna à droite, remontant vers le Kalemegdan, passant devant une très belle église orthodoxe. Avant d'arriver à l'ambassade de France, il prit un virage en épingle à cheveux devant l'ambassade d'Autriche et revint sur ses pas par une petite rue mal pavée dominant la Sava, bordée de très vieilles maisons, la plupart presque en ruines. La voiture tressautait et gémissait de tous ses ressorts. Ils se garèrent juste après le restaurant *La Langouste,* sur un petit terre-plein. La rue, peu fréquentée, était déserte. Vladimir Budala ouvrit sa veste. C'était le moment dangereux. Il se tourna vers le médecin :

– Zarko, tu peux me dire non.

– *Davai*, fit simplement le médecin.

Ils sortirent en même temps de la vieille Lada et traversèrent, gagnant une grande maison de trois étages qui semblait abandonnée, les volets fermés. Seule une porte en bois toute neuve tranchait curieusement avec la façade dont le crépi s'en allait par plaques. Vladimir Budala tourna la clef dans la serrure et ouvrit. Il faisait sombre à l'intérieur et le médecin trébucha sur des marches en ciment nu. Budala avait déjà refermé à clef. Il se retourna.

– Cette maison appartient à une amie qui vit à l'étranger. Elle est en travaux depuis deux ans et personne n'y habite. Une seule personne en a la clef. Il y a un autre accès. « Legija » est là depuis le début. Il n'y a ni électricité, ni téléphone, ni meubles. Rien. Du ciment nu. On lui a bricolé une arrivée d'eau pour qu'il puisse se laver. Mais personne ne vient jamais ici. Il nous attend…

Il alluma une torche électrique et ils montèrent les marches d'un grand escalier auquel il manquait la rampe, débouchant dans une enfilade de pièces nues à l'exception d'une pile de catalogues de Claude Dalle qui devait assurer la décoration de la maison. Quelques photos de

meubles luxueux étaient scotchés aux murs de béton nu.
Des baies sans fenêtres donnaient dans une cour intérieure,
noire comme un four. En face, il y avait une façade
aveugle. Vladimir appela doucement :

– « Legija » ! C'est moi !

Le faisceau d'une lampe brilla soudain. Milorad Lukovic les attendait à l'étage supérieur, allongé sur un matelas, appuyé sur un coude. Autour du matelas, il y avait
différents ustensiles : un réchaud à gaz, des vivres, une
radio. Une Kalachnikov et un riot-gun étaient posés à côté
de sa couche, avec des boîtes de munitions et des chargeurs. Il était vêtu d'un long short kaki, torse nu, barbu,
les yeux enfoncés dans leurs orbites. Un tatouage représentant un dragon remontait jusqu'à son cou. Zarko Grab
avait vu ses photos dans la presse, mais il lui parut beaucoup plus maigre.

– *Dobrevece*, fit poliment le fugitif. Je vous remercie
d'être venu.

Le médecin avait posé sa trousse et commençait à tâter
la jambe droite enflée, presque violacée, avec une vilaine
plaie sur le tibia. Milorad Lukovic étouffa un cri de douleur. Le médecin ouvrit sa trousse pour prendre du coton
et du désinfectant. Il fit ensuite un pansement, puis prit son
pouls.

– Vous avez beaucoup de fièvre, annonça-t-il. Une
grosse infection. Il faudrait vous mettre sous une perfu-
sion d'antibiotiques, dans un hôpital, mais je suppose que
c'est impossible…

– C'est grave ? demanda Vladimir Budala.

– Ça peut le devenir, très vite, expliqua Zarko Grab. Je
vais vous faire une piqûre antitétanique. J'ai apporté des
antibiotiques. Il faut en prendre trois grammes par jour, en
espérant qu'il n'est pas trop tard pour stopper l'infection.
Et faire des pansements deux fois par jour. Je vais vous
laisser ce qu'il faut. Surtout, vous devez rester allongé au
moins une semaine. Tournez-vous.

Milorad Lukovic se retourna et le médecin lui fit une piqûre antitétanique, puis déposa à côté du riot-gun les boîtes d'antibiotiques.

Bien que la nuit soit tombée, il régnait encore une chaleur étouffante dans la maison. Les fenêtres donnaient toutes sur la Sava, orientées plein ouest. Il n'y avait aucun vis-à-vis et un haut parapet sur le balcon dissimulait les fenêtres. C'était une planque idéale. Le médecin redescendit le premier, laissant Vladimir Budala et Milorad Lukovic échanger quelques mots à voix basse.

Avant de ressortir, Vladimir Budala entrebâilla la porte et inspecta la rue. Aucun passant. Ils regagnèrent la voiture. En remontant vers Obilicev Venac, Vladimir Budala se tourna vers Zarko.

— Dis-moi la vérité, c'est grave ?

— Ça peut le devenir, fit le médecin. Il faudrait éviter un vrai ulcère. Sinon, c'est l'amputation.

— Est-ce qu'il peut se déplacer ?

— Pour l'instant, non.

Ils n'échangèrent plus un mot jusqu'à l'entrée du parking. Budala se tourna vers le médecin et dit simplement :

— Tu es la seule personne à savoir où il se trouve.

— Que Dieu le garde, fit Zarko Grab, avant de descendre de voiture.

L'ex-copine de Bozidar Danilovic venait de se lever, laissant son compagnon. Tatiana l'imita et fonça derrière elle. Les deux filles arrivèrent ensemble à l'intérieur des toilettes dames. Elles étaient occupées. Tatiana adressa un sourire à la jeune fille.

— Tu ne t'appelles pas Gordana ?

— Si, fit la fille. On se connaît ?

– Oh, je t'ai vue souvent ici avec ton copain Bozidar. Tu n'es plus avec lui ?

– Comment, tu ne sais pas ? fit Gordana. Il est mort.

– *Jebiga!* Qu'est-ce qui lui est arrivé ?

– Il a été flingué, fit tristement Gordana. Je sais pas vraiment comment. Ses potes doivent m'expliquer, mais pour le moment, ils se planquent. Ils n'étaient pas là pour l'enterrer.

– Dis donc, c'est pas gai. Moi aussi je viens ici, je m'appelle Jil. Donne-moi ton portable, je t'appellerai, on ira prendre un café.

– *Dobro*, fit Gordana. (06) 36 54 38 76.

Les toilettes venaient de se libérer et elle s'y engouffra. Tatiana attendit son tour puis regagna sa table. Gordana et son copain étaient déjà partis.

– Elle m'a dit qu'elle était en contact avec eux, annonça-t-elle. Je l'appellerai.

Son portable sonna, la conversation fut brève.

– C'est Jovanovic. Il veut nous voir. Dans le parking du Sava Center. Ce n'est pas loin.

Le Sava Center était le premier et unique « mall » de Belgrade. Ils y furent en cinq minutes. Jovanovic, le vieux gitan, les attendait à côté de sa camionnette. Tatiana écouta son flot de paroles.

– Vladimir Budala est sorti ce soir, traduisit-elle. Pas dans son Audi mais dans une Lada dont il a relevé le numéro. Il était avec un autre homme qu'il a retrouvé au parking d'Obilicev Venac. Il l'a suivi mais, dans le tunnel de Terazié, il a fait demi-tour et Jovanovic l'a perdu.

Malko n'afficha pas sa satisfaction, mais si Vladimir Budala avait pris la peine de faire une rupture de filature aussi acrobatique, c'était pour un motif sérieux. Comme une visite à Milorad Lukovic. Mais qui était l'inconnu qui l'accompagnait ? Les choses bougeaient.

– Qu'il continue la surveillance, fit-il. Et qu'il ne se fasse plus semer. Il ne peut pas utiliser une moto ?

– Les gitans n'ont pas de moto…

Ils se séparèrent. Malko se dit qu'il avait désormais deux pistes qui risquaient de se recouper, si Tanja Petrovic donnait suite à sa proposition.

Le déplacement de Vladimir Budala semblait indiquer que Milorad Lukovic était toujours à Belgrade.

À portée de main…

CHAPITRE XIV

La voix de Mark Simpson, le chef de station de la CIA à Belgrade, vibrait d'excitation.

– Tanja Petrovic a téléphoné ! Elle a rendez-vous avec Richard Stanton aujourd'hui, à quatre heures, annonça-t-il. Elle a plongé ! J'espère qu'il ne va pas faire de gaffe. Elle doit être incroyablement sur ses gardes.

– Il a l'air très coopératif, remarqua Malko. Cette réponse rapide nous apprend au moins quelque chose : elle a les moyens de joindre très rapidement Milorad Lukovic. Ce qui semble indiquer qu'il se trouve toujours à Belgrade. Ils n'utilisent sûrement pas le téléphone, mais des messagers.

– La BIA a pourtant passé la ville au peigne fin, assura l'Américain. Ils ont fouillé toutes les anciennes *safehouses* de la RDB, car Milorad Lukovic pourrait y avoir accès.

– C'est possible, reconnut Malko, mais on peut toujours se cacher dans une grande ville.

Il ne partageait pas entièrement l'euphorie de Mark Simpson. D'abord, cette réponse ultrarapide pouvait très bien dissimuler un piège. Milorad Lukovic et lui étaient comme deux joueurs de poker qui bluffent. Le fugitif n'accordait sûrement aucune confiance à ses adversaires, mais

il était obligé d'aller « voir ». C'est celui qui commettrait
la première faute qui perdrait.

La vie, très probablement.

La confirmation de la présence du fugitif à Belgrade
interpellait Malko. Il avait la sensation désagréable de passer à côté d'une information vitalc. Tout à coup, il revit
Jadranka Rackov lui dire qu'elle ne pouvait pas dîner avec
lui parce qu'elle dînait avec son décorateur qui l'avait
volée sur les travaux de réfection de sa maison. Il se mit
instantanément à phosphorer. Jadranka et Tanja étaient
intimes, depuis l'enfance. Jadranka ne vivait pas à Belgrade. Donc, si elle y possédait une maison, celle-ci était
inoccupée.

De là à conclure que cette maison avait pu être prêtée
à « Legija » par l'intermédiaire de Tanja Petrovic, il y
avait un pas que Malko ne pouvait encore franchir, faute
d'éléments matériels. Jadranka Rackov ne lui avait pas
laissé son numéro à Londres. Il fallait donc qu'il se
débrouille pour tenter de localiser cette maison. Sans alerter Milorad Lukovic, qui risquait alors de filer dans une
autre planque. Il devait marcher sur des œufs. La première
chose à faire étant d'identifier le fameux décorateur mal-
honnête. Deux personnes pouvaient l'aider. Tatiana, bien
sûr, mais aussi le copain de Jadranka Rackov qui se trouvait être le patron de la BIA, Nenad Sarevic. Et là, il avan-
çait en terrain miné, ignorant totalement leurs vrais
rapports. Dans ce système pourri, tout était possible, y
compris que le patron de la BIA protège l'assassin du Premier ministre, pour des raisons obscures. Cela faisait à
Malko une troisième piste à explorer, en sus de Vladimir
Budala et de Tanja Petrovic.

*
* *

Tanja Petrovic, en polo moulant ras du cou noir et pantalon assorti, pas maquillée, les cheveux tirés, se présenta

à l'ambassade américaine à quatre heures pile. Elle fut aussitôt introduite auprès de Richard Stanton, l'envoyé spécial du State Department.

La jeune Serbe s'assit très droite sur sa chaise face au diplomate noir, lui-même un peu mal à l'aise devant cette très jolie femme qui semblait dure comme du béton. Son anglais était rugueux, mais compréhensible. Richard Stanton rompit le silence le premier, récitant sa leçon.

– Je suis chargé, pour le bien de la Serbie, de régler le problème de Milorad Lukovic, dit « Legija », annonça-t-il. Vous avez reçu la visite d'une personne qui travaille avec moi, M. Malko Linge. Il vous a transmis une offre. Je suppose que si vous êtes ici, c'est que vous désirez y donner suite.

Tanja Petrovic ne se troubla pas.

– Cette offre ne me concerne pas, fit-elle, mais je l'ai transmise à la personne en question. Celle-ci désire l'étudier et en discuter.

– Elle accepte éventuellement de rencontrer quelqu'un de chez nous ?

– Oui, admit Tanja Petrovic du bout des lèvres.

– Où ?

– Il fixera la date et le lieu quand je lui aurai rendu compte de cette conversation.

Le diplomate américain eut un sourire un peu contraint.

– Je suis désolé d'avoir à mettre les points sur les i, avant de nous engager plus avant. M. Milorad Lukovic obtiendrait l'abandon des poursuites contre lui et une nouvelle identité contre des éléments précis permettant de localiser et d'arrêter deux criminels de guerre particulièrement recherchés, Radovan Karadzic et Ratko Mladic.

– C'est de cela qu'il s'agit, en effet, confirma Tanja Petrovic d'un air dégoûté.

Richard Stanton se détendit un peu.

– Je pense que mon rôle se termine ici pour le moment, dit-il. C'est mon collaborateur, M. Linge, qui va régler avec vous les détails de cette négociation. Puis-je avoir un téléphone où il peut vous joindre ?

— 063 546329.

Dès qu'il eut noté le numéro, elle se leva et conseilla :

— Qu'il me téléphone. Mon mobile est toujours ouvert.

L'Américain l'accompagna jusqu'à la sortie de Kneza Miloza. Les gens qui faisaient la queue pour des visas ne remarquèrent même pas Tanja Petrovic. Richard Stanton fonça alors dans le bureau du chef de station, où Mark Simpson l'attendait en compagnie de Malko, et leur résuma son entretien.

— Qu'en pensez-vous ? conclut-il.

— Que le poisson est ferré, fit Mark Simpson.

— Ou que *nous* sommes ferrés, rétorqua Malko.

Les deux hommes le fixèrent avec surprise.

— Que voulez-vous dire ?

— Admettons que Milorad Lukovic bluffe, qu'il n'ait ni l'envie ni la possibilité de faire ce *deal*. Qu'il veuille seulement jouer avec nous.

— Jouer, comment et pourquoi ?

— Je ne le sais pas encore, reconnut Malko, mais nous sommes en Serbie. Livrer ces deux hommes serait la négation de ce que cet homme a fait durant toute sa vie. Il y a deux ans, il manifestait encore à Belgrade pour empêcher les gens d'être envoyés à La Haye.

L'Américain hocha la tête.

— *Right*. Mais, entre-temps, il s'est passé beaucoup de choses : il est en cavale, sa bande est disloquée et il n'a plus d'avenir. Personne non plus ne pensait qu'un gouvernement serbe livrerait Slobodan Milosevic.

— C'est exact, dut reconnaître Malko. C'est pour cela qu'il faut aller voir, comme au poker. Sans oublier que ces gens nous haïssent.

Il avait encore dans les oreilles les diatribes de Jadranka Rackov contre les Anglais et les Américains.

– Vous pensez qu'il ne faut pas donner suite ? interrogea prudemment Mark Simpson.

– Si, bien sûr, en étant extrêmement prudent. Attendons.

– À propos, dit le chef de station, si vous n'avez rien à faire, Nenad Sarevic nous invite tous, demain samedi, à une promenade en bateau sur la Sava.

– Ah bon, fit Malko, un peu surpris. Qu'est-ce que cela cache ?

– Oh rien, affirma le chef de station. Il fait souvent cela. Mais si cela vous amuse, pas de problème.

– Non, non, j'accepte.

– Alors, rendez-vous là-bas vers midi.

En repartant, il mit Tatiana au courant. Elle sembla surprise que Malko ait accepté l'invitation. Il lui expliqua alors l'histoire de la maison de Jadranka Rackov.

– Laissez-moi parler à Nenad, conseilla-t-elle. Si c'est vous, il va immédiatement se méfier.

*
* *

Tanja Petrovic, après son entrevue à l'ambassade US, avait gagné directement son appartement « secret », où Vladimir Budala l'attendait. Il écouta son récit, soucieux. Il était temps de révéler certaines choses à la maîtresse de « Legija ».

– Tanja, fit-il, tu t'es très bien débrouillée, mais il faut que je t'apprenne certaines choses. D'abord, j'ai vu « Legija » hier soir.

Elle sursauta.

– Et tu ne m'as pas emmenée ! Salaud ! Fils de pute !

Le naturel reprenait le dessus. Mais le voyou ne se formalisa pas. Tanja avait été élevée dans le ruisseau.

– Au début, dit-il, quand j'ai conçu cette opération, elle avait un double but : liquider ces salauds d'agents de la CIA et faire diversion pour permettre à « Legija » de filer.

Malheureusement, cette deuxième opération est aujour-
d'hui impossible.

— Pourquoi ? Il ne veut plus partir ?

— Il ne *peut* pas, corrigea Vladimir Budala. Il a une
blessure à la jambe – un accident – et il ne peut pas bouger. Pendant encore plusieurs jours.

— Mais alors, il faut tout annuler !

— Non. Cet agent de la CIA, aidé de cette chienne de
Tatiana, fouille partout. Il est plus dangereux que la BIA.
Il faut l'éliminer de toute façon. Quand ce sera fait, tu
rejoindras « Legija » dans sa planque et tu attendras avec
lui qu'il puisse partir.

Il savait que c'était le seul argument susceptible de la
calmer. Le mobile de Tanja sonna, elle répondit et dit
silencieusement, avec les lèvres, « c'est lui ».

— Oui, fit-elle, je suis prête à vous rencontrer. Lundi,
chez moi, vers seize heures.

Elle coupa la communication et interrogea Vladimir
Budala du regard. Ce dernier lui fit un petit signe d'ap-
probation.

— *Dobro*. J'ai besoin de quarante-huit heures.

En plein jour, le bateau de Nenad Sarevic ne payait pas
de mine. Tout en bois, sans grand confort, il se traînait à
moins de dix nœuds, propulsé par un moteur Diesel arraché à une vieille Mercedes. En chemise et en short, Nenad
Sarevic ressemblait plus, malgré son fume-cigarette, à un
vieux hippy qu'au responsable d'un service de renseignements. Enlacé à sa jeune maîtresse aux cheveux courts,
une bouteille de blanc à portée de la main, il avait accueilli
chaleureusement ses invités. Un CD diffusait de la
musique tsigane, les autres amis du Serbe s'étaient instal-
lés un peu partout et les rives de la Sava, couvertes de

petites cabanes construites sur l'eau, défilaient avec une lenteur majestueuse.

Intérieurement, Malko rongeait son frein. Tout le week-end à patienter avant son rendez-vous avec Tanja Petrovic.

Mark Simpson avait l'air de se demander ce qu'il faisait là, lorgnant quand même Tatiana, très sexy en maillot une pièce. Celle-ci se mit soudain à danser sur la plage arrière, les mains au-dessus de la tête, comme une gitane. Aussitôt, Veselin, le frère banquier de Nenad, se leva et vint danser avec elle, la prenant par la taille, ce qui lui permettait de se frotter un peu. Tatiana ne sembla pas s'en offusquer et ils finirent tous deux sur une des banquettes.

– Ta copine Jadranka est repartie ? demanda Tatiana.

– Hélas !

Pourtant, à son regard, il l'aurait bien remplacée par Tatiana. Celle-ci demanda négligemment :

– Elle vient souvent à Belgrade ?

– Deux, trois fois par an. Elle ne peut pas se passer du pays.

– Elle habite avec toi ?

– Non, elle a un appartement dans Sarajevska.

– Tiens, je croyais qu'elle avait une maison. L'autre jour, elle a dit à mon ami que son architecte décorateur l'avait volée.

Veselin éclata de rire.

– Tous les décorateurs sont des voleurs ! Je ne savais même pas qu'elle avait une maison.

Tatiana se jeta à l'eau.

– Je te dis ça parce que, quand je ne fais pas l'interprète, je travaille un peu dans l'immobilier. Je connais un businessman allemand qui veut louer une villa à Belgrade. Peut-être que ça intéresserait Jadranka.

– Peut-être, fit Veselin, qui semblait s'en moquer complètement. Tu n'as qu'à lui téléphoner.

– Où ? À Londres ? Je n'ai pas son téléphone.

Nenad Sarevic s'était mis à chanter à tue-tête avec sa copine et une autre invitée, une jeune Grecque pulpeuse. Veselin Sarevic prit son portable et commença à passer en revue les numéros en mémoire.

— Je l'ai, moi ! dit-il.

Il composa le numéro. Jadranka répondit tout de suite, ravie que son copain pense à elle. Ils plaisantèrent quelques instants, puis Veselin dit à Jadranka :

— J'ai une copine, à côté de moi, qui veut te demander un renseignement. Si tu peux l'aider, vas-y, c'est une « bonne » Serbe.

Il tendit le portable à Tatiana qui ne pouvait plus reculer. Après quelques banalités, elle se jeta à l'eau.

— Je fais de l'immobilier, expliqua-t-elle, il paraît que tu aurais une maison à louer.

Il y eut un long silence au bout du fil. Puis Jadranka répondit, d'une voix un peu forcée :

— Une maison à louer, qui t'a dit ça ?

— Je ne sais plus. C'est pas vrai ?

— J'ai une maison, confirma Jadranka Rackov, mais elle est en très mauvais état, je ne peux pas la louer. Désolée.

Elle raccrocha un peu trop vite. Veselin avait déjà la tête ailleurs, tout occupé à déboucher une bouteille de blanc. Tatiana dut attendre près d'une heure avant de pouvoir raconter à Malko ce qui s'était passé.

— On a fait une erreur, reconnut-il, mais on ne pouvait pas prévoir qu'il l'appellerait. Si mon hypothèse est vraie, espérons que cela ne lui a pas mis la puce à l'oreille.

Le bateau ralentit et vint s'amarrer à un ponton. Un peu plus haut se trouvait une guinguette où une grande table, dehors, les attendait. Le fracas d'un orchestre de cuivres – des *troubacic* - éclata, saluant Nenad Sarevic d'une aubade tonitruante, puis accompagnant les passagers jusqu'au restaurant. Tous les samedis, ces orchestres de cuivres accompagnaient les mariages à la sortie des églises.

Malko se dit qu'il avait hâte d'être à lundi. À peine assis, Nenad Sarevic avait déjà attaqué au raki.

* *
*

Milorad Lukovic broyait du noir, résistant à l'envie de regarder sa blessure toutes les dix minutes. Il détestait se sentir diminué ainsi. Les antibiotiques avaient fait tomber sa fièvre et il lui semblait que sa jambe était moins enflée, mais il souffrait encore beaucoup. La chaleur étouffante le rendait encore plus nerveux. Il enrageait de cette blessure dont il était obligé d'attendre la guérison. En plus, dans son état physique, il était incapable de profiter de la « sortie de secours » qui rendait cette planque presque parfaite. Il entendit soudain un faible bruit au rez-de-chaussée et se dressa sur son séant, le pouls à 200. Le silence retomba et il eut beau prêter l'oreille, il n'entendit rien. Pourtant, il se leva, prit son riot-gun et descendit en boitillant l'escalier de béton nu.

Tout de suite, il aperçut un carré plus clair sur le sol, devant la porte. Une simple feuille de papier pliée en quatre qu'on venait de glisser sous la porte. Il se raidit et demeura rigoureusement immobile, le riot-gun braqué, le sang battant à ses tempes. Puis, comme rien ne se passait, il ramassa le papier et remonta pour l'examiner à la lumière de sa torche électrique. Il n'y avait que quelques mots écrits à la main, sans signature :

« Voilà les cinq millions de dollars que je devais à Tanja. Bonne chance. »

Il mit quelques secondes à comprendre puis se souvint de la dette de Zatko Tarzic envers Tanja. Mais comment ce salaud avait-il pu connaître sa retraite ? Dans un état d'excitation indescriptible, il gagna la fenêtre donnant sur la cour intérieure séparant les deux immeubles. Il prit alors des petits cailloux et les projeta avec précision sur une fenêtre-vitrail ouverte dans le mur d'en face. Le bureau du propriétaire du *Stek Café,* Zika, l'homme qui assurait sa sécurité. S'il n'était pas là, personne ne s'en apercevrait.

Zika était là. La fenêtre s'ouvrit et sa tête apparut.

— Viens, lança « Legija » à voix basse.

Zika sauta par la fenêtre et atterrit dans la cour où il prit une échelle dissimulée dans l'herbe. Le seul moyen d'accéder à la fenêtre où se trouvait le fugitif. Il sauta à l'intérieur et demanda, inquiet :

— Que se passe-t-il ?

Milorad Lukovic lui tendit le mot.

— Tu vas donner cela à Vladimir. Il saura ce qu'il faut faire. Le plus vite possible.

**
***

Assis dans sa cuisine, la fenêtre ouverte, en train de manger une pizza, Vladimir Budala lisait et relisait le mot de Zatko Tarzic. Quel abominable salaud ! Sans méfiance, sachant qu'il était dans le bon camp, le docteur Grab avait dû lui révéler la planque de « Legija ». Et maintenant, il monnayait son information.

C'était le deuxième coup dur de la journée. Deux heures plus tôt, malgré le risque que cela représentait, Tanja avait débarqué chez lui, bouleversée. Jadranka venait de l'appeler de Londres et de l'informer de l'étrange requête d'une amie de Veselin Sarevic, une certaine Tatiana, qui s'intéressait à sa maison. Vladimir Budala n'avait pas mis longtemps à comprendre et en avait des sueurs froides, car c'était la *bonne* piste. Or, il ne pouvait pas trouver une autre planque pour « Legija » dans les circonstances actuelles. Il fallait prendre les problèmes un par un. D'abord le médecin. Grâce à Dieu, il avait noté son adresse et son numéro de téléphone. Mais il n'avait pas besoin du téléphone. Il termina sa pizza et prit un plan de

Belgrade. Le médecin habitait la rue Kakorska, à Dedinje,
le quartier chic de Belgrade.

À cette heure-là, il y avait de bonnes chances qu'il soit
chez lui. Vladimir Budala rangea dans le frigo ce qui restait de sa pizza et descendit. Il allait monter dans sa voiture lorsqu'il aperçut une ombre qui se dissimulait derrière
une voiture garée non loin de la sienne. Son pouls grimpa
en flèche. Il ouvrit sa veste et, faisant mine de s'éloigner
à pied, fit le tour de la barre, revenant par la direction
opposée. Il aperçut immédiatement un gosse, dissimulé
entre deux voitures, en train de fumer une cigarette.

Vladimir Budala arriva sur lui par-derrière, sans un
bruit, et le prit par la nuque. Le gosse essaya de se débattre
mais, impitoyablement, Vladimir Budala se mit à lui
cogner le visage contre le capot d'une voiture en station-
nement. De toutes ses forces, lui écrasant la figure contre
la tôle. Le gosse commença par couiner, puis tomba à
terre, le visage en sang, le nez cassé, les lèvres éclatées.
Vladimir Budala le fouilla, ne trouva qu'un téléphone portable dont il s'empara. Abrité entre deux voitures, il était
parfaitement invisible des immeubles voisins. Il sortit de
sa poche un couteau dont il déplia la lame pour en poser
la pointe sur la carotide gauche du gamin. Celui-ci rouvrit
les yeux, respirant péniblement à cause du sang qui lui
emplissait la bouche.

— Comment tu t'appelles ? demanda Vladimir.

— Farid, bredouilla le gosse.

— C'est pas un nom ça ! fit Vladimir Budala, méprisant.

— Si, c'est mon nom, insista le gosse, je viens du
Kosovo. Je suis avec des cousins à Belgrade.

Vladimir Budala eut une grimace de dégoût. Un petit
Shiptar. Il ne manquait plus que cela ! Quelle horreur. Non
seulement les *Shiptari* les avaient chassés du Kosovo,
mais ils venaient maintenant en Serbie. Il appuya la lame
un peu plus fort, faisant jaillir une goutte de sang. Un

genou sur la poitrine du petit gitan, il se pencha sur lui et dit à voix basse :

— Je vais couper ton sale cou de *Shiptar* !

Le gosse soutint son regard et lança :

— Si tu fais ça, mes cousins viendront te couper les couilles ! Toi et toute ta famille, que Dieu vous maudisse !

Vladimir Budala dut se retenir pour ne pas égorger sur-le-champ cette petite vermine. Mais il savait qu'il disait la vérité : les gitans se vengeaient toujours férocement et étaient très solidaires les uns des autres. Quelqu'un avait envoyé ce gosse, il n'était pas venu de sa propre initiative. S'il le tuait, il déclencherait une vendetta féroce.

— Si tu me dis ce que je veux savoir, fit-il, je ne te tue pas. Qui t'a dit de venir ici ?

Le gosse ne répondit pas. Vladimir Budala lui prit l'oreille de la main gauche et glissa la lame de son poignard entre elle et le crâne.

— Je vais d'abord te couper une oreille, pour que tu m'entendes mieux avec l'autre, menaça-t-il calmement.

Il commença à trancher le cartilage et le gosse hurla. Cri aussitôt étouffé par le poing de Vladimir Budala. Le sang commença à gicler et le gosse paniqua. L'autre était parfaitement capable de lui couper une oreille.

— C'est mon oncle, dit-il. Emir Jovanovic.

Ils s'appelaient tous Jovanovic.

— Et ton oncle, fit-il, qui l'a payé ?

— Je ne sais pas.

Le sang inondait le cou sale du gamin. Vladimir Budala recommença à lui détacher l'oreille. La brûlure était insupportable et Farid craqua :

— C'est une dame. Elle a une grosse voiture, une Mercedes SLK.

Les gitans ne savaient pas lire, mais ils connaissaient les voitures par cœur.

— Où l'as-tu rencontrée ?

— Au parking du *Café Monza*.

Vladimir Budala arrêta de lui scier l'oreille. Il en savait assez. C'était la complice de leur faux journaliste et vrai agent des Américains. Il se redressa, replia le couteau et posa le pied sur la gorge du petit gitan.

– C'est ton jour de chance, Farid, dit-il. Mais si je te revois ici, toi ou un des tiens, je leur couperai la gorge. Je respecte les gitans, c'est pour ça que je ne te tue pas. Maintenant, file et cours vite. Très vite.

Farid se releva, essuya son visage massacré avec un pan de sa chemise et détala. Vladimir Budala attendit qu'il soit loin pour monter dans sa voiture. Décidément, il était temps de réagir. Furieux contre lui-même, il réalisa qu'il avait oublié de demander au gitan s'il avait vu Tanja.

La rue Kakorska, à Dedinje, était une voix calme, bordée d'arbres, ne comportant que des villas cossues, pour les apparatchiks du régime. Vladimir Budala sonna au numéro 6. Une jeune bonne, visiblement albanaise, vint ouvrir et dit, avant même qu'il n'ouvre la bouche, en mauvais serbe :

– *Doktor nié doma*[1].

Elle avait déjà refermé. Il repartit s'installer dans sa voiture. Comme il ne voulait pas téléphoner au médecin, il n'avait plus qu'à attendre. Il mit la radio et regarda l'heure. À peine dix heures. Il n'y avait pratiquement pas de circulation et quand, vingt minutes plus tard, il vit une vieille Volvo s'engager dans l'allée, il se redressa. La voiture passa devant lui et il reconnut, seul au volant, le docteur Zarko Grab. Ce dernier continua pour se garer juste en face de chez lui.

Vladimir Budala descendit de l'Audi et, à grandes enjambées, s'approcha de la Volvo. Il frappa à la glace

1. Le docteur n'est pas là.

côté conducteur, ouvrant sa veste de l'autre main. Le
médecin tourna la tête, sourit en le reconnaissant et baissa
la glace.

– Il y a un problème avec le patient ?

– Non, aucun problème, affirma Vladimir Budala en
souriant.

Sa main droite remonta jusqu'à la hauteur du passager
et, dans le même mouvement, il appuya sur la détente de
son Sig, deux fois. La tête du médecin bascula sur la
droite, le sang jaillit, inondant le pare-brise et il s'affaissa,
foudroyé.

Vladimir Budala revint sur ses pas, après avoir remis
son arme dans son holster. C'était dommage d'avoir tué
cet homme, mais il ne pouvait pas faire autrement. Il
n'avait pas eu envie de lui parler : pour lui dire quoi ?
L'autre lui avait rendu service et il venait d'en mourir,
sans comprendre pourquoi.

C'était la vie.

Il remonta en voiture. Sa soirée n'était pas terminée.

CHAPITRE XV

Zatko Tarzic dînait comme presque tous les soirs dans son restaurant favori, le *Nova Tina Noc*, avec une de ses maîtresses, Natalina, une brune piquante à la grosse poitrine qui, en échange de quelques robes, consentait à se faire culbuter régulièrement sur le profond canapé de velours rouge de Zatko, qui l'avait fait fabriquer spécialement chez Romeo à Paris, à cet effet. Le *kum* de Ratko Mladic était ravi du bon tour qu'il venait de jouer à Tanja Petrovic. Grâce à l'indiscrétion du docteur Zarko Grab qui lui avait rendu compte de sa visite à «Legija» il ne se déshonorait pas en dénonçant un «patriote», mais économisait cinq millions de dollars en gardant le silence.

Prudent quand même, il était venu de chez lui dans sa Mercedes blindée, qu'il utiliserait ensuite pour faire un tour dans le bois de Zvosdara avec sa conquête, le temps d'une fellation, sous l'œil blasé de son chauffeur. Il en salivait d'avance et déjà, sous la table, il commençait à malaxer les cuisses de Natalina qui, pour l'exciter, écartait mollement sa main avec un rire bête. Le bruit d'une voiture proche détourna l'attention de Zatko Tarzic. Il leva la tête. Une Audi décapotable venait de s'arrêter dans le parking, à côté de la Mercedes.

Son sang se figea quand il vit en descendre Vladimir

Budala. Il remarqua qu'il s'était garé en marche arrière, prêt à repartir.

— Tu le connais ? demanda Natalina en voyant le nouveau venu se diriger vers eux.

À cette heure tardive, la terrasse était vide.

— *Da*, fit Zatko Tarzic d'une voix blanche.

Vladimir Budala s'arrêta devant eux. Zatko Tarzic remarqua que les trois boutons de sa veste trop grande étaient défaits. Budala salua poliment le couple.

— *Dobrevece*.

— *Dobrevece*, répondirent-ils en chœur.

— Zatko, fit ensuite Vladimir Budala, dis à ta *kurvia* d'aller aux toilettes et d'y rester un bon moment. J'ai à te parler.

Natalina, livide, se leva et fila à l'intérieur du restaurant. Cet homme aux cheveux ras et au regard glacial lui faisait peur et elle ne voulait pas se mêler des affaires de son amant épisodique. Le garçon s'occupant de la terrasse n'était pas là, Zatko Tarzic et Vladimir Budala étaient désormais seuls sur la terrasse.

— Tu ne t'assois pas ? demanda Zatko Tarzic, pour rompre le silence.

— Non.

La réponse était tombée comme un couperet.

— Tu as dîné ?

Le regard de Vladimir Budala s'abaissa sur les yeux porcins du vieux trafiquant et il dit :

— Zarko Grab est mort.

Zatko Tarzic sursauta.

— Mort ! Mais qu'est-ce qu'il lui est arrivé ?

— Il a reçu deux balles dans la tête. C'est dommage, c'était un homme bon.

Zatko Tarzic sentit le sang se retirer de son visage. Il n'osait plus bouger. Il réussit à demander d'une voix blanche :

— Mais alors, pourquoi tu l'as tué ?

– Pour qu'il ne risque pas d'être indiscret, répondit Vladimir Budala. C'est à cause de lui que tu vas mourir. De lui et de ta saloperie naturelle. C'est vrai, tu as économisé cinq millions de dollars. C'est donc le prix que tu as mis à ta vie.

– Attends ! fit Tarzic, d'une voix suppliante. Attends ! Je plaisantais. J'ai préparé l'argent, il est à la maison. Viens le chercher…

Vladimir Budala ne répondit même pas. Sa main glissa lentement le long de son corps. Il déplia le bras et le canon du pistolet se trouva à quelques centimètres du visage de Zatko Tarzic, qui tenta de se lever. Soigneusement, Vladimir Budala lui logea d'abord une balle dans l'œil gauche, qui lui rejeta la tête en arrière, puis une seconde sur l'arête du nez, qui fit jaillir un geyser de sang. Zatko Tarzic bascula sur le côté, le ventre coincé par la table. Vladimir Budala lui jeta un long regard. Celui-là, il avait eu plaisir à le voir crever de peur et mourir. Avec tout l'argent qu'il avait, profiter du malheur d'un bon Serbe pour économiser cinq millions de dollars ! Quelle merde.

Il regarda autour de lui. Pas un chat. Personne n'avait assisté au meurtre. Les deux coups de feu semblaient n'avoir éveillé l'attention de personne. Il fit demi-tour et regagna sa voiture. La terrasse était toujours déserte quand il quitta le parking. Les témoins interrogés par la police n'auraient pas à mentir : ils n'avaient rien vu. Le bruit de ces deux meurtres allait se répandre en ville, avec le nom de l'assassin. On saurait que c'était lié à « Legija » et cela inciterait ceux qui possédaient des informations, comme le décorateur, à ne pas les divulguer.

*
* *

Cette fois, Tanja Petrovic portait un jean clouté avec un pull noir très fin moulant sa poitrine magnifique, et avait la taille serrée par une très large ceinture. À peine plus

aimable que la première fois, elle invita Malko à s'asseoir
dans le salon kitsch. Il s'était rongé d'impatience tout le
week-end, se demandant si le coup de fil à Jadranka Rackov n'allait pas avoir des conséquences fâcheuses.

La veille, Mark Simpson avait appris par la télé le
meurtre de Zatko Tarzic, attribué à un règlement de
comptes. Malko craignait qu'il ne soit lié à leur affaire,
sans savoir pourquoi.

— Vous avez donc transmis l'offre de M. Richard Stanton, attaqua-t-il. M. Milorad Lukovic est-il disposé à me
rencontrer pour en discuter ?

— Oui.

Comme si ce « oui » lui avait coûté, elle prit aussitôt une
cigarette et l'alluma, ignorant délibérément le Zippo
allumé de Malko, qu'il referma avec un « clic » sec.

— C'est vous qui allez organiser cette rencontre ?

— Oui.

— De quelle façon ?

Tanja Petrovic tira une longue bouffée de sa cigarette
et posa sur Malko un regard froid.

— Le moment et le lieu ne dépendent pas de nous. Vous
allez revenir ici quand je vous préviendrai. À partir du
moment où vous aurez reçu mon appel, il ne faudra plus
communiquer ni rencontrer personne. Vous serez sous surveillance. Vous viendrez ici avec votre interprète et vous
suivrez les instructions que l'on vous donnera. Si nous
constatons que la police est prévenue, toute l'opération
serait annulée et votre vie serait en danger. Vous êtes
d'accord ?

— Oui, dit Malko.

— Bien entendu, vous ne serez pas armé, ajouta-t-elle.

Il n'avait pas tellement le choix. Rencontrer un homme
traqué comme Milorad Lukovic justifiait certaines précautions. Tanja Petrovic écrasa sa cigarette et se leva. Sans
un mot, elle raccompagna Malko à la porte qui se referma
derrière lui.

Il rejoignit Tatiana qui l'attendait dans la Mercedes.

— Jovanovic a appelé, dit-elle. Il veut nous voir, tout de suite, à son campement de l'île Cigulija.

— Pourvu que ce soit une bonne nouvelle, soupira Malko.

La filature de Vladimir Budala finirait bien par donner quelque chose. Ils descendirent vers le bas de la ville, pour gagner l'île au milieu de la Sava. De jour, elle était assez quelconque : une végétation touffue, quelques restaurants et des chemins forestiers. Tatiana se gara dans la cour de ce qui ressemblait à une ferme en ruines. À peine furent-ils sortis de la voiture que le vieux gitan surgit du bâtiment, son feutre vissé sur la tête, la chemise ouverte sur son poitrail velu. Il les salua et dit quelques mots à Tatiana.

— Il veut nous montrer quelque chose, annonça-t-elle.

Ils le suivirent à l'intérieur du bâtiment et Malko aperçut un enfant qui semblait dormir, la tête sur la table. Jovanovic l'appela et il se redressa : c'était Farid. Méconnaissable. Son visage avait doublé de volume. Il avait le nez écrasé, un œil fermé et un gros pansement sur le côté gauche de la tête. Mais son regard était toujours plein de défi.

Tatiana traduisit la litanie larmoyante du vieux Jovanovic.

— Farid s'est fait surprendre, samedi, par Vladimir Budala, pendant qu'il planquait devant chez lui. Budala lui a flanqué une raclée, a menacé de le tuer et commencé à lui couper une oreille pour le faire parler. Farid a parlé de moi, sans donner de nom. Mais Jovanovic ne veut plus travailler avec nous. Car il sait que « le fou » n'hésitera pas à tuer, la prochaine fois.

— Donc il n'a pas pu suivre Budala, samedi ?

— Jusqu'à la fin de la journée seulement, mais il a vu une femme qui pourrait être Tanja Petrovic entrer chez lui, avant.

Étrange coïncidence, c'était justement samedi soir que Zatko Tarzic avait été assassiné.

Désormais, ils étaient sourds et aveugles.

— Il veut cinq mille dinars de dédommagement, conclut Tatiana.

Malko compta les billets de mille et Farid réussit à produire ce qui ressemblait à un sourire.

Cc qui donna unc idée à Malko. Sans la surveillance des gitans, ils n'avaient plus aucun moyen de savoir ce que faisait Vladimir Budala. Or, il venait d'obtenir une information supplémentaire : le contact probable entre Tanja Petrovic et Budala. Qui, étrangement, avait précédé le meurtre de Zatko Tarzic.

— Il faut qu'ils continuent, dit-il à Tatiana. À n'importe quel prix.

La discussion commença. Feutrée mais féroce. Le vieux Jovanovic avait compris qu'il tenait le bon bout. Alternant les pleurnicheries et les refus, il négociait. Finalement, Tatiana annonça :

— Il est fou ! Il veut dix mille dinars par jour.

— Offrez cinq mille, dit Malko.

À cinq mille dinars, l'affaire fut conclue. Malko paya rubis sur l'ongle. Ils reprirent le chemin du centre, soulagés.

— Vous avez des détails sur la mort de Tarzic ? demanda Malko.

— Ce que j'ai vu à la télé. Il a été abattu alors qu'il dînait dans son restaurant favori, le *Nova Tina Noc*. Il n'y a pas de témoin, le garçon se trouvait à l'intérieur et la femme qui accompagnait Tarzic était allée aux toilettes.

Bienheureuse coïncidence. C'était le restaurant où Malko avait déjeuné avec Jadranka. Il se souvenait du nom. Et quelques heures plus tôt, Vladimir Budala avait faussé compagnie à Farid.

— Allons voir, suggéra Malko.

*
* *

Le patron du *Nova Tina Noc* lâchait ses mots avec un lance-pierres, dans un anglais rugueux. Il n'avait rien vu. Zatko Tarzic était un client régulier. Lui se trouvait à la cuisine quand le meurtre avait eu lieu. En entendant les coups de feu, il était sorti, mais le meurtrier avait déjà disparu. Il montra la Mercedes 600 du mort, toujours dans le parking, et hocha la tête :

– Une belle voiture à vendre. Les clefs sont encore dessus.

Il fallait être aussi craint que Zatko Tarzic, à Belgrade, pour laisser les clefs sur le tableau de bord.

– Il dînait seul ? demanda Malko.

Le patron faillit dire oui, mais finit par laisser échapper un faible « *Né* ».

– Avec qui ?

– Une femme, une de ses amies.

– Elle a assisté au meurtre ?

– Non, elle était aux toilettes. Elle a même eu tellement peur qu'elle a oublié son sac. Je l'ai donné à la police. Maintenant, excusez-moi, j'ai du travail.

Malko n'insista pas. Ils s'éloignèrent.

– J'ai l'impression qu'il n'a pas dit tout ce qu'il savait, remarqua-t-il.

Tatiana approuva.

– Moi aussi. Vous voulez qu'on essaie d'en savoir plus ?

– Comment ?

– Donnez-moi trois ou quatre mille dinars.

Malko lui remit l'argent, elle se gara un peu plus loin et repartit à pied.

Dix minutes plus tard, elle revint, une pochette blanche à la main, et se glissa derrière son volant.

– Voilà le sac de la fille. Elle a vu l'assassin, annonça-t-elle, mais le patron n'a rien dit à la police. C'est une copine régulière de Zatko Tarzic. Le patron la connaît. Elle s'appelle Natalina Vlemek et travaille comme

secrétaire rue du 27-Mars dans un bureau, j'ai l'adresse.
On va y aller.

Vingt minutes plus tard, elle se garait en épi dans la rue
du 27-Mars, entre un immeuble et le tram. Ils traversèrent,
aboutissant sur une sorte d'esplanade au milieu de laquelle
un escalier menait à une galerie marchande en sous-sol,
autour d'un grand bassin. Ils descendirent et Tatiana se
dirigea vers un local sans enseigne, à côté d'un restaurant.
L'intérieur était mal éclairé, peu meublé, avec quelques
portants de vêtements. Il n'y avait qu'une seule personne,
une fille brune assez vulgaire, derrière un ordinateur.

Tatiana s'approcha et lui dit quelques mots. Natalina
Vlemek blêmit. Après une brève mais violente discussion,
elle se leva et suivit Tatiana.

— Je lui ai dit que si elle refusait de nous parler, je pré-
venais la BIA, expliqua Tatiana. Nous sommes dans un
ex-pays communiste. Ici, les gens ont une peur bleue de
la police.

Il y avait quelques raisons, après le goulag qui pouvait
toujours rouvrir ses volets.

Natalina Vlemek s'assit avec eux au café voisin et commanda un Defender. Ses mains tremblaient. Elle but le
scotch d'un trait et sembla moins angoissée. Elle était plutôt sexy, bien qu'un peu forte, avec son nez retroussé et
son regard à la fois soumis et direct, comme les vraies
putes.

— Demandez-lui de raconter ce qui s'est passé, dit
Malko. Elle aura deux mille dinars.

La malheureuse ne devait pas rouler sur l'or. Mot à mot,
elle fit son récit. Elle finissait de dîner avec Zatko Tarzic
quand un homme était arrivé et lui avait intimé l'ordre
d'aller aux toilettes. Ensuite, elle avait entendu deux coups
de feu et lorsqu'elle était revenue en courant, Zatko Tarzic était mort et le meurtrier avait disparu.

— Qu'elle le décrive.

Natalina Vlemek baissa les yeux et bredouilla quelque chose.

– Elle a peur qu'il revienne la tuer, traduisit Tatiana. Elle ne le connaît pas.

– Qu'elle le décrive, insista Malko, sinon, on va à la BIA.

Les mots tombèrent un par un de la bouche de Natalina Vlemek, comme des gouttes d'eau d'un robinet mal fermé. Au fur et à mesure que sa description se précisait, et rien qu'à la taille, Malko n'eut plus aucun doute : le meurtrier était Vladimir Budala. Mais pourquoi avait-il tué Zatko Tarzic ? Il glissa les billets à la fille, qui fila dans son antre, et ils remontèrent dans la pollution.

– Tarzic connaissait bien Tanja, remarqua Tatiana. Il y a sûrement un lien avec «Legija». Mais lequel ?

En passant devant un kiosque, elle s'arrêta et acheta *Vrem,* le parcourant rapidement.

– Tiens, c'est curieux, fit-elle, juste avant Tarzic, quelqu'un d'autre a été abattu, deux balles dans la tête, par un inconnu, à Dedinje. Le docteur Zarko Grab. Le nom m'est familier.

– Vous le connaissez ?

– De nom. C'est un ami d'enfance de Mladic et de Tarzic, très engagé dans le combat pour la grande Serbie.

– Milorad Lukovic serait-il malade ? hasarda Malko. C'est peut-être lui que le vieux Jovanovic a vu dans la voiture de Budala.

– C'est possible, avoua Tatiana. Mais, dans ce cas, pourquoi avoir tué ce médecin ?

Question sans réponse. Il n'y avait plus qu'à attendre le signal de Tanja pour le rendez-vous avec Milorad Lukovic.

– Vous savez qu'à partir de maintenant, nous ne devons plus nous quitter, fit Malko.

– Je sais, dit Tatiana. Je voudrais bien que ce rendez-vous soit passé. Cela me fait peur.

Empalée sur Malko, Tatiana se balançait doucement
d'avant en arrière, le regard encore noyé de sommeil. Ses
seins magnifiques bougeaient à peine, dardaient, durcis.
Depuis la veille, la jeune femme semblait insatiable.
Comme si elle voulait conjurer le danger en se jetant dans
le plaisir. Ils avaient dîné la veille au *Writer's Club*. Elle
avait bu à elle toute seule une bouteille de Taittinger
Comtes de Champagne vendue à prix d'or. En rentrant au
Hyatt, ils avaient fait l'amour. Et quand elle s'était
réveillée, c'est elle qui avait rampé jusqu'à son sexe.

La sonnerie du portable de Malko ne parut pas la déranger. Il eut envie de ne pas répondre, puis son sens du
devoir reprit le dessus.

– *Gospodine* Linge ?

C'était la voix de Tanja Petrovic. Malko en oublia
Tatiana qui venait de se laisser tomber sur lui, haletante.
On devait entendre sa respiration dans l'écouteur.

– *Da.*

– Vous êtes prêt ?

– Oui.

– *Dobro.* Votre interprète est avec vous ?

– Oui.

– Où êtes-vous ?

– Au *Hyatt.*

– Quittez l'hôtel et dirigez-vous vers Belgrade. Je vous
rappelle.

Malko était déjà debout.

– C'était Tanja, dit-il. Elle va rappeler. Je pense qu'on
va nous surveiller de loin.

En quelques minutes, ils furent prêts et récupérèrent la
Mercedes dans le parking. Le portable de Malko sonna de
nouveau comme ils s'engageaient sur le pont Bratsvo.

– Où êtes-vous ? demanda Tanja Petrovic.

Malko le lui dit.

– Très bien, allez chez moi.

Tatiana prit la direction du stade, laissant ensuite Malko sonner à la porte de Tanja Petrovic. Ce n'est pas celle-ci qui lui ouvrit, mais une jeune femme assez forte qui lui tendit sans un mot une enveloppe avant de refermer. Malko l'ouvrit. Elle contenait deux billets d'avion et un mot à la machine : « Vous avez un vol pour Podgorica à quatorze heures. Prenez-le, n'ayez de contact avec personne à partir de maintenant. Fermez vos portables. Vous les rouvrirez à l'arrivée. »

Il regagna la voiture.

– Nous allons au Monténégro, annonça-t-il. Fermez votre portable, j'en fais autant.

– Au Monténégro ! s'étonna la jeune femme. Je croyais « Legija » à Belgrade.

– Moi aussi, avoua Malko.

Une demi-heure plus tard, ils se garaient dans le parking de l'aéroport. Il dut laisser le CZ 28 dans la boîte à gants de la Mercedes. Le vol pour Podgorica, capitale du Monténégro, était complet. Un petit Foker 100. Le trajet durait quarante-cinq minutes. Malko examina les passagers, se demandant qui les surveillait. Il y avait forcément quelqu'un.

Dès qu'ils se furent posés à Podgorica, il réactiva son portable, qui sonna presque aussitôt. C'était Tanja Petrovic.

– Vous allez prendre un taxi qui a été retenu, annonça-t-elle. Voici son numéro : PG 654322. Une Mercedes grise. Vous recevrez ensuite d'autres instructions.

Coupé. Malko regarda autour de lui et aperçut un taxi avec la plaque indiquée. Tatiana alla interroger le chauffeur et lui fit signe.

– C'est ça.

Ils prirent place dans le véhicule conduit par un Monténégrin revêche et moustachu. Tatiana lui demanda :

– Où nous conduisez-vous ?
– À Ostrog, dit-il, avant de mettre la radio à fond.

Ostrog, un monastère orthodoxe très connu, était per-
ché au flanc d'une montagne à pic, entre Podgorica et Niksic, et dédié à saint Vassilije. La SFOR[1] et les Américains
étaient persuadés que Radovan Karadzic s'y était réfugié
à plusieurs reprises. Cette fois, Malko se dit qu'ils étaient
sur la bonne piste. Si les moines d'Ostrog avaient accueilli
Karadzic, ils pouvaient aider Milorad Lukovic.

—————

1. Force des Nations unies en ex-Yougoslavie.

CHAPITRE XVI

Depuis Podgorica, la route zigzaguait au fond de la vallée de Bjelopavlicka, dans un paysage grandiose fait de montagnes verdoyantes et de falaises abruptes. Ils roulaient plein nord, en direction de Niksic, la deuxième ville monténégrine. Il faisait encore beaucoup plus chaud qu'à Belgrade et il y avait peu de circulation. Avant Niksic, le chauffeur du taxi quitta la grande route pour une voie étroite qui filait vers une falaise rocheuse presque à pic. À part de quelques bus de pèlerins, la circulation était quasi nulle. Peu de gens visitaient le Monténégro. Tatiana montra à Malko, dans le lointain, un point blanc qui semblait accroché à la paroi rocheuse.

– Voilà Ostrog-le-Haut, mais je pense que nous allons à Ostrog-le-Bas, beaucoup plus grand.

La route se mit à monter, traversant une épaisse forêt, bordée d'à-pics vertigineux. On n'avait pas intérêt à rater un virage. Impassible, le chauffeur les avalait les uns après les autres. Malko se demandait ce qu'ils allaient découvrir. Évidemment, ce monastère, d'où on pouvait surveiller la route sur des kilomètres, était un lieu idéal pour se cacher. En plus, les Monténégrins étaient plutôt du genre sauvage, pas coopératifs avec les étrangers. Ici, on vendait encore des icônes de Radovan Karadzic sur les marchés. Plus ils montaient, plus la vue était à couper le souffle. La pente était de plus en plus raide, les virages de plus en plus serrés. Enfin, le taxi déboucha sur une petite esplanade où étaient alignés quelques bus de pèlerins en face d'une boutique de souvenirs. L'entrée du monastère se trouvait un peu plus loin. Il comprenait plusieurs bâtiments, dont une petite chapelle devant laquelle un pope haranguait des pèlerins. Les gens venaient ici de tout le monde orthodoxe. Le chauffeur se gara devant la grille et arrêta son moteur, sans dire un mot.

Tatiana et Malko pénétrèrent dans l'enceinte du monastère. Une partie était en construction et les pèlerins circulaient entre les bâtiments ou admiraient la vue. Plus haut, on distinguait le bâtiment blanc d'Ostrog-le-Haut.

— Qu'est-ce qu'on fait ? demanda Tatiana.

Le portable de Malko sonna à cette seconde précise.

— Je crois que vous êtes arrivés, fit la voix de Tanja Petrovic.

— Où êtes vous ? demanda Malko.

— Pas loin, fit-elle évasivement. Demandez à rencontrer l'*iguman* du monastère, Jovan Puric. C'est lui qui va vous mener à notre ami.

Elle avait raccroché. Malko se tourna vers Tatiana.

— Qu'est-ce qu'un *iguman* ?

— Le chef du monastère. Pourquoi ?

— C'est lui, paraît-il, qui va nous mener à Milorad Lukovic. Demandez où il se trouve.

Tatiana s'approcha d'un des popes qui lui désigna un bâtiment derrière la chapelle. La porte était ouverte et ils aperçurent, assis au bout d'une table, en compagnie d'autres religieux, un jeune pope barbu, au très beau visage, un verre devant lui. Tatiana s'adressa à lui et il leur fit signe d'entrer. Quelques instants plus tard, ses visiteurs s'en allèrent, laissant Tatiana et Malko seuls avec lui. L'*iguman* semblait plutôt intrigué par leur présence. Tatiana se tourna vers Malko.

– Il voudrait savoir ce que nous voulons.

– Nous cherchons un homme qui est censé se trouver ici, dit Malko, Milorad Lukovic, connu sous le nom de «Legija».

Elle traduisit et l'*iguman* répondit par une question :

– C'est un religieux ?

– Non, quelqu'un que vous hébergeriez parce qu'il est recherché.

L'*iguman,* visiblement contrarié, trempa les lèvres dans son raki et se lança dans une longue tirade traduite au fur et à mesure par Tatiana.

– Il dit que ce monastère n'a jamais abrité de criminel de guerre. Que Carla Del Ponti, qui parle avec le diable tous les jours, a prétendu que Radovan Karadzic se cachait ici, mais c'est faux. Il n'accueille que des gens qui viennent se recueillir, pas les criminels, même s'il ne les juge pas. C'est une affaire entre Dieu et eux.

Sa tirade terminée, il leur offrit du raki, les observant avec un bon sourire. Malko se demanda s'il n'avait pas oublié quelque chose. Il sortit et composa le numéro de Tanja. Son portable était coupé. Il rentra dans la pièce et apostropha Tatiana.

– Dites-lui que nous sommes venus *spécialement* de Belgrade pour rencontrer cette personne. Nous ne le traquons pas, nous voulons seulement nous entretenir avec lui, dans son propre intérêt. Quelqu'un de très proche nous a affirmé qu'il se trouvait à Ostrog.

L'*iguman* caressa sa barbe, toujours impassible, et la main sur le cœur, s'adressa à Tatiana :

– Je n'ai jamais vu cet homme, je le jure sur Dieu. J'ignore s'il a commis des crimes, mais je ne l'ai pas accueilli. Vous avez été mal guidés. Vous pouvez visiter tous les bâtiments sous la direction d'un de nos popes et vous rendre au monastère du haut, où il n'y a que trois popes. Mais je prierai pour vous.

Malko échangea un regard avec Tatiana et dit entre ses dents :

– Tanja nous a enfumés !

Il n'y avait plus qu'à prendre congé de l'*iguman*, qui tint absolument à leur remettre une icône et à leur répéter que si Carla Del Ponti n'était pas le diable, ce n'en était pas loin. Ils se retrouvèrent dehors, au milieu des pèlerins qui regagnaient leur bus.

– C'est bizarre, remarqua Malko. Pourquoi Tanja Petrovic s'est-elle donné tout ce mal pour nous amener ici ? Pour nous éloigner de Belgrade, il y avait d'autres moyens. Ce n'est pas seulement pour se moquer de nous. Elle a pris des billets d'avion, retenu le taxi.

– Le taxi ! fit soudain Tatiana. Il sait peut-être quelque chose.

Ils foncèrent vers le parking. Le taxi n'était plus à la place où ils l'avaient laissé. Après avoir visité tout le parking, ils durent se rendre à l'évidence : il était reparti. Sans eux.

***

Les pèlerins commençaient à repartir : le monastère fermait à cinq heures. Il n'y avait aucun autre taxi.

– On va en faire venir un de Niksic, suggéra Tatiana. C'est à une demi-heure.

Malko ne répondit pas. Pourquoi s'être donné tant de mal pour les faire venir ici ? L'*iguman* disait sûrement la vérité. Brusquement, il se sentit en danger. C'était un piège, un guet-apens, en dépit du contexte idyllique. Mais sous quelle forme ? Il ralluma son portable, essaya encore en vain de joindre Tanja Petrovic et appela finalement le chef de station de la CIA.

– Nous sommes coincés, expliqua-t-il. Je n'aime pas cela. Pourriez-vous nous envoyer un hélicoptère de la

SFOR ? À vol d'oiseau, nous sommes à vingt minutes de la frontière bosniaque.

— Justement, il y a une frontière ! répliqua Mark Simpson. Il nous faut une autorisation de survol pour le Monténégro, sinon, cela va provoquer un incident épouvantable. Essayez de faire venir un véhicule de Niksic. Sinon, je peux alerter notre station de Podgorica et ils viendront vous chercher. Mais cela prendra du temps. Ils ne sont que deux là-bas.

— O.K., on va se débrouiller, promit Malko.

Tatiana, qui n'arrêtait pas de téléphoner, lui lança, découragée :

— Impossible de trouver un taxi. Ils ne veulent pas monter ici.

Le dernier bus de pèlerins démarra dans un nuage noir de diesel mal réglé. Le parking était vide et les moines avaient disparu. La boutique était en train de fermer. Évidemment, ils auraient pu redescendre à pied, mais il y en avait au moins pour quatre heures avant de rejoindre la route principale. Le soleil commençait à baisser sur l'horizon, rendant le spectacle encore plus beau. Soudain, ils entendirent un bruit de moteur et une vieille Mercedes surgit du dernier virage et vint s'immobiliser dans le parking. Seul à bord, son conducteur était un jeune homme aux cheveux rasés. Tatiana se précipita. C'était le miracle. Au bout de quelques secondes de dialogue, elle se retourna vers Malko, radieuse.

— L'autre chauffeur a eu un problème et a été obligé de partir, mais il nous a envoyé son copain qui va nous ramener à Podgorica. Pour deux cents euros.

Bien que le Monténégro ne soit pas dans l'Union européenne, l'euro était devenu la monnaie légale du pays. Ils embarquèrent et la vieille Mercedes se lança dans les lacets. Il y avait une dizaine de kilomètres avant de rejoindre la route Niksic-Podgorica, tout en virages bordés de précipices. Heureusement, ils semblaient être les seuls sur la route.

– Je me demande vraiment pourquoi Tanja nous a monté ce coup ! soupira Tatiana.

Malko allait répondre lorsque le chauffeur donna un violent coup de frein pour éviter un 4×4 qui leur coupait la route, venant du chemin du monastère d'Ostrog-le-Haut. Le 4×4 resta devant eux et Malko aperçut deux hommes à l'intérieur.

Soudain, sans trop savoir pourquoi, Malko se retourna et son pouls grimpa en une fraction de seconde. Un véhicule les suivait. Une Audi grise. À cause des reflets sur le pare-brise, il ne pouvait distinguer l'intérieur. L'Audi ne cherchait pas à doubler, ce qui était explicable étant donné le nombre de virages et l'étroitesse de la route. Pourtant, Malko ne se sentait pas bien. Plusieurs fois, il se retourna, intrigué. D'où venaient ces deux véhicules à cette heure tardive ? À Ostrog-le-Haut, les gens partaient beaucoup plus tôt. Enfin, il y eut une ligne droite. Il se tourna vers Tatiana :

– Dites au chauffeur de doubler la voiture qui est devant.

Elle transmit et le Monténégrin répondit en quelques mots.

– Pas tout de suite. Il veut s'arrêter pour faire pipi, dit-elle.

C'était bien le moment.

La ligne droite se terminait par un virage vers la gauche, avec le précipice à droite. Au lieu de tourner, le 4×4 devant eux se mit sur la droite et s'arrêta au bord du vide, comme si ses occupants voulaient admirer le paysage.

L'adrénaline gonfla soudain les artères de Malko. Le chauffeur de taxi venait de s'arrêter juste à la hauteur de l'autre véhicule. Il se retourna, jeta quelques mots à Tatiana, ouvrit la portière et sauta à terre. Malko le vit s'éloigner à travers les arbres.

– Il va faire pipi ! traduisit la jeune femme.

Un peu loin : il avait déjà disparu entre les arbres. Ou alors il avait vraiment beaucoup de pudeur… Malko se retourna et sentit à nouveau son pouls grimper en flèche : l'Audi arrivait à son tour et ralentissait.

En un éclair, il comprit le scénario : ils allaient être victimes de la version monténégrine du «*spanish collar*», l'attaque d'une voiture par deux autres qui la prennent en sandwich et la rafalent sous leurs feux croisés. Spécialité des anciens Bérets Rouges.

Tatiana n'avait pas encore réalisé. L'Audi se rapprochait, dans quelques secondes, le taxi serait coincé entre les deux autres voitures, avec le précipice devant. Malko repéra un détail : le chauffeur avait pris les clefs…

D'un coup d'épaule, il ouvrit la portière de son côté, forçant l'Audi à s'arrêter, puis attrapa Tatiana par le poignet et la tira hors de la voiture. Il entendit une rafale tirée du 4×4 qui fit exploser toutes les vitres du taxi, criblant ses tôles d'impacts. Il ne se retourna pas, tirant Tatiana et fonçant vers le précipice. Sans hésiter une seconde, il plongea dans le vide.

* *

Luka Simic poussa un juron effroyable en voyant le couple disparaître dans le précipice. De rage, il tira une rafale de Kalach là où ils avaient sauté. Puis, sautant à terre, il s'approcha du taxi coincé entre leurs deux véhicules. Le «*spanish collar*» était parfait, à ceci près que la voiture cible était vide…

Il courut vers le bord du précipice, rejoint par Jovan Peraj, Uros Buma et les deux Monténégrins qui conduisaient les véhicules volés. Ils aperçurent deux corps en train de rouler sur une pente à près de 70 %, au milieu des arbrisseaux et des rochers.

Luka Simic lança aussitôt :

– On va les récupérer plus bas.

Ils remontèrent dans leurs voitures et foncèrent dans les virages en épingle à cheveux. Il n'y avait aucune habitation avant la grande route et ils étaient tranquilles. Les fugitifs, s'ils n'étaient pas en morceaux, seraient bien obligés de revenir sur la route, à un endroit ou à un autre.

Malko, le visage et les vêtements griffés par les rochers et les branches, rebondissait d'arbre en arbre, roulant sur la pente, essayant d'éviter les plus gros obstacles. Il s'immobilisa enfin dans un creux et reprit son souffle. Lorsqu'il avait sauté, il ignorait s'il n'allait pas effectuer un saut de l'ange mortel… Il chercha Tatiana des yeux et l'aperçut, prostrée un peu plus loin, presque enroulée autour d'un arbre. Il leva les yeux vers l'endroit d'où ils avaient sauté mais ne vit rien. La jeune Serbe avait des coupures au visage et le regard vide. Il parvint à grand-peine à la mettre debout.

– Où sommes-nous ? demanda-t-elle.

Malko eut envie de lui répondre « dans la merde », mais ce n'était pas le moment de plaisanter.

– Quelque part le long de la route. Il faut bouger, ils vont venir nous chercher.

Tatiana s'ébroua, groggy.

– Je ne comprends pas, qu'est-ce qui est arrivé ?

– On a essayé de nous tuer, fit Malko. C'était le but de ce voyage ici. Tout était préparé. Sauf peut-être l'*iguman*. Ils savaient que nous n'aurions pas d'arme, à cause de l'avion, et, jusqu'au monastère, nous n'avons pas pu communiquer. Maintenant, il faut essayer de nous en sortir.

– Mon Dieu que j'ai eu peur ! Quand vous m'avez forcée à sauter dans le vide, j'ai cru ma dernière heure venue.

– C'était le cas si nous étions restés là-bas. Ils nous

auraient truffés de plomb. Le chauffeur était complice, c'est la raison pour laquelle il a quitté la voiture.

– Nous sommes sauvés maintenant, soupira la jeune femme. J'ai mal à la jambe.

– Non, rétorqua Malko. Nous ne sommes pas sauvés. Ils nous attendent plus bas sur la route. Il y a encore une heure et demie de jour, cela suffit. Ici, personne ne peut nous venir en aide.

– Qu'allons-nous faire?

– Le contraire de ce à quoi ils s'attendent. La seule chance est de remonter jusqu'au monastère. Après avoir appelé au secours Mark Simpson.

Il sortit son portable : miracle, il marchait. Trente secondes plus tard, il avait le chef de station de la CIA en ligne et lui expliquait ce qui s'était passé.

– Je préviens immédiatement le COS[1] de Podgorica, promit l'Américain. Il peut être là en une heure au maximum, avec son *deputy*. Je vais leur donner votre numéro de portable.

– O.K., dit Malko. Qu'ils fassent vite.

Il prit Tatiana par la main et la tira le long de la pente, comme un paquet. Ils grimpèrent ainsi en silence pendant une vingtaine de minutes, de plus en plus essoufflés. La jeune femme traînait la jambe et les poumons de Malko semblaient cracher du feu. Il se dit qu'il avait parcouru à peine le tiers du chemin jusqu'au monastère. Il leva la tête et crut que son cœur s'arrêtait. Sans s'en rendre compte, ils s'étaient rapprochés de la route.

Bien campé sur ses jambes, un des jeunes de la bande de Zemun l'attendait, Kalachnikov à la hanche, prêt à faire un carton. Il aperçut Malko et épaula immédiatement.

1. Chief of station.

CHAPITRE XVII

Malko n'eut que le temps d'expédier d'une bourrade Tatiana à l'abri derrière le tronc d'un sapin, tout en plongeant lui-même à terre. Une poignée de secondes avant que claque une longue rafale dont les projectiles déchiquetèrent les feuilles des arbres et firent sauter des éclats d'écorce. Malko profita d'un instant d'accalmie pour rejoindre Tatiana et se laisser glisser le long de la pente, reperdant tout le chemin péniblement gagné. Une seconde rafale troua le silence, mais le tueur tirait au jugé et les projectiles passèrent au-dessus d'eux. Ils s'immobilisèrent à l'abri d'un rocher, loin de la route. Malko entendit des appels : ses adversaires ne se décourageaient pas.

— Il faut repartir, dit-il à Tatiana, s'éloigner de la route le plus possible.

La jeune femme éclata en sanglots.

— Je ne peux pas ! Je préfère mourir, j'ai trop mal à la jambe. Je croyais qu'on venait nous secourir...

— Il leur faut du temps. Ne restons pas ici, les autres vont descendre nous chercher.

Il réussit à mettre la jeune femme debout et ils entreprirent de réescalader la pente, pratiquement à quatre pattes. Vingt mètres plus loin, elle se laissa tomber sur le sol en sanglotant. Épuisée. Malko comprit qu'elle n'irait pas plus loin. Tassés dans un repli de terrain, ils étaient invisibles. Malko réalisa qu'il ne pouvait joindre les gens de la CIA à Podgorica : ils n'avaient pas leur numéro de portable. La nuit tombait vite. Vingt minutes s'écoulèrent dans un silence tendu. Tatiana somnolait.

Enfin, le portable de Malko sonna. Une voix d'homme, typiquement américaine, demanda :

– Malko ? Malko Linge ?

– Oui.

– John Clark. Je suis le COS de Podgorica. Nous commençons à grimper vers vous. Où êtes-vous ?

– Difficile à dire. Combien êtes-vous ?

– Quatre, dont deux Marines. Nous avons des M. 16 et des lance-grenades. Où sont les « bandits » ?

– Quelque part sur la route, dit Malko, beaucoup plus haut que vous. Ils sont armés aussi. Faites attention.

– O.K. Nous allons allumer nos phares pour que vous puissiez nous voir de loin et klaxonner régulièrement. Essayez de vous rapprocher de la route.

Se rapprocher de la route voulait *aussi* dire prendre le risque de se retrouver nez à nez avec les tueurs. Malko secoua Tatiana qui ouvrit les yeux.

– Cette fois, on vient à notre secours, dit-il. Il faut bouger.

**
***

Jovan Peraj surveillait la route avec des jumelles, au bord d'un promontoire dominant le paysage jusqu'à la route Pogdorica-Niksic. Il aperçut un gros 4×4 noir qui commençait à escalader les lacets et courut jusqu'à l'Audi.

– Il y a du monde qui arrive, lança-t-il, et ce ne sont pas des touristes.

Luka Simic blêmit. Ce ne pouvait être que des gens venant au secours de ceux qu'il traquait. Or, il n'y avait qu'une route.

– *Jebiga !* Il faut qu'on se tire, sinon, on est coincés.

Le garçon qui avait joué le chauffeur de taxi, Bratislav, un jeune voyou monténégrin qui fournissait le gang de Zemun en voitures volées, lui lança :

– On peut les baiser, je connais une piste, plus haut, qui arrive pratiquement à Niksic. Mais ça va secouer.

– Super ! approuva Luka Simic. Mets le feu à ta bagnole avant.

Le jeune voyou prit un chiffon dans le coffre, le plongea dans le réservoir, le jeta sur les sièges, sortit un Zippo de sa poche et l'alluma. En quelques secondes, la vieille Mercedes fut en feu.

Déjà, les deux voitures du commando remontaient à toute vitesse la route en lacets. Quelques kilomètres plus loin, elles bifurquèrent dans le chemin montant à Ostrog-le-Haut. Peu avant d'arriver au monastère, Bratislav désigna sur la gauche ce qui ressemblait à un sentier s'enfonçant dans les bois.

– C'est là ! Allez doucement.

Au bout de deux mètres, Luka Simic, qui conduisait l'Audi, heurta une ornière et crut que la voiture ne repartirait jamais. Ils continuèrent à une allure d'escargot, silencieux, méditant leur échec. Tout avait pourtant été bien préparé. Vladimir Budala serait furieux.

– Appelle Belgrade, conseilla Jovan Peraj.

Ils devaient appeler un numéro à Belgrade et prononcer une phrase codée annonçant le succès de l'opération. Hélas, ils n'avaient pas prévu de code pour un échec… Aussi, ils demeurèrent muets, tandis que les sapins défilaient autour d'eux. Ils allaient être obligés de rouler une partie de la nuit pour regagner Belgrade avant que l'alerte ne soit donnée. Heureusement, il y avait quantité de points de passage entre la Serbie et le Monténégro, utilisés par les contrebandiers, sans la moindre surveillance.

Jovan Peraj mit la radio, mais Luka Simic l'éteignit

aussitôt : il n'avait pas envie d'écouter de musique. Pensif, Jovan remarqua :

— On aurait dû attendre les autres enfoirés et les buter tous…

— Ou se faire tous buter ! ricana Luka Simic.

Ils n'étaient pas vraiment accoutumés aux cibles «dures». Avec Momcilo et ensuite sa copine, cela avait été beaucoup plus facile.

Les coups de klaxon se rapprochaient, réguliers, leur donnant la direction de la route. Malko força Tatiana à se relever pour la dixième fois. Enfin, presque à quatre pattes, ils arrivèrent à la route. Le goudron sous leurs pieds leur parut délicieusement doux et élastique après les rochers. Tatiana se laissa tomber sur le bas-côté.

— Allez au-devant d'eux, supplia-t-elle. Je ne peux plus faire un mètre.

— Non, protesta Malko, les autres sont peut-être encore dans le coin. Je ne vous laisse pas.

Au même moment, les phares d'un véhicule apparurent dans le virage en dessous d'eux. Un gros 4×4 noir qui s'arrêta à leur hauteur. Il y avait deux civils à l'avant et deux hommes en treillis à l'arrière, visiblement des militaires. À peine le véhicule arrêté, ils sautèrent à terre et se positionnèrent pour sécuriser la route, avec des M. 16 équipés de M. 79[1]. Un des civils descendit, barbu, costaud, jovial. Un «rugueux» de la CIA.

— John Clark, se présenta-t-il. Content de vous retrouver. Où sont les bandits ?

— Si vous ne les avez pas croisés, ils sont plus haut. Cette route est une impasse, elle se termine aux deux

1. Lance-grenades.

monastères d'Ostrog. Êtes-vous autorisés à une action offensive ?

John Clark arbora un large sourire.

– *No problem*, j'ai pour instruction de vous obéir.

Le gros Cherokee noir reprit sa route, Tatiana et Malko sur la banquette intermédiaire, les deux Marines à l'arrière. Un kilomètre plus loin, ils découvrirent la Mercedes en train de finir de se consumer. Le pare-chocs de l'énorme 4×4 l'envoya dans le ravin et ils reprirent leur progression, atteignant d'abord Ostrog-le-Bas. La grille était fermée et il n'y avait aucun véhicule sur le parking. Peu de chances que les tueurs se soient réfugiés là. Ils repartirent vers le monastère blanc creusé dans la montagne. Aucune trace de véhicule non plus sur le petit parking. C'est en redescendant qu'ils aperçurent le debouché du sentier qui coupait à travers bois. John Clark stoppa et sauta à terre. Il distingua immédiatement les traces de pneus. Inutile de chercher davantage, leurs adversaires étaient loin depuis longtemps.

Tatiana s'était endormie, épuisée.

– On retourne à Podgo ? suggéra John Clark. On va vous loger au consulat. Ce n'est pas terrible, mais au moins vous y serez en sécurité. Demain, on peut faire venir un hélico de Sarajevo qui vous emmènera ensuite à Belgrade. Et ce soir, on va vous soigner. Surtout la jeune femme, qui n'a pas l'air bien…

C'était une litote. Malko mourait d'envie de dormir, mais il prit sur lui d'appeler Mark Simpson.

– Tout est O.K. ? demanda le chef de station. Vous avez fait votre jonction ?

– Absolument, confirma Malko. Mais il s'en est fallu de peu. Il y a une chose urgente à faire : demander à vos homologues de la BIA de faire interpeller immédiatement Tanja Petrovic. C'est elle qui a organisé ce guet-apens.

– J'appelle tout de suite Goran Bacovic, promit Mark Simpson. Le principal, c'est que vous soyez indemne.

– J'espère que Milorad Lukovic ne nous a pas filé entre les doigts, conclut Malko. J'ai l'impression que c'était un des buts de cette opération : nous éloigner de Belgrade.

Malko referma son portable. Une fois de plus, il l'avait échappé belle. Tatiana dormait, écroulée contre lui. Une heure plus tard, le 4×4 s'arrêta devant le modeste consulat américain de Podgorica. John Clark les conduisit directement à un appartement destiné aux visiteurs de passage.

– Vous avez faim ? demanda-t-il.

Tatiana dormait déjà et Malko ne valait guère mieux. Il avait surtout envie d'une douche.

Vladimir Budala fixa longuement Tanja Petrovic qui soutint son regard. Leur discussion durait depuis une heure, sans aboutir. Ils se trouvaient tous les deux dans l'appartement secret de la jeune femme et venaient d'apprendre l'échec de l'élimination de leurs adversaires. Donc ceux-ci allaient revenir à Belgrade et reprendre de plus belle leurs recherches, épaulés par la BIA. Tanja Petrovic était sûrement déjà recherchée et ne pourrait plus remettre les pieds chez elle.

– Je veux rejoindre Milorad, répéta-t-elle. Dehors, je ne sers plus à rien. Ou alors, je me terre ici. À quoi bon ?

– Tu peux encore être utile, plaida Vladimir Budala. Nous ne sommes que deux à savoir où il se trouve. Moi aussi je suis repéré. Jusqu'ici, ils ne m'ont pas arrêté, espérant que je les mènerais à lui. Mais ils peuvent changer de tactique. Si je suis arrêté, qui s'occupera de le faire partir ?

– On n'a rien contre toi, remarqua Tanja Petrovic. Ni pour le médecin, ni pour ce salaud de Zatko.

– La femme qui était avec lui m'a vu, rétorqua-t-il. La police peut la retrouver.

– Bute-la.

– Je ne sais rien d'elle, sinon son prénom, Natalina. Et si la police l'a retrouvée, elle est sûrement surveillée.

– Dans combien de temps Milorad pourra-t-il se déplacer ?

– Je ne sais pas. Le médecin avait dit une semaine. Il faudrait aller le voir, mais c'est trop dangereux. Et nous n'avons plus de médecin.

Vladimir Budala cherchait une solution au seul problème qui l'angoissait vraiment. Le coup de fil à Jadranka prouvait que leurs adversaires soupçonnaient sa maison d'abriter le fugitif. Or, ils allaient revenir à Belgrade et se remettre en chasse. Même en les freinant, ils finiraient par trouver. La catastrophe absolue. Il n'y avait donc que deux solutions : faire partir tout de suite Milorad Lukovic, ce qui était impossible, ou faire une nouvelle tentative pour les liquider, et gagner du temps. Les trois voyous de l'équipée monténégrine allaient revenir. Ils auraient à cœur de se racheter. Hélas, jusque-là, ils n'avaient pas particulièrement brillé. Budala s'ouvrit à Tanja Petrovic de ses craintes et celle-ci approuva immédiatement ses intentions.

– Bien sûr qu'il faut les tuer, lui et cette chienne ! Mais je n'ai pas confiance en tes amis de Zemun. Jusqu'ici, ils ont tout raté. Je vais m'en charger, moi.

– Toi, mais...

Elle lui jeta un regard plein d'agressivité.

– Tu te souviens des deux cloportes de Zatko ? Je n'ai pas hésité. Avec lui, cela ne sera pas plus difficile. Je sais où il habite.

– Et si tu te fais prendre ou... C'est un professionnel.

Tanja Petrovic eut un sourire dégoulinant de méchanceté.

– Il ne verra rien venir, j'ai déjà une idée. Mais avant, il faut prendre toutes les précautions pour ralentir son enquête. S'il trouve la maison, c'est la fin.

– Qui est au courant, en dehors de Zica, de nous et de Jadranka ?

– Personne, je suppose, répondit Tanja Petrovic. Milan Stipic, l'agent immobilier qui est aussi décorateur et qui s'en est occupé pour elle, connaît son emplacement.

– Il est sûr ?

– C'est un vieil ami de Jadranka, mais on ne sait jamais, il peut gaffer. S'il en parle sans savoir à cet agent américain, ils iront voir.

– Qu'est-ce que tu peux faire ?

– Appeler Jadranka, pour qu'elle le prévienne.

– Comment ? Ton portable est sûrement sur écoute.

– Pas celui-là, fit-elle en montrant un petit portable argenté. Il est au nom d'une de mes cousines à Novi Sad. Il ne faut prendre aucun risque. Que j'aie le temps de mettre deux balles dans la tête de cet ennemi de la Serbie.

Malko n'arrêtait pas de bouger sur sa chaise, son dos le faisant terriblement souffrir après son équipée. Tatiana ne valait guère mieux, cachant les estafilades de son visage sous des couches de maquillage. Revenus de Podgorica dans un hélicoptère de la SFOR, ils avaient immédiatement enchaîné sur une réunion à l'ambassade américaine. Mark Simpson, qui avait eu de nombreux contacts depuis le matin, résuma la situation :

– L'embuscade a été préparée d'ici. Par les survivants de la bande de Zemun. Ils ont bénéficié de la complicité de voyous monténégrins avec qui les gens de Zemun coopèrent pour la contrebande. Le taxi était volé.

– Et l'*iguman* ? interrogea Malko.

– Il n'était pas au courant. Milorad Lukovic n'est pas un politique. Les autres ont utilisé ce monastère, où Radovan Karadzic a effectivement séjourné, comme appât pour crédibiliser leur histoire. Vous avez raison, ils ont cherché à vous éloigner. Peut-être « Legija » a-t-il filé.

– Comment le savoir ? demanda Malko.

Mark Simpson dut avouer, après un court silence :

– Je ne sais pas. Nous n'avons aucun signe de vie depuis sa disparition, le lendemain du meurtre de Djinjic. Il pourrait être en Russie, en Croatie ou au soleil, ce serait pareil.

– Il est très attaché à Tanja Petrovic.

– Viscéralement, d'après nos informations.

– Donc, tant qu'elle est là, il est là. Il faut, coûte que coûte, la retrouver.

– La BIA est allée chez elle à six heures ce matin et a trouvé porte close. Ils sont entrés dans la maison : plus aucune trace d'elle. Elle a filé.

– Et Vladimir Budala ?

– Il est chez lui, paraît-il. On pourrait l'interpeller, mais on a plus intérêt à le laisser en liberté. Il peut nous mener à Tanja.

Tatiana se mêla à la conversation :

– Les trois voyous qui ont essayé de nous tuer vont sûrement revenir à Belgrade. Il y a une chance qu'ils contactent Gordana, l'ex-copine de Bozidar.

Tout cela était un peu flou. Mark Simpson conclut :

– Je ne sais que vous dire… Si je lâche la BIA sur Vladimir Budala, ils risquent de le liquider pour en être débarrassés. Et de toute façon, il ne parlera pas.

– Il reste la piste de la maison de Jadranka, conclut Malko. À propos, il y a bien un cadastre à Belgrade ?

– Sûrement, oui. Pourquoi ? demanda Mark Simpson.

– Cette maison doit être enregistrée au nom de Jadranka Rackov.

Tatiana intervint :

– Ce n'est pas classé par propriétaire, mais par quartier. Il faudrait tout examiner, maison par maison. Il y en a pour des mois.

– Fausse bonne idée, admit Malko. Tatiana, vous voyez un moyen d'identifier l'architecte décorateur de Jadranka Rackov ?

La jeune femme secoua la tête.

– Directement, non. Il faut que je passe des tas de coups de fil. Que je procède par recoupements. Quelqu'un peut nous aider : le patron du *Writer's Club,* Buda. Il sait tout sur tout le monde, car son restaurant accueille le Tout-Belgrade. Je vais essayer de trouver une façon de l'interroger.

Malko se leva avec une grimace de douleur. Son corps n'était plus qu'un bleu.

*
* *

Gordana ne se tenait plus de joie. Son amant, Luka Simic, venait de lui donner rendez-vous, à son retour de voyage. Contrairement à ce que croyait Tatiana, Gordana n'avait été la maîtresse de Bozidar qu'épisodiquement, quand Luka la trompait un peu trop. Celui-ci devait la prendre en bas de chez elle, où elle habitait avec sa mère, pour l'emmener dans son petit studio passer la journée à faire l'amour. Elle acheva de se parfumer, arrosant la toison de son sexe et descendit. Bien serrée dans son jean, sans soutien-gorge, elle se sentait extrêmement bandante. Et très excitée. Cela faisait une dizaine de jours qu'elle ne l'avait pas vu. Elle n'était pas dans la rue depuis dix minutes qu'une Lancia décapotable, jadis volée au Monténégro, tourna le coin du bloc 6. Gordana n'attendit même pas que Luka Simic ouvre la portière et sauta à l'intérieur, se collant aussitôt contre lui. Il n'était pas rasé, ses cheveux noirs avaient poussé, juste comme elle aimait. Leur baiser furieux fut interrompu par le klaxon d'un camion et Luka Simic repartit.

Gordana posa une main possessive sur son jean, devinant qu'il ne portait pas de slip en sentant la longue banane de son sexe légèrement recourbé se dessiner sous le tissu. Elle se pencha vers lui et lui glissa la langue dans l'oreille.

— Qu'est-ce que j'ai envie !

Tandis qu'il roulait, elle le massa, le sentant grossir sous ses doigts. Il s'arrêta si brutalement qu'elle faillit passer à travers le pare-brise, puis ils s'éloignèrent, enlacés, échangeant des baisers. L'ascenseur était en panne et ils prirent l'escalier. Au deuxième étage, Gordana n'en pouvait plus. Elle se colla à son amant pour un interminable baiser tandis qu'il remontait son tee-shirt et lui caressait les seins. Déchaînée, Gordana descendit le Zip de son jean. Aussitôt, le membre recourbé jaillit de l'ouverture. Gordana n'hésita pas, tombant à genoux sur le palier, elle l'enfonça dans sa bouche. Comme il était trop long pour qu'elle l'avale en entier, elle le lâchait, agaçait le gland, le masturbait si fort que Luka Simic gémit.

— Arrête, petite salope ! Tu vas me faire jouir.

Il l'écarta et sans même se rajuster l'entraîna à l'étage supérieur. Ils entrèrent, plongeant directement sur le lit en dépit de l'abominable chaleur poisseuse. En un clin d'œil, Luka Simic arracha à Gordana son jean et sa culotte, collant sa bouche à son sexe, le buvant comme une bière fraîche. Elle se tordait en tous sens, couinant de bonheur, et lui rendait la pareille chaque fois qu'elle pouvait attraper son sexe.

Enfin, elle se retourna, à quatre pattes sur le lit et Luka Simic l'embrocha d'une seule détente, ce qui lui arracha un cri ravi. Ses petites fesses rondes dansaient devant lui, l'excitant encore plus. Il s'appliqua à la prendre lentement pour qu'elle profite bien de leurs retrouvailles. Aplatie sous lui, Gordana jouissait sans arrêt, les doigts crochés dans les draps. C'était bon de retrouver son jeune amant ! Celui-ci se retira et lui souffla à l'oreille :

— Je vais t'enculer.

— Vas-y doucement, implora-t-elle, il y a longtemps qu'on ne l'a pas fait et tu es vachement excité.

Au début, il lui obéit, forçant avec douceur le sphincter contracté. Mais dès qu'il fut dans ses reins, il s'y enfonça furieusement, arrachant à Gordana un orgasme fulgurant et inattendu. Ils étaient tous les deux si excités qu'il la sodomisa pendant un temps qui lui parut très long, avant d'exploser enfin, enfoncé dans ses fesses. Gordana tremblait de tous ses membres, étourdie de bonheur. Un peu calmé, Luka Simic demanda :

– Tu ne m'as pas tompé ? T'as vu personne ?

– Non, je ne t'ai pas trompé, protesta-t-elle avec indignation. J'étais inquiète. J'ai croisé la fille qui a récupéré la Mercedes de Momcilo ; au *Monza*. Cette conne croyait que j'étais avec Bozidar.

– Tu as quand même baisé avec lui.

– Une ou deux fois, plaida-t-elle, parce qu'on s'était disputés. En tout cas, elle a l'air de s'intéresser à vous.

Luka Simic sentit son érection disparaître.

– Tu lui as dit quelque chose ?

– Non, bien sûr. Je savais bien que tu étais au Monténégro, mais j'ai rien dit. Elle m'a dit qu'on prendrait un café et on a échangé nos portables.

– C'est tout ?

– C'est tout.

Toujours fiché entre ses fesses, Luka Simic jubilait. Vladimir Budala allait être ravi.

– Rhabille-toi, dit-il. Je t'emmène voir quelqu'un.

– Déjà ! Je pensais qu'on baiserait toute la journée, moi j'ai encore envie.

– On baisera ce soir, trancha Luka Simic. Il y a des choses plus importantes.

CHAPITRE XVIII

– Il s'appelle Milan Stipic. J'ai l'adresse de son bureau, sur Kneza Mihaila. C'est un décorateur et agent immobilier très connu et il a vendu des maisons à tous les apparatchiks.

Tatiana ne cachait pas sa joie. Ils étaient arrivés une demi-heure plus tôt au *Writer's Club* pour dîner sous les arbres du jardin. Comme tous les soirs, le restaurant le plus en vogue de Belgrade, tout près du Théâtre national, était bondé. *Gospodine* Buda, le patron, debout devant le bâtiment qui abritait le restaurant l'hiver, dirigeait tout, connaissant sa clientèle – le Tout-Belgrade – sur le bout des doigts.

Le service était toujours très lent, mais personne ne s'en plaignait. On se serait cru à la campagne alors qu'on était au cœur de la ville. Dès qu'on leur avait apporté l'éternel Vranac rouge comme du sang, Tatiana était allée bavarder avec le patron. Il fallait simplement savoir avec qui dînait Jadranka Rackov le soir où elle avait dit à Malko qu'elle était avec son décorateur. Buda n'avait eu aucune réticence à renseigner Tatiana, celle-ci lui ayant expliqué qu'elle cherchait une maison pour un étranger. Milan Stipic était un de ses bons clients et il connaissait Jadranka depuis des années. Dès qu'elle était à Belgrade, elle venait chez lui.

– C'est génial ! fit Malko. Qu'est-ce que vous voulez comme récompense ?

– Du champagne, fit Tatiana en riant. Après ce qu'on a subi au Monténégro, j'y ai bien droit.

Elle était encore couverte de bleus et avait du mal à dissimuler les estafilades de son visage. Malko s'était assis face à l'entrée du restaurant, sa pochette de cuir contenant le CZ 28 à portée de main. On avait déjà tenté de le tuer deux fois et une troisième tentative était parfaitement possible. Il appela le garçon et lui demanda du champagne français. C'est Buda, le patron, qui apporta lui-même une bouteille de Taittinger Comtes de Champagne Blanc de Blancs millésimé 1995, comme si c'était une icône de saint Vassilije.

Tatiana et Malko trinquèrent.

– Dès demain matin, j'appelle Milan Stipic, promit Tatiana. Je lui dirai que vous cherchez une maison à Belgrade pour un Autrichien d'origine serbe.

– J'espère que je ne fais pas fausse route, fit Malko. Jusqu'ici, ce n'est qu'une construction de l'esprit.

S'il se trompait, il était dans une impasse. Tanja Petrovic et les jeunes voyous de Zemun s'étaient volatilisés. D'après la BIA, Vladimir Budala ne se livrait à aucune activité suspecte, mais il fallait prendre cette affirmation avec des pincettes.

Ils terminèrent la bouteille de Taittinger avec leur agneau rôti et il était presque minuit lorsqu'ils quittèrent le *Writer's Club*. Malko aurait voulu que la nuit passe d'un trait.

– Si on faisait un tour avant de rentrer ? proposa-t-il à Tatiana.

La maison de Tanja Petrovic ne présentait aucun signe de vie. Ils continuèrent par la barre où demeurait Vladimir Budala. Sa voiture n'était pas là et ils ne virent aucune trace de surveillance. Ils filèrent ensuite vers Zemun Polié, sans plus de succès. Le garage des frères Lasica était fermé, mais il y avait de la lumière à l'étage. Tatiana fit demi-tour et sourit à Malko.

– Rentrons. Je n'ai pas seulement besoin de champagne pour être heureuse. Demain, je monte à l'assaut de Milan Stipic. Il faut prier saint Vassilije.

Le saint étant serbe, il y avait peu de chances qu'il les aide. Tatiana s'enroula autour de Malko dans l'ascenseur et murmura :

– Le champagne me fait toujours cet effet-là, mais je n'en bois pas souvent.

**

Nue, appuyée sur un coude, Tatiana parlait au téléphone depuis plusieurs minutes. Un soleil éblouissant brillait sur Belgrade et il allait encore faire une température d'enfer. Elle raccrocha, le regard pétillant.

– Milan Stipic vous invite à déjeuner au *Vuk*. Il veut vous vendre une maison.

– Et vous ?

Tatiana sourit.

– Il préfère vous voir seul. Il a peur que je lui réclame une commission.

**

La terrasse du *Vuk* était presque vide. Malko avisa un garçon et lui demanda la table de Milan Stipic. Le Serbe lui désigna aussitôt un gros homme jovial en train de déjeuner avec une très pulpeuse blonde, totalement refaite, qui aurait pu concourir pour le titre de Miss Collagène. Elle adressa à Malko un regard lourd et légèrement bovin.

– Vous êtes Milan Stipic ? demanda Malko, en anglais.

– *Da, da !* Vous êtes l'ami de Tatiana Jokic ? Voici
Mirjana, mon assistante. Choisissez ce qui vous plaît.

Lui et son assistante en étaient aux piments conservés
dans l'huile. Malko commanda un steak, ce qui était à peu
près mangeable au *Vuk*. Mirjana n'arrêtait pas de se tor-
tiller, travaillée sournoisement par les grosses pattes de
l'architecte glissées sous sa serviette.

– Alors, vous cherchez une maison à Belgrade ? lança
Milan Stipic. J'en connais une magnifique, dans le quartier de Sanjak, avec vue sur la Sava. (Il baissa la voix.)
Les propriétaires sont en vacances en Hollande. Pour une
dizaine d'années. Ils préfèrent vendre… Vous avez raison
de vouloir acheter, les prix ont doublé en un an. Dès que
nous serons dans l'Union européenne, les affaires vont
flamber.

Il parlait bien anglais et Mirjana écoutait, béate
d'admiration.

Malko, en attaquant son steak, demanda :

– On m'a parlé de la maison de Jadranka Rackov. Il
paraît qu'elle est très belle…

Milan Stipic fit la moue.

– Elle pourrait l'être, corrigea-t-il, mais sa propriétaire
n'a jamais eu l'argent pour la terminer.

– Je peux la voir quand même ? insista Malko.

– Bien sûr. Si vous l'achetiez, je pourrais en faire
quelque chose de très beau. Ensuite, je vous montrerai
celle de Sanjak. (Nouveau rire.) Sur celle-là, on peut faire
une affaire, ils ont besoin d'argent pour payer les avocats.

Ils finirent par des espressos corrects. Lorsque Mirjana
se leva, Malko put constater qu'elle avait une chute de
reins callipyge absolument extraordinaire, mise en valeur
par sa robe légère. Elle se retourna avec langueur et lui
expédia un regard à faire fondre son Zip. Un acheteur de
maison potentiel ne pouvait être qu'un homme de bien.
Malko remarqua ses ongles de cinq centimètres. Ils ne
devaient pas souvent flirter avec le clavier d'un ordinateur.

– Vous avez une voiture ? demanda Milan Stipic. Il vaut mieux que vous me suiviez, moi, je n'ai que deux places. On se retrouve en bas de la rue. J'ai un coupé BMW.

*
* *

– Voilà, vous voyez qu'elle est en très mauvais état !

Après avoir traversé Zemun, ils venaient de s'arrêter devant une ruine envahie par les ronces et les herbes, coincée entre deux pavillons qui n'avaient pas meilleure allure. Évidemment, en face, il y avait le Danube et c'était dans le vieux Zemun.

Malko contemplait les pans de mur, dissimulant sa déception. Même un clochard n'aurait pas pu se cacher là : il n'y avait même pas de toit !

– Effectivement, reconnut-il, elle est en *très* mauvais état.

Milan Stipic hocha la tête avec tristesse.

– Dommage, c'était une très belle maison qu'elle avait héritée de ses parents. Maintenant, je vais vous montrer celle de Sanjak.

Il le prit par le bras et l'entraîna loin de la ruine. Son portable sonna et il répondit, visiblement contrarié. Puis, il s'énerva, trépignant presque, et, finalement, après avoir raccroché, dit à Malko :

– C'est un rendez-vous important que j'avais oublié ! Je ne vais pas pouvoir vous accompagner, mais Mirjana vous montrera la maison. Vous pouvez l'avoir pour un million d'euros. Cela ne vous ennuie pas de ramener Mirjana en ville ensuite ?

– Bien sûr que non, fit Malko, mais cela peut attendre.

– Non, non, je veux que vous la voyiez. Je serai au bureau à cinq heures, au 10 Kneza Mihaila. Cinquième étage, le second corps de bâtiment.

Il courut jusqu'à sa voiture, nerveux comme une queue

de vache, et dit quelques mots à son assistante qui émergea de la BMW pour rejoindre Malko.

— C'est au 25, Voje-Vukovica Ulitza, jeta l'architecte. Mirjana connaît et elle a les clefs. À tout à l'heure.

Mirjana s'installa dans la Mercedes prêtée par Tatiana comme sur un canapé, avec un soupir d'aise et un regard humide pour Malko. Les trois quarts de ses seins émergeaient de son décolleté. Pamela Anderson en plus fraîche.

— Vous parlez russe ? demanda Malko en russe.

— Un peu, bredouilla-t-elle.

C'était mieux que rien pour communiquer. Il mit de la musique et elle commença à battre la mesure de ses ongles interminables. Parfois, son regard glissait jusqu'à Malko, pas vraiment farouche. Avec une assistante comme elle, Milan Stipic devait vendre beaucoup de maisons... Ils grimpèrent la colline de Sanjak, un peu plus au sud de la ville, face à la Sava. La grille du numéro 26, Voje-Vukovica, était entrouverte, le jardin en friches. La maison elle-même, vieillotte, gaie comme une prison, semblait en piteux état. Les volets n'avaient plus de peinture, le perron s'effondrait et le crépi de la façade s'en allait par plaques.

— C'est belle maison, fit Mirjana, en russe, avec conviction.

Elle le fit entrer. Cela empestait le renfermé, mais elle était entièrement meublée. On était parti très vite. Consciencieusement, Mirjana tint à montrer chaque pièce à Malko, terminant par le salon encore plus triste que le reste, puis se planta en face de lui et demanda en mauvais russe :

— Tu plais maison ?

Elle était si provocante que Malko fit ce qui le travaillait depuis le restaurant. Il s'approcha, passa un bras autour de sa taille et caressa son extraordinaire croupe. Mirjana se contenta de sourire.

— C'est toi qui me plais, fit-il en russe.

– Tu plais maison aussi ? répéta Mirjana, la tête penchée de côté, comme un oiseau, sans chercher à se dégager.

Elle ne perdait pas le nord.

– Je plais maison ! confirma Malko, en tirant un peu sur sa robe, ce qui fit jaillir ses seins.

Elle ne s'en formalisa pas. D'ailleurs, il était en train de faire descendre la fermeture de sa robe, qui tomba par terre. Dessous, elle portait un soutien-gorge blanc de salope, dégageant les pointes, et un string assorti. Doucement, Malko la poussa vers un canapé où elle s'agenouilla docilement. L'ambiance de cette maison abandonnée, ajoutée à cette croupe extraordinaire, avait allumé un feu de Bengale dans son ventre. Longuement, il contempla cette croupe de folie, se défaisant lentement. Il était raide comme un manche de pioche. Mirjana se retourna avec un regard humide.

– Tu achètes *doma*[1] ?

– Peut-être, fit Malko, écartant le string et s'enfonçant avec lenteur dans son ventre, jusqu'à la garde.

Quelques secondes extraordinaires, Mirjana se laissant faire comme une vache menée au taureau. Malko réalisa à ce moment qu'elle était à peu près complètement idiote. Ce qui n'était pas une raison pour ne pas en profiter.

Il se servit d'elle aussi longtemps qu'il le put, les mains posées sur ses fesses magnifiques. Mirjana attendit sagement qu'il ait joui, puis se remit debout, comme s'ils venaient de prendre le thé. Toujours souriante, elle ramassa sa robe et la remit. Elle n'avait même pas besoin de se remaquiller : ils ne s'étaient pas embrassés. Soudain, il fut traversé par une idée.

– Tu connais *gospodina* Jadranka Rackov ?

– *Da.*

1. Maison, en russe.

– Tu connais sa maison ?

– *Da. Starigrad*[1].

Il crut qu'elle avait mal compris. Là où ils étaient allés, ce n'était pas la vieille ville, mais Zemun.

Il répéta :

– *Doma gospodina Rackov*, Zemun ?

– *Nié ! Starigrad.*

Malko lui adressa un sourire enjôleur.

– Où ?

Mirjana était à court de vocabulaire et répéta :

– *Starigrad.*

Pourquoi Milan Stipic lui avait-il menti en lui montrant une ruine qui n'avait rien à voir avec la maison de Jadranka ? La réponse était simple : Malko brûlait. Il prit Mirjana par la main et l'entraîna hors de la maison. Un quart d'heure plus tard, il l'abandonnait en face de l'hôtel *Moskwa,* sur Terazié. Elle griffonna d'une écriture enfantine un numéro de portable sur sa carte.

– *Do svidania. Hvala*[2] !

C'est elle qui disait merci… Sans ce coup de fil providentiel qui avait empêché Milan Stipic de l'accompagner, il ne se serait douté de rien. Il dut tourner une demi-heure avant de trouver une place sur un trottoir et glissa le CZ 28 dans sa ceinture, bien décidé à demander des explications à Milan Stipic.

*
**

C'était une porte de bois, même pas fermée, donnant sur Kneza Mihaila. Au moment où il allait entrer, Malko aperçut dans la foule un homme de très grande taille qui s'éloignait, sortant de l'immeuble, une grosse serviette à la main. Ce pouvait être Vladimir Budala. Il fonça à sa

1. Dans la vieille ville.
2. Au revoir. Merci !

poursuite, mais l'inconnu s'était fondu dans la foule. Malko s'arrêta à la hauteur de la boutique Davidoff, qui offrait une pleine vitrine de Zippo de collection, revint sur ses pas et pénétra au numéro 10.

L'ascenseur semblait prêt à se disloquer mais le mena quand même au cinquième. Là, une passerelle dominant une cour qui ressemblait à un terrain vague menait au deuxième bâtiment. Il n'y avait qu'une porte à l'étage. Matelassée et entrouverte. Malko sonna, mais n'obtint aucune réponse. Il tendit l'oreille : le bureau semblait vide. Bizarre. Il appela :

– *Gospodine* Stipic !

Pas de réponse. Pris d'un sale pressentiment, il sortit son CZ 28 et pénétra dans les lieux, découvrant un premier bureau vide, avec des dossiers éparpillés par terre vraisemblablement sortis d'une armoire métallique ouverte. Quelqu'un avait fouillé de fond en comble. Il y avait une seconde porte entrouverte qu'il poussa. Il s'immobilisa aussitôt. Milan Stipic était tassé dans un fauteuil en faux Louis XV, trop doré, en face d'un bureau et d'un petit canapé, une corde serrée autour du cou. On l'avait étranglé méthodiquement. Les yeux lui sortaient de la tête.

Malko allait battre en retraite lorsqu'un hurlement perçant, dans son dos, le fit sursauter. Il se retourna et aperçut une femme très forte, qui avait dû être belle, figée dans l'entrée. Son décolleté carré exhibait des seins un peu fripés mais encore appétissants… Elle regarda le cadavre, puis Malko et se rua vers lui, essayant de lui arracher les yeux en hurlant comme une sirène.

Il y avait un grave malentendu.

Luttant comme des ivrognes, ils se cognaient aux murs du minuscule bureau. Heureusement, le téléphone sonna et la femme se précipita pour répondre. Malko en profita pour s'esquiver, mais elle le poursuivit jusqu'à l'ascenseur, s'accrochant à lui et appelant au secours. Ce devait être la femme de Milan Stipic, persuadée que Malko avait tué son mari. Celui-ci ne savait comment se défaire de cette harpie. Finalement, il parvint à la repousser et à entrer dans l'ascenseur.

Les cris diminuèrent d'intensité. Il se rua sur son portable et, dès le deuxième étage, il eut le chef de station de la CIA en ligne.

— Prévenez Goran Bacovic, lança-t-il, avant que je ne me fasse arrêter pour meurtre.

En quelques mots, il expliqua ce qui venait de se passer. Il avait à peine fait dix mètres dans Kneza Mihaila que la veuve de Milan Stipic surgit, ameutant la foule. Deux policiers en patrouille se rapprochèrent. Malko eut le temps de courir jusqu'à Terazié et de sauter dans un taxi. C'était un coup à se faire lyncher. L'intermède avec la pulpeuse Mirjana était loin. Mais cette fois, il avait fait un pas de géant.

* *

Mark Simpson raccrocha après une longue conversation avec son homologue de la BIA.

— Vous avez eu chaud ! fit-il. La police avait reçu un appel disant qu'il y avait eu meurtre au 10 Kneza Mihaila. Donné sûrement par l'assassin. Les flics auraient pu vous surprendre là-bas... La veuve prétend qu'elle vous a *vu* étrangler son mari...

De mieux en mieux. Dans un pays au droit aussi balbutiant que la Serbie, ce n'était pas une situation d'avenir. L'Américain fixa Malko, très contrarié :

— Je me demande s'il ne faudrait pas vous exfiltrer. La police n'est pas sûre et beaucoup de gens au MUP nous haïssent. Ils peuvent trouver là une occasion de se venger.

— Pas question de quitter Belgrade, rétorqua Malko. Je suis presque sûr que c'est Vladimir Budala qui a étranglé ce malheureux architecte. Depuis le début, il liquide systématiquement tous ceux qui s'approchent de Milorad Lukovic.

– Ce n'est pas lui qui a « miné » Momcilo Pantelic, observa l'Américain. Les coupables ont été identifiés.

– C'était sûrement lui le commanditaire, rétorqua Malko. Rappelez-vous, quand ils ont pensé que Natalia Dragosavac pouvait avoir trahi, elle a disparu. Je sais pourquoi Milan Stipic est mort.

– Pourquoi ?

– Il m'a menti en me présentant une ruine à Zemun, soi-disant la maison de Jadranka Rackov. C'est son assistante, qui n'était pas au courant, qui a vendu la mèche en me précisant que la maison de Jadranka se trouvait dans la vieille ville. Si c'était faux, Milan Stipic serait toujours vivant. Il a dû être imprudent.

– Donc, vous pensez que Milorad Lukovic se cache dans la maison de Jadranka Rackov ?

– Désormais, j'en suis à peu près sûr, affirma Malko. Il ne reste plus qu'à la trouver !

– Il y a des dizaines de maisons ou d'appartements vides dans Belgrade et pas de cadastre, objecta Mark Simpson.

– Vous croyez que Goran Bacovic pourrait nous aider ?

– Pas sûr. Ces gens sont liés les uns aux autres depuis des dizaines d'années. Ils avancent à reculons pour obtenir de l'argent des Américains, mais ils nous haïssent et se font honte. Voilà pourquoi personne ne dénonce « Legija ». Qu'allez-vous faire ?

– Je ne sais pas encore. Tatiana, qui connaît bien la ville, aura peut-être une idée.

***

Vladimir Budala vida d'un trait son verre de Defender « Success » et se resservit aussitôt, chose complètement inhabituel chez lui qui buvait rarement. Mais l'alcool ne

lui ôta pas sa lucidité. Involontairement, il était lancé dans
une mortelle course contre la montre. Le départ de
« Legija » était prévu pour le surlendemain, dimanche.
Désormais, il savait que les Américains avaient deviné une
partie de son secret. Impossible de déplacer le fugitif avant
son départ. Il fallait que le dispositif tienne jusque-là. Quarante-huit heures. C'était de son propre chef, après une
nouvelle conversation entre Tanja et Jadranka, qu'il avait
décidé d'éliminer Milan Stipic et de récupérer dans son
bureau le dossier de la maison de Jadranka Rackov. Il en
était à se battre pour quelques heures de sursis. Les Américains avaient désormais presque toutes les cartes en
main. Leur succès était une question d'heures ou de jours.
Il décida que Tanja avait raison : quels que soient les
risques, il devait se débarrasser de ce démon accroché à
leurs basques. Pour tenir jusqu'au dimanche soir.

CHAPITRE XIX

Tatiana débarqua comme une bombe dans la *breakfast room* du *Hyatt* et commanda un café.

– Farid vient de me donner les résultats de la filature d'hier de Vladimir Budala, annonça-t-elle. C'est bien lui qui a tué Milan Stipic. Les gitans qui le suivaient l'ont vu pénétrer dans l'immeuble de Kneza Mihaila et en ressortir vingt minutes plus tard. Ils vous ont vu aussi. Vous l'avez croisé…

– Qu'est-ce qu'il avait fait avant ?

– Sa tournée des cafés, comme il l'a déjà fait. Il reste un quart d'heure à chaque endroit. Il ne parle à personne et personne ne lui parle.

Malko termina ses œufs brouillés, perplexe. Vladimir Budala n'était pas un homme à traîner dans les cafés sans raison.

– Je voudrais parler à ceux qui l'ont surveillé hier, fit-il. Est-ce qu'ils accepteraient de témoigner ?

Tatiana eut un sourire ironique.

– En aucun cas. D'abord, ils sont tous mineurs. Ensuite, chez les gitans, on ne parle pas à la police. Jamais. Mais on peut les voir.

Elle alla téléphoner de son portable dans le bar, plus calme. Elle revint aussitôt.

– Vous avez de la chance, l'équipe d'hier est de repos aujourd'hui. Mais c'est assez loin. Sur la route de Novi Sad.

– Allons-y, dit Malko, je veux éclaircir quelque chose.

Ils traversèrent Zemun, puis longèrent la Sava sur plus de dix kilomètres, bien après Zemun Polié, arrivant à un campement sauvage de caravanes et de grosses voitures où des gosses aux trois quarts nus jouaient partout. Cela sentait la misère et la saleté. Tatiana arrêta la SLK en face d'une caravane sur cales et ils furent aussitôt entourés d'une nuée de gosses nu-pieds.

– Ces gitans-là ont été expulsés de Belgrade, expliqua-t-elle. Ils arrivaient du Kosovo où les Albanais les persécutaient. Ils sont très pauvres, c'est pour cela qu'ils ont répondu à la proposition de l'oncle de Farid, malgré les risques.

Une grosse femme au visage ridé, un foulard sur la tête, une pipe au bec, apparut à la porte de la caravane et vint s'installer sur une chaise de fer. Tatiana lui dit quelques mots et aussitôt la gitane glapit à la cantonade. Trois gosses, entre huit et douze ans, sortirent de la caravane et vinrent s'agglutiner autour d'eux.

– Ce sont eux, expliqua Tatiana. Que voulez-vous savoir ?

– La liste des cafés, dit Malko.

Ce ne fut pas facile. Aucun ne savait écrire. Par la phonétique et les emplacements, Tatiana arriva à identifier quatre établissements.

– Ils sont certains que Budala n'a rencontré personne ?

– Personne. Il est resté en terrasse, sauf au dernier.

Le pouls de Malko grimpa en flèche.

– Au dernier ? Lequel ? Qu'est-ce qu'il a fait ?

– Le *Stek Café,* traduisit Tatiana. Celui-là n'a pas de terrasse. Il est entré à l'intérieur. Ils n'ont pas pu le suivre, ils se seraient fait chasser.

Un café sans terrasse à Belgrade, c'était rare. C'était la

première brèche dans un déroulement apparemment sans faille.

– Ils le surveillent aujourd'hui ?

– Oui, c'est une autre famille. Le soir, ils rendent compte de la journée. Ceux-là n'avaient pas de portable.

Leurs grands yeux malins fixaient ces étrangers cousus d'or. Malko abandonna cinq mille dinars à la mère qui les escamota avec une rapidité de prestidigitateur et se confondit en remerciements, proposant même à Malko de lui prédire l'avenir gratuitement. Il sourit.

– On le sait toujours assez tôt. Une autre fois…

À peine dans la SLK, il se tourna vers Tatiana :

– On va au café *Stek.*

*
* *

Kraja-Petra Ulitza était une petite rue en pente bordée de marronniers qui partait de Kneza Mihaila. Des trottoirs encombrés de voitures et peu de commerces. C'est en arrivant dans le bas, avant le croisement avec Kosancirev, qu'ils trouvèrent le café *Stek.* Seule une enseigne minuscule l'indiquait. Quelques marches menaient à une salle, en contrebas du trottoir, qui comportait un petit bar et quelques tables. Un petit établissement de quartier. Malko et Tatiana commandèrent des cafés et restèrent une dizaine de minutes. C'est en remontant vers le *Hyatt* que Malko comprit soudain : la tournée des cafés de Vladimir Budala était destinée à « noyer » dans des déplacements innocents un vrai contact. Or, le seul endroit où il puisse l'avoir était justement le café *Stek,* où ses suiveurs éventuels le perdaient de vue. Méthode classique.

– Nous allons à la BIA, dit-il. Il faut que je voie tout de suite Goran Bacovic.

À la réception du vieil immeuble noirâtre de Kneza Miloza où s'était réfugiée une partie de la BIA après les bombardements de 1999, ils durent patienter : Goran

Bacovic était en réunion. Puis, il les accueillit avec chaleur.

– Je veux connaître les noms des propriétaires des quatre cafés suivants, expliqua Malko. C'est urgent.

Le chef de la BIA prit la liste et sourit. Apparemment très étonné, il la posa sur son bureau avec d'autres paperasses. La pièce était toujours dans un désordre incroyable, avec des piles de dossiers partout, même sur le plancher, un climatiseur qui sifflait comme un asthmatique et des bouteilles vides dans un coin.

– On n'aura rien avant lundi ou mardi, traduisit Tatiana. Il m'appellera.

Ils se retrouvèrent dans la fournaise de Kneza Miloza.

Ils étaient en train de démarrer quand le portable de Tatiana sonna. Après une brève conversation, elle annonça :

– C'est Gordana, la copine de feu Bozidar Danilovic ; elle veut me voir.

– Pourquoi ?

– Je lui avais proposé de prendre un café pour bavarder. Elle me donne rendez-vous au café *Monza*. Je vous dépose à l'hôtel et j'y vais.

Zica Tomic, le propriétaire du *Stek,* n'arrivait pas à se concentrer sur son addition. Les chiffres se brouillaient devant ses yeux et sa main tremblait. Il était derrière son bar lorsqu'un couple inconnu était entré dans son café. Il connaissait tous les habitués – des gens du quartier – et ne voyait pratiquement pas d'étrangers dans son établissement ouvert depuis quelques semaines. Et ces deux-là parlaient anglais. Cette visite l'inquiétait au plus haut point. Il n'y avait pas de touristes à Belgrade. Et pourquoi venir dans cette gargote ? Il fallait coûte que coûte prévenir Vladimir

Budala. Et surtout ne rien dire à Milorad Lukovic qui risquait de s'affoler et de commettre une imprudence.

Son addition terminée, il lança à sa serveuse :

— Je vais faire une course.

Il se jeta dans la première cabine téléphonique de Kneza Mihaila et appela le portable de Vladimir Budala. Ce dernier, dès qu'il eut reconnu la voix de Zica, demanda anxieusement :

— Il y a un problème ?

— Peut-être. Il faut que je te voie.

— Je serai au *City Passage* dans une demi-heure.

Juste le temps d'y aller à pied. Zica savait qu'il prenait un risque important en rencontrant ouvertement Vladimir Budala, qui devait être surveillé, mais il ne pouvait pas garder pour lui ce qu'il avait vu. C'était trop grave.

*
* *

Tatiana fit irruption dans la chambre de Malko, visiblement très excitée.

— Je crois que je n'ai pas perdu mon temps, annonça-t-elle triomphalement. Gordana voulait me voir pour balancer Tanja Petrovic !

— Quoi ! fit Malko, stupéfait.

— Elle s'est renseignée sur moi et sait très bien désormais que je travaille avec vous pour les Américains. Depuis la mort de son amant, Bozidar Danilovic, elle a été récupérée par le chef de la bande, Luka Simic. Seulement, elle a peur et voudrait bien se sortir de cette situation. Elle ne fait pas de politique, est au chômage et sort avec ces types par intérêt. Son jules lui a raconté son équipée au Monténégro et lui a révélé où se planquait Tanja Petrovic.

— Où ?

— À l'*Intercontinental,* dans une suite louée à l'année au nom d'un mafieux de la bande de Zemun. Elle ne sort pas et personne ne l'a identifiée.

– C'est intéressant, reconnut Malko, mais ça va demander une nouvelle surveillance par nos gitans. Si j'en parle à la BIA, ils risquent de débarquer en force et de l'arrêter. Ce qui ne sera d'aucune utilité.

– Attendez, coupa Tatiana, ce n'est pas tout ! Tanja Petrovic a demandé à Luka Simic de la conduire quelque part, hors de Belgrade, aujourd'hui vers deux heures. Gordana l'a su parce qu'elle voulait rester avec Luka.

– Que veut-elle en échange de ces informations ?

– Un visa Schengen et un peu d'argent. Elle a une cousine en Allemagne et voudrait travailler là-bas.

– C'est jouable, promit Malko.

Il regarda sa Navitimer : 11 h 10. Mais *l'Intercontinental* était à cinq minutes.

– Qu'avez-vous convenu avec elle ?

– Je la revois ce soir à six heures.

Le délai était trop court pour monter une filature avec les gitans. Il fallait donc trouver une autre solution.

– On file voir Mark Simpson, dit-il.

Zica Tomic n'avait pas touché à son café liégeois, l'estomac tordu d'angoisse. Attablé au *City Passage Café*, il scrutait la foule à la recherche d'une figure suspecte. Vladimir Budala arriva derrière lui et s'assit, toujours boutonné jusqu'aux yeux en dépit du soleil brûlant.

– Que se passe-t-il ? demanda-t-il. Fais vite. C'est très dangereux qu'on soit ensemble.

– Je sais, reconnut le cafetier. Mais j'ai eu une visite tout à l'heure qui m'a inquiété.

Vladimir Budala l'écouta, sentant sa gorge se nouer au fur et à mesure. Ce qu'il avait craint était en train de se produire. Si l'agent des Américains avait débarqué au café *Stek*, c'est qu'il soupçonnait son patron d'être mêlé à la cavale de Milorad Lukovic. S'il avait déjà identifié la

planque, toute proche, il s'y serait rendu directement.
Donc, il leur restait encore un peu de temps, mais pas
beaucoup.

– Tu as bien fait, dit-il, mais ne crains rien.

Zica Tomic lui jeta un regard étonné.

– Mais…

Vladimir Budala se pencha à son oreille.

– Il s'en va demain.

– Mais ils ne peuvent pas partir avant ? Si…

– Impossible, trancha Vladimir Budala.

Il se leva et partit en direction du parking, laissant Zica
abasourdi. Budala avait vraiment des couilles en bronze…

Le vieil hôtel *Intercontinental* se dressait comme une
monstrueuse baleine verte en bordure de l'avenue Milen-
tica-Popovica, dans un *no man's land* herbeux, à un jet de
pierre du *Hyatt,* non loin de l'*autoput* de Zagreb. Jadis, il
avait été la fierté de Belgrade, mais avait mal vieilli.
Confisqué par les voyous locaux, il n'était plus guère
entretenu et aux trois quarts vide. Cela avait été un des
endroits favoris du gang de Zemun. Arkan y avait laissé
sa vie deux ans plus tôt, percé de dix-sept projectiles…

Malko, garé dans le parking avec Tatiana, à cinq cents
mètres de l'entrée, abaissa les jumelles fournies par le chef
de station de la CIA.

– Luka Simic vient d'arriver, annonça-t-il. Il est garé
devant l'hôtel, au volant de sa voiture.

Tatiana alluma une cigarette et fit claquer nerveusement
le capot de son Zippo Swarowsi, cadeau de Malko.

– Qu'est-ce qu'on fait ?

– On attend et on les suit.

Il ne pouvait pas laisser passer une occasion pareille.
Tanja Petrovic allait peut-être rejoindre Milorad Lukovic.
Il avait prévu plusieurs scénarios avec Mark Simpson. Dix

minutes s'écoulèrent. La chaleur était écrasante. Avec ses
bandes verdâtres, l'*Intercontinental* ressemblait à un
gigantesque aquarium. Malko ne décollait pas ses jumelles
de ses yeux. Soudain, son pouls grimpa en flèche. Une
femme venait de sortir de l'*Intercontinental*. Grande, un
foulard sur la tête, des lunettes noires. Elle s'approcha de
l'Audi où se trouvait Luka Simic et se pencha vers lui.

– La voilà ! fit Malko.

Tatiana lança le moteur. Dans les jumelles, Tanja Petrovic et Luka Simic bavardaient. Mais, au lieu de monter
dans la voiture, la jeune femme fit demi-tour et rentra dans
l'hôtel. Presque aussitôt, Luka Simic démarra et s'éloigna
lentement le long du bâtiment.

– Il y a une autre sortie ? demanda aussitôt Malko.

– Oui, je crois, sur le côté.

– Suivez-le. On risque de ne pas y arriver seuls, prévenez Mark Simpson.

Il bondit dehors et s'éloigna en courant vers l'hôtel.

Malko jaillit de la porte à tambour de l'*Intercontinental* et s'immobilisa dans l'immense hall tout en longueur,
en face de la réception. À sa gauche, il y avait un *lounge*,
avec des fauteuils et des tables basses, à droite, une galerie commerciale. Personne devant les ascenseurs. Il tourna
la tête et aperçut Tanja Petrovic. Elle s'éloignait vers le
fond du hall, là où il devait y avoir une autre sortie.

Il fonça derrière elle et la vit disparaître par une petite
porte sur la droite, tout au fond. Il hâta le pas et parvint
devant une plaque de cuivre annonçant « Health Center &
Swimming Pool ». Malko poussa la porte : elle donnait sur
un long couloir à l'extrémité duquel il aperçut un court de
tennis et une petite pelouse avec des chaises longues en
plastique blanc.

Et soudain, Tanja Petrovic surgit devant lui, sortant

d'un renfoncement qu'il n'avait pas remarqué. Toujours avec ses lunettes noires, la bouche déformée par un rictus haineux, les deux mains serrées sur la crosse d'un gros automatique, les bras tendus comme dans un stand de tir. Malko n'eut pas le temps d'atteindre le CZ 28 glissé dans sa ceinture. Tanja Petrovic ouvrit le feu sur lui, posément. Les détonations explosèrent dans ses oreilles et il ressentit trois chocs violents dans la poitrine.

CHAPITRE XX

L'énergie cinétique des projectiles projeta Malko en arrière et il tomba, sans pouvoir se retenir, un voile noir devant les yeux. La dernière chose qu'il vit fut Tanja Petrovic faire demi-tour et s'enfuir en direction du « Health Club ».

Il demeura groggy mais conscient pendant un temps qui lui parut très long, puis se releva avec difficulté. Sa poitrine le brûlait atrocement, il se sentait très faible et dut s'appuyer au mur pour ne pas retomber. Il avait du mal à respirer, mais sans le gilet pare-balles en Kevlar fourni par Mark Simpson, il était mort. Des gens surgirent du « Health Club » et l'entourèrent, affolés. Il ne pensait qu'à une chose : ôter sa veste et son gilet de Kevlar qui l'étouffait. Il essaya de l'enlever mais, maladroitement, fit tomber le CZ 28 glissé dans sa ceinture, et le cercle des gens autour de lui recula...

Dans un état second, sonné, il recula et, en s'appuyant aux murs, poussa la porte donnant sur le hall. Là, il dut s'agripper à un pilier pour ne pas tomber. Ses jambes se dérobaient sous lui, la tête lui tournait et il lui semblait que son cœur allait exploser.

Il regarda autour de lui et aperçut un jeune homme arrêté au milieu de l'escalier menant à la mezzanine, un long paquet sous le bras. Dès qu'il vit Malko, il déroula la toile qui l'enveloppait, découvrant une Kalachnikov. Malko l'identifia : c'était un des jeunes voyous de Zemun. Jovan ou Uros. Il se dit qu'il devait retourner chercher son pistolet, mais il était incapable de bouger. Comme dans un cauchemar, il vit le jeune homme épauler la Kalach et se laissa tomber derrière la rambarde séparant la galerie du *lounge*. Les détonations assourdissantes firent vibrer ses tympans. Des gens se mirent à courir.

La poitrine toujours en feu, il vit le jeune homme qui avait tiré sur lui dégringoler l'escalier dans sa direction, visiblement dans le but de l'achever. En un éclair, il se dit qu'il allait mourir. Cet instant qu'il avait toujours anticipé, parfois recherché, inconsciemment, était arrivé. Le temps sembla s'arrêter. Il voyait les gens bouger autour de lui comme au ralenti. Il n'avait plus envie de courir ni même de se relever. Il était fatigué, horriblement fatigué. Du sang coulait le long de son poignet. Il ne souffrait pas.

C'était donc cela la mort : une immense indifférence, comme une dose massive de tranquillisant.

Il vit le jeune homme avancer et braquer la Kalach sur sa tête. Une fusillade éclata. Plusieurs armes tiraient en même temps. Instinctivement, il ferma les yeux, persuadé qu'il était visé. Quand il les rouvrit, il aperçut à moins d'un mètre de lui le visage figé du jeune homme à la Kalach, la bouche ouverte par laquelle s'écoulait un sang qui lui paru irréellement rouge... Il était allongé par terre, tenant encore sa Kalach. Le hall était envahi par une foule d'hommes en tenue de combat, le visage dissimulé sous un filet de camouflage, avec de grosses lunettes qui les faisaient ressembler à des guerriers futuristes.

L'un d'eux s'approcha et tira une courte rafale dans le torse du mort. Malko essaya de se relever. Tout seul, il n'y serait pas parvenu. Deux soldats le prirent sous les aisselles et s'adressèrent à lui sans qu'il comprenne un mot.

Allongé sur un canapé du *lounge,* Malko vit surgir Tatiana, qui se rua sur lui, affolée.

– Vous êtes blessé !

Incapable de parler, Malko inclina la tête. Il sentit qu'on ouvrait sa veste, puis sa chemise, découvrant le gilet en Kevlar fourni par la CIA. Trois projectiles y étaient fichés. On lui ôta sa chemise, puis on fit glisser le gilet de ses épaules. Le torse de Malko n'était plus qu'une tache rouge à cause de la brûlure dégagée par l'énergie cinétique... Quelqu'un lui fit boire un verre de raki qui le fit tousser. Il allait mieux quand apparut Goran Bacovic. Mark Simpson le suivait, totalement affolé.

– *My God !* s'exclama l'Américain, à quelques secondes près, ils arrivaient trop tard. Pourtant, je l'ai houspillé... On va vous emmener à l'hôpital.

Malko n'avait pas envie de discuter.

– O.K., je voudrais aller au *Hyatt,* pas à l'hôpital. On a retrouvé Tanja Petrovic ?

C'est Tatiana qui répondit :

– Non, j'ai essayé de la suivre mais elle a tiré dans ma direction et j'ai eu peur. Les policiers n'étaient pas encore là. Ils ont abattu Jovan et Uros, qui se trouvait près de la réception. Le piège était bien monté. Comme à Ostrog. Gordana m'a enfumée.

***

– Vous vous sentez comment ?

Malko grimaça un sourire.

– Comme un homard qu'on vient de retirer du grill. J'ai l'impression qu'on m'a caressé avec un fer à repasser. Mais c'est bon d'être vivant.

Tatiana lui jeta un regard plein d'admiration.

– Je ne sais pas comment vous pouvez tenir le coup ! Moi, je me coucherais pendant huit jours.

– Je suis fou de vie ! expliqua Malko. Cela me dope.

Ils étaient en train de dîner à *La Langouste,* au-dessus de la Sava. Il était près de onze heures du soir, mais à Belgrade, on vivait tard. Malko avait mis quatre heures à récupérer, puis, brutalement, il s'était senti une formidable envie de vivre, d'oublier sa peur viscérale, ce flirt horrible avcc la mort. Sans le Kevlar, il serait dans une boîte en zinc à la morgue. Il avait appelé Tatiana chez elle en lui demandant de se faire très belle et commandé une bouteille de Taittinger Comtes de Champagne Blanc de Blancs qu'il avait largement entamée avant l'arrivée de la jeune femme. Celle-ci était éblouissante, dans un haut de dentelle noire et une longue jupe de soie fendue sur le côté. En dépit de son épuisement, Malko avait senti sa libido revivre. Hélas, dès qu'on effleurait sa poitrine, il avait envie de hurler.

Maintenant, ils finissaient de dîner, toujours au Taittinger Comtes de Champagne, rosé cette fois. Malko sourit à Tatiana.

– Je me demande si je vais avoir la force de vous faire l'amour !

– Moi, j'aurai la force, affirma-t-elle.

Après le bruit et la fureur de la bataille rangée à l'*Intercontinental,* le calme et le silence du restaurant, la douceur de l'air semblaient irréels.

– On y va ? proposa Tatiana.

Vladimir Budala comptait les heures, étendu en slip sur son lit. La nuit allait être longue, il était sur le fil du rasoir. Si seulement il avait pu accélérer le temps. Il n'éprouvait même plus d'amertume après l'échec de la veille. Imparable, car Tanja n'avait pas pensé au gilet pare-balles. Maintenant, elle se maudissait de ne pas avoir tiré dans la tête d'abord. Il n'avait pas pu l'empêcher, après la fuite de l'*Intercontinental,* d'aller rejoindre son amant. Au moins, «Legija» ne passerait pas sa dernière nuit seul, dans son trou. Pourvu que ses adversaires n'aient pas progressé. Zica devait le prévenir en cas d'intervention de la police, mais ce ne serait qu'un baroud d'honneur.

Encore seize heures d'angoisse.

*
* *

Le bouchon de la bouteille de Taittinger Comtes de Champagne sauta avec un plouf joyeux. Malko remplit les flûtes et ils trinquèrent, à la russe. Pour la première fois depuis qu'il connaissait Tatiana, elle semblait amoureuse. Ils se faisaient face. Doucement, elle commença à défaire les boutons de sa chemise de voile, passant délicatement les mains sur le torse écarlate. Malko eut un geste de recul : le moindre contact était douloureux. Aussitôt, Tatiana s'attaqua à sa ceinture et le déshabilla avec le soin d'une infirmière.

– Laisse-toi faire, conseilla-t-elle.

Appuyé au mur, il obéit, sentit la bouche de Tatiana l'envelopper doucement. Agenouillée en face de lui, elle lui administra une fellation de rêve, réveillant tous ses neurones sexuels. Quand elle se remit debout, elle pouvait être fière de son œuvre. Malko savait ce qu'il voulait. Il la poussa vers le petit bureau, dégageant les papiers qui l'encombraient d'un revers de main. D'elle-même, Tatiana se laissa aller en arrière après avoir fait tomber sa jupe à terre. Dessous, elle ne portait rien. Malko n'eut qu'à placer son sexe à l'entrée du sien pour s'enfoncer en elle, comme dans du beurre. Ils ne se touchaient que par le sexe. C'était magique.

Leur étreinte se prolongea. Malko se servait de Tatiana comme d'une femme-objet. Enfin, il sentit la sève monter dans ses reins et accéléra son mouvement. Elle l'arrêta et, les yeux plongés dans les siens, demanda :

– Prends mes fesses.

Il se retira, Tatiana se retourna et il fit ce qu'elle lui avait réclamé, explosant presque immédiatement au fond de ses reins, tant il était excité. Très, très loin de la CIA et de la mort.

Ils terminèrent ensuite la bouteille de Taittinger, sans se presser. Malko était presque serein : il avait échappé une fois de plus à la mort et, désormais, touchait au but. Tous les éléments qu'il avait recueillis l'incitaient à penser que la planque de Milorad Lukovic était une maison inhabitée se trouvant non loin du *Steck*, le dernier café visité par Vladimir Budala. Dès lundi, avec l'aide de Goran Bacovic, il ratisserait le quartier.

Il bascula dans le sommeil sur cette pensée réconfortante. La sonnerie du téléphone l'en arracha beaucoup plus tard. Il faisait jour.

– Je venais aux nouvelles, annonça Mark Simpson. Vous n'êtes pas trop mal ?

– Pas trop, dit Malko, dont la poitrine le brûlait encore horriblement.

– Tant mieux. Notre ami Nenad Sarevic vient de me téléphoner pour nous inviter à une promenade en bateau cet après-midi. Ça vous dit ?

Cela devenait une tradition… Le patron de la BIA semblait vouloir rester à distance de l'affaire «Legija», se contentant de relations mondaines avec la CIA et laissant les problèmes à Goran Bacovic, le responsable de la BIA pour Belgrade. Malko hésitait. Mais que faire un dimanche dans cette ville accablée de chaleur et sans piscine ?

– D'accord, dit-il. Nous viendrons.

*
* *

Le cabin-cruiser de Nenad Sarevic filait à petite allure sur la Sava, remontant vers Belgrade. Malko somnolait à l'arrière, appuyé sur Tatiana. Il n'avait pas pu se mettre en maillot tant son torse le brûlait, mais la journée sur l'embarcation du chef de la BIA l'avait détendu. Ils avaient descendu la Sava, loin dans le sud, s'arrêtant vers quatre heures pour dîner dans une guinguette. Personne n'avait abordé le problème de Milorad Lukovic. C'était la trêve dominicale.

Tout respirait le calme et la joie de vivre. Sur le pont supérieur, une chanteuse enchaînait des chansons tsiganes, accompagnée à l'accordéon. Les rives bordées de cabanes défilaient lentement.

Nenad Sarevic annonça à la cantonade :

– Nous allons remonter le Danube jusqu'à la nuit. Ensuite, nous reviendrons dîner au *Reka*.

Après avoir passé les trois ponts jetés sur la Sava, ils commencèrent à longer la vieille ville. Malko, en reconnaissant la terrasse de *La Langouste*, le restaurant où il avait dîné avec Tatiana la veille, réalisa soudain qu'il se trouvait tout près du *café Stek*. Du coup, il scruta avec attention les immeubles qui bordaient la rue, face à la Sava. Tout de suite, il repéra un bâtiment différent des petits immeubles voisins : une grande maison de trois étages avec une terrasse, dont toutes les fenêtres étaient fermées. Son regard descendit le long de la façade, juste au moment où la porte s'ouvrait sur un couple. Il était trop loin pour voir leurs visages. La femme avait un foulard et un pantalon. L'homme, très grand, boîtait. Brutalement, Malko fut presque certain d'avoir devant lui Tanja Petrovic et l'insaisissable Milorad Lukovic.

Le couple traversa la rue Kosancirev et s'engagea dans des escaliers qui descendaient la colline jusqu'à un quai au bord du fleuve où étaient amarrés deux bateaux de croisière. Soudain, tout s'expliquait.

Le couple n'était plus visible. Le regard de Malko redescendit au niveau de la Sava.

Un des deux navires à quai était un énorme bateau de croisière, tout illuminé, long de près de cent mètres, battant pavillon moldave. Son nom s'étalait sur son flanc : le *Moldavia*. Visiblement, il s'apprêtait à appareiller, car il y avait beaucoup d'animation sur le pont. Malko demanda à Tatiana :

— Vous connaissez ce bateau ?

— Oui. Il relie Belgrade à la Roumanie trois fois par semaine. Pourquoi ?

Il ne répondit pas immédiatement. Le couple qui descendait les escaliers était caché par la végétation. L'homme et la femme réapparurent sur le quai qu'ils traversèrent pour emprunter la passerelle du *Moldavia*. Ils s'immobilisèrent devant elle. Presque aussitôt, un homme surgit sur le quai et les rejoignit. Impossible de l'identifier mais il mesurait près de deux mètres.

*
* *

Vladimir Budala, sa veste déboutonnée pour faire face à une éventuelle attaque, tendit à Milorad Lukovic un passeport diplomatique croate.

— Voilà, fit-il, tu ne risques rien avec ça. Désormais, tu t'appelles Vlada Vukomanovic.

— *Hvala*[1], dit à voix basse Milorad Lukovic.

— *Stretan put*[2] !

Ils échangèrent une longue poignée de main, Budala étreignit Tanja et s'éloigna, tandis que le couple s'engageait sur la passerelle du *Moldavia*. Ils étaient les derniers passagers à monter à bord. On larguait les amarres.

*
* *

Malko, fasciné, avait tout observé. Majestueusement, le *Moldavia* recula, puis se mit en travers de la Sava, avant de virer avec lenteur, pour prendre la direction du Danube.

---

1. Merci.
2. Bon voyage.

Milorad Lukovic et sa maîtresse s'enfuyaient sous le nez du chef de la BIA ! Le *Moldavia* se trouvait encore à l'arrière du cabin-cruiser de Nenad Sarevic. Il le doubla sans peine, et Malko aperçut au passage les passagers qui commençaient à s'installer dans la salle à manger.

Malko se tourna vers Tatiana.

– Demandez à Nenad Sarevic s'il pourrait rattraper ce navire.

Le *Moldavia* filait devant eux à près de quinze nœuds, laissant un beau sillage derrière lui.

Tatiana posa la question et le Serbe éclata de rire.

– Il n'a qu'un moteur de Mercedes, soixante-cinq chevaux, traduisit Tatiana. Il ne dépasse pas huit nœuds. Il veut savoir si vous aimez la vitesse.

– Pas spécialement, répondit Malko. Mais Milorad Lukovic et Tanja Petrovic se trouvent très vraisemblablement à bord du *Moldavia*.

Le moteur du cabin-cruiser avait beau tourner à fond, le *Moldavia* n'était plus qu'un petit point, loin sur le Danube, se perdant dans la brume de chaleur. Accroché à son portable, le patron de la BIA vociférait, réclamant l'intervention de la JSO, qui possédait des hélicoptères. Tatiana traduisit :

– C'est dimanche, il n'arrive pas à trouver les gens qu'il faut !

Dix minutes s'écoulèrent encore, puis il y eut un brusque craquement à l'arrière et le bateau ralentit : ils venaient de casser un cardan. Nenad Sarevic éclata en jurons encore plus effroyables. Jusqu'à ce que le grondement de deux hélicos le calme. Deux M-18 passèrent au-dessus de leurs têtes, au ras du fleuve. Ils purent voir des soldats, assis devant les ouvertures latérales, les jambes dans le vide.

Et pendant ce temps, le bateau du patron de la BIA dérivait comme une feuille morte au milieu du Danube.

Malko vit les hélicos rejoindre le *Moldavia* et s'immobiliser au-dessus de lui.

* *
*

Milorad Lukovic se dressa sur sa couchette, le regard affolé, et lança :

— Des hélicos !

Tanja Petrovic essaya de le rassurer d'un sourire.

— Il y en a tous les dimanches. Ils matent les gens qui se baignent. Viens, on va dîner. J'ai faim.

Elle l'embrassa, si heureuse de le retrouver après des mois de séparation. Mais, muscles noués, Milorad Lukovic continuait à tendre l'oreille. Le grondement des hélicos avait augmenté. Ils étaient juste au-dessus du *Moldavia*.

Cette fois, il en fut certain : c'était pour lui.

— Va voir, dit-il. S'il faut, on saute à l'eau.

Tanja Petrovic bondit comme une folle dans la coursive et gagna le pont. Horrifiée, elle entendit les haut-parleurs de la police qui, dominant le bruit des turbines, intimaient l'ordre de stopper au capitaine du *Moldavia*. Déjà, les premiers policiers, en tenue de combat, armés jusqu'aux dents, descendaient le long d'une échelle de corde et atterrissaient sur le pont, sous les yeux éberlués des passagers.

Dans quelques minutes, tout le *Moldavia* serait sous contrôle. Tanja Petrovic, blême, assourdie par les haut-parleurs et les hurlements des turbines, fit demi-tour et replongea dans la coursive.

Il allait faire nuit. Ils nageraient, gagneraient la rive roumaine du Danube. Avec de l'argent, on obtenait tout en Roumanie. Elle ouvrit à la volée la porte de la cabine et cria :

— Milo ! Vite, on va sauter à l'eau.

Elle s'arrêta net. Milorad Lukovic était toujours à la même place, mais une auréole rouge s'élargissait sur l'oreiller, mêlée à des débris d'os et de cervelle. Il tenait encore le pistolet avec lequel il s'était tiré une balle dans la bouche.

Tanja Petrovic, clouée sur place, poussa un cri de mort, un hurlement de folle. Le cri d'une femelle à l'agonie. Elle demeura d'interminables secondes à fixer la bouche qui ne prononcerait plus jamais un mot. Et dire qu'ils n'avaient même pas refait l'amour… Puis, elle se rua en avant, arracha le pistolet des doigts de son amant et prit la chaîne où était accrochée la croix qu'elle lui avait offerte jadis.

Serrant la chaîne dans son poing gauche et le pistolet dans la main droite, elle courut d'un seul trait jusqu'au pont.

Les policiers virent jaillir une furie qui se mit à tirer sur eux en hurlant des choses incompréhensibles. Tanja Petrovic courait encore lorsque, emportée par son élan, elle bascula par-dessus le bastingage, déjà morte sous la grêle de projectiles. Les eaux grises du Danube se refermèrent sur elle, avec juste quelques vaguelettes. Personne ne chercha à la repêcher. Les hélicos tournaient toujours autour du *Moldavia*, qui avait stoppé.

**

Tatiana conduisait d'une main sûre la Mercedes SLK, se faufilant dans la circulation intense de *l'autoput* de Zagreb. Pour accompagner Malko à l'aéroport, elle avait mis une tenue particulièrement sexy. Une robe en maille noire presque transparente, très courte, sous laquelle on distinguait un soutien-gorge arachnéen et un string rehaussé de strass. Sa robe remontée très haut découvrait ses cuisses presque jusqu'à l'aine. Pris d'une irrésistible pulsion, Malko posa la main en haut de ses cuisses, sentant sous ses doigts la forme tiède et douce du sexe de la jeune femme. Tatiana sourit.

– Ici, on ne peut rien faire, mais si vous revenez à Belgrade…

Malko ne répondit pas. Brusquement, il n'avait plus envie de retourner en Autriche. Seulement, il n'avait plus rien à faire à Belgrade. Milorad Lukovic mort, la police serbe avait fait le ménage.

Vladimir Budala, cueilli comme il sortait de chez lui, avait à peine eu le temps de se servir d'un de ses deux pistolets, haché par les projectiles d'une douzaine de fusils d'assaut. Un long et coûteux procès évité.

Le sort de Sasa et Milan Lasica, les garagistes, n'avait pas été plus enviable. Un des deux – on ne saurait jamais lequel – avait eu la mauvaise idée de tirer une rafale de Kalach sur le policier qui leur ordonnait de se rendre, leur maison étant cernée à l'aube. Un déluge de roquettes avait réduit le garage en un tas de gravats et, pour plus de sûreté, un bulldozer avait entièrement rasé le bâtiment. Dans les décombres, on avait trouvé assez de faux papier pour «équiper» une centaine de voitures. Seuls Luka Simic et sa maîtresse, Gordana, étaient encore vivants. Ceux-là ne pouvaient pas faire de révélations gênantes, ayant toujours obéi à Vladimir Budala, qui, lui, était définitivement réduit au silence. Luka Simic avait mené les policiers à la tombe de Natalia Dragosavac qui reposait désormais au cimetière de Zemun.

Étrangement, la serviette pleine de documents transportée par Milorad Lukovic avait disparu. À croire qu'elle n'avait jamais existé.

Cerise sur le gâteau, la mise hors d'état de nuire de Milorad Lukovic avait déclenché l'octroi à la Serbie d'une aide de cinquante millions de dollars de la part des États-Unis, ainsi qu'une lettre de félicitations de la Maison-Blanche. Rappelant quand même discrètement que Radovan Karadzic et Ratko Mladic étaient, eux, toujours en liberté.

Tatania s'arrêta devant l'aérogare. Malko sortit de la SLK et prit son sac de voyage. La jeune femme sortit à son tour, se pressa fugitivement contre lui, effleura ses lèvres et dit d'une voix un peu étranglée :

– *Stretan put*[1].

1. Bon voyage.

Désormais
vous pouvez commander
sur le Net:

SAS.
BRIGADE MONDAINE. L'EXECUTEUR
POLICE DES MŒURS. BLADE
JIMMY GUIEU . L'IMPLACABLE
FAITS DIVERS . COMMISSAIRE LEON
LES EROTIQUES
De Gérard de VILLIERS

LES NOUVEAUX EROTIQUES . SERIE X
LE CERCLE POCHE . THRILLER NOIR

en tapant

www.editionsgdv.com

Une exclusivité pour les lecteurs de SAS

Le briquet **zippo** CIA

UN SOUVENIR

UNIQUE POUR LES

COLLECTIONNEURS

UN BRIQUET
ZIPPO
GARANTI À VIE
MADE IN USA

Prix unitaire: 30 € (port inclus)

Je souhaite commander: ☐ Briquets Zippo

NOM . . . . .PRÉNOM . . . .
ADRESSE . . . .
. . . .
CODE POSTAL .VILLE . . . .
Je joins un chèque de . . . . .euros

à l'ordre de
Éditions Gérard de Villiers
14, rue Léonce Reynaud
75116 PARIS

Achevé d'imprimer sur les presses de

BUSSIÈRE

GROUPE CPI

à Saint-Amand-Montrond (Cher)
en septembre 2003

ÉDITIONS GÉRARD DE VILLIERS
- 14, rue Léonce Reynaud - 75116 Paris
Tél. : 01-40-70-95-57

— N° d'imp. 34980. —
Dépôt légal : octobre 2003.
Imprimé en France